라스베이거스 살인사건

라스베이거스 살인사건

이장우 지음

해 피 엔 드 　 추 리 소 설

모두 라스베이거스로 떠났다.
한 사람은 살기 위해, 다른 사람들은 그를 죽이기 위해.

바른북스

이 소설에 등장하는 인물과 내용들은 모두 허구입니다.
소설 속의 이야기 또한 추리력을 높이기 위한 허구임을 밝힙니다.

차 례

제1부 모두가 잠든 밤   … 8

제2부 모두가 잠 못 드는 밤   … 56

제3부 드러나는 용의자들   … 122

제4부 꿈꾸게 하는 도시 라스베이거스!   … 214

에필로그 1 … 340
에필로그 2 … 344

제 1 부

모두가 잠든 밤

1

자낙스(Xanax)의 약효가 오늘은 더 깊게 나타났을까?

오랜만에 깊은 잠을 잔 김신범은 침실을 나오면서 개운해진 몸을 느껴보기라도 하듯이 걸으면서 몸을 이리저리 흔들어 본다.

창밖으로 보이는 수영장의 푸른 물결이 강렬해지는 태양 빛을 받아 출렁거리며 마치 콘서트장의 환호하는 불빛들을 비추어 대듯이 거실 안으로 쏟아져 들어온다.

미국 라스베이거스 콘래드 호텔 최고급 스위트 팔레스 1

말레이시아 겐팅 그룹이 소유한 초대형 카지노 호텔인 콘래드는 최고 수준의 초호화 스위트로 팔레스 스위트 1과 팔레스 스위트 2를 상징적으로 보유하고 있다. 두 스위트는 담 하나로 붙어 있으면서 쌍둥이처럼 구조가 같으며 원하는 경우 1과 2를 연결하여 하나처럼 사용할 수도 있다. 넓은 규모와 호화로움은 라스베이거스 내에서도 최고로 인정을 받고 있다. 특히나 야외 수영장을 통해 자쿠지와 정원을 자연스럽게 스위트 객실들과 연결한 디자인은 마치 자신의 저택에서 머무르는 편안하고 세련된 느낌을 준다는 호평을 받고 있다.

하룻밤 숙박비가 한국 돈 2천만 원이라는 호화로운 스위트를 익숙한 자기 집 사용하듯이 돌아다니는 김신범은 잠옷 차림으로 냉장고에서 피지 생수를 한 병 들고 벌컥벌컥 마시면서 거실 안쪽에 놓인 크리스털 시계를 바라본다.

오전 8시 33분.

'아마 규동 형은 자고 있겠지?'

깨우면 또 한 성질을 부리면서 난리를 낼 것이 뻔하다고 생각한 김신범은 큰 방에서 자고 있을 신규동 회장을 깨우지 않기로 생각한다.

그때, 스위트의 객실 문이 열리면서 한 남자가 들어온다.

"대표님. 일찍 일어나셨네요?"

문에서부터 길게 이어진 복도를 빠른 걸음으로 걸어오면서 거실 쪽에서 김신범을 발견한 김영식은 양손에 잔뜩 물건을 들고 들어온다.

"아침부터 뭐 그렇게 들고 들어오냐?"

　거실 소파에 털썩 몸을 기대면서 김신범은 양손에 한 보따리 종이가방을 들고 들어오는 김영식을 바라본다.

"회장님이 갑자기 한국 컵라면하고 김치를 드시고 싶다고 하셔서 한인마트 가서 사 오는 길입니다. 참치 캔도 많이 사 오라고 하셔서 간 김에 몽땅 사 왔습니다"

"아니. 규동 형은 어제도 와인하고 이태리 음식들 맛있다고 몽땅 먹었으면서 갑자기 왜 컵라면하고 김치 타령이냐? 나 참"

　혀를 끌끌 차면서 이야기하는 김신범을 김영식은 들고 있던 참치 캔으로 두들겨 패 죽이고 싶었지만 꾹 참았다.

　사실 김영식은 김신범이 영 마음에 들지 않았다. 도대체 회장님은 왜 저런 인간을 가까이 두시고 늘 같이 다니시면서 아끼는 동생이라고 챙겨주시는지 도무지 자신의 머리로는 이해가 가지를 않았다.

　버릇없기로 회사 내에서도 소문이 자자하고, 안하무인으로 나이 많은 임원들에게도 인사조차 안 하고 뒤에서 뒷담화한다는 것을 모든 임원들은 다 알고 있었다.

　더욱 가관인 것은 회장님 비서들을 마치 자신의 종을 부리는 것처럼 부린다는 점이었다. 유명 맛집에서 배달음식을 시키면 반드시 식사용 쟁반에 수저와 젓가락을 가지런히 놓고 에비앙 물 한 병과 함께 배달된 음식을 사무실 책상에 딱 놓아야 했다. 식사 후에는 "야! 치워" 한 마디로 지시를 해대는 저런 놈이 유명한 투자회사의 대표다.

　한번은 회장님 고참비서인 현여진이 작심하고 회장님에게 김신범의 이러한 작태를 일러바쳤지만 회장님은 "그놈의 새끼 원래 성격이 지랄 같으니 놔둬! 내가 알아서 할 거야!" 하신 이후로도 아무것도 달라지지 않았다. 그 바람에 오히려 주변 사람들 모두 김신범을 기피동물 보는 듯이 모두 마주치기를 꺼려 했다.

　여의도 증권가에서 제법 큰 투자회사에서 임원으로 있던 김신범은 회장님이 어려울 때 대거 주식을 사 주는 투자를 앞장섰으며, 주변의 기관투자자들에게 회장님 회사를 추천하여 회장님이 그 덕을 크게 본 이후로 회장님이 쩔쩔맨다는 등, 회장님이 투자한 회사의 주식을 친한 기관투자자들에게 모두 매입하도록 추천하여 회장님에게 큰돈을 벌어준 후 그 회사의 주가가 폭락하여 여의도 내에서 거의 추방당하다시피 해서 회장님이 의리를 지킨다고 스카우트했다는 등 별별 소문이 사내에 다 돌았다.

　더욱더 김영식을 화나게 하는 건 이 새끼가 회장님에게 자낙스라는 정신신경안정제를 추천하고 먹게끔 한 놈이라는 것이었다. 회장은 자낙스를 먹기 시작한 이후로 점점 의존 증세가 나타났고 자낙스 처방을 받기 위해 사내 직원들을 하나둘씩 동원하여 대리처방을 받게 하고 그 약의 수거를 김영식에게 시키는 점이었다.

 더욱 놀라운 점은 회장님과 김신범이 식사 중에도 낄낄거리면서 어제 자낙스를 몇 알 더 먹었더니 잠도 잘 오고 잡스러운 생각도 안 든다고 하면서 의사와 상의도 없이 자기들 멋대로 약을 먹는 양을 늘리고 있다는 점이었다.

 "회장님 어제도 자낙스 드시고 주무신 거죠?"

 김영식은 소파에 기대어 휴대폰을 만지작거리는 김신범에게 분노를 숨기고 물어본다.

 "당연하지. 10알 먹고 잤을 거야. 자낙스 없이는 못 자는 형이니까. 어제는 난 일부러 밤 11시쯤 난 내 방으로 얼른 들어가서 약 먹고 잤지. 덕분에 나는 푸욱 잤고"

 "10알요?"

 "그래. 야 임마! 10알은 먹어야 효과가 있다고. 한국에서도 10알은 하루에 먹어도 된다고 의사가 이야기해"

"제가 처방받으러 갈 때는 하루 6알 정도 먹고 상태가 좀 안 좋으면 10알 정도 증량해도 된다 들었는데 회장님은 거의 매일 지금 10알 이상 드시고 계시잖아요"

김신범은 확 소리를 지르면서 김영식에게 들고 있던 피지 물병을 던질 듯이 손짓을 하면서 쏘아붙인다.

"네가 뭘 안다고 아침부터 의사놀이야, 새끼야! 운전사 새끼가 김 부장, 김 부장 하면서 오냐 오냐 해줬더니 이제는 이 새끼가 약 먹는 것까지 간섭하고 지랄이네"

"아니. 대표님. 저는 그게 아니고"

"아니긴 뭐가 아냐 새끼야! 넌 그냥 규동형이나 잘 모시고 시키는 일이나 잘하라고 새끼야. 머리 안 좋은 새끼들이 생각을 많이 하면 사고가 나요. 알았어? 고등학교밖에 안 나온 새끼를 이만큼 키워줬으면 좀 사리 분별이 있어라 좀"

김신범은 소파에서 벌떡 일어나면서 김영식의 어깨를 툭 치면서 샤워나 해야겠다고 방으로 들어가 버린다.

거실 원형 탁자 위에 들고 온 컵라면과 김치, 그리고 스무 개가 넘어 보이는 참치 캔들을 올려놓는 김영식의 손이 부들부들 떨리고 있다.

2

오후 1시 12분

콘래드 호텔 총지배인실

젊은 나이에 승승장구하여 현재는 라스베이거스 호텔 총지배인으로 잘나가고 있는 중국계 미국인 사이먼 양.

호텔과 카지노를 보유한 콘래드 호텔은 넘쳐 나는 화교권 중국 고객분들을 주로 응대하는 데 초점을 두고 있다. 이를 위해 중국어와 영어에 정통하고 미국 내 힐튼 그룹 내에서도 인정받는 사이먼 양을 발탁 승진시켜서 콘래드 라스베이거스의 경영을 맡겼다. 이에 부응이라도 하듯이 사이먼 양 총지배인은 탁월한 리더십을 발휘하여 괄목할 만한 성장과 서비스 명성을 만들어 내고 있었다.

점심 식사를 마치고 방금 사무실로 들어와 오늘 체크인하는 VIP명단을 확인한다. VIP객실에 들어가는 모든 웰컴 카드에 직접 환영 인사를 적는 도중에 휴대폰 화면으로 문자 메시지 표시가 반짝이는 게 보인다.

'Code No.1'

코드 넘버원은 호텔 내에 아주 긴급한 상황이 발생했을 때만 사용되는 호텔 직원들 간의 암호표시다. 이 코드 넘버원이 뜬 것이다.

휴대폰 바탕화면에 코드 넘버원 문자 메시지가 팝업됨과 동시에 영화 「Star Is Born」에 삽입된 레이디 가가의 히트곡 「Always Remember Us This Way」가 휴대폰 벨소리로 흘러나온다.

레이디 가가는 라스베이거스 장기 공연 때 공연호텔인 Park MGM 호텔이 아닌 이곳 콘래드 팔레스 스위트에서 장기간 투숙하기로 결정을 하여서 화제가 되었다. 그만큼 팔레스 스위트는 상징성을 가진 콘래드 호텔의 자랑이다.

레이디 가가의 콘래드 팔레스 스위트 장기 투숙 결정은 사이몬 양 총지배인의 성공에 큰 힘을 실어주었다. 그 이후 고마움의 표시로 늘 레이디 가가의 노래를 휴대폰 벨로 저장하고 다녔다. 큰 공간을 자랑하는 총지배인 사무실 내에 휴대폰이 울리면서 레이디 가가의 노래가 오늘따라 유난히도 더 크게 울려 퍼진다.

"대체 코드 넘버원이…. 무슨 일인가? 셀리 당직지배인"

전화기 너머로 들여오는 중년 여성의 음성은 긴장함과 떨림이 교차되어 전해진다.

"총지배인님. 팔레스 스위트 1에서 사망사건입니다. 저희 VIP이신 신규동 회장님께서 침실에서 사망한 채로 발견되었습니다"

순간 침을 삼키고 싶었으나 침이 목으로 넘어가지 않는다.

"크흠. 뭐라고? 다시 한번 확인할게요. 팔레스 스위트 1에서 신규동 회장이 사망했다는 말입니까?"

"네. 현재 라스베이거스 경찰에 신고를 접수하고 현장을 보존하고 있습니다"

"호텔 직원들 동요하지 않게 내부통제 강화하고, 호텔 고객분들 눈치채지 못하도록 평상시와 같이 서비스 프로세스 유지하는 데 집중하세요. 제가 지금 바로 가겠습니다"

급히 총지배인실에서 나와 팔레스 스위트 1로 가는 사이몬 양 총지배인의 얼굴에 식은땀이 흘러내린다.

3

라스베이거스 경찰청 강력수사과

전화를 끊은 레이몬드 최 경감은 배지와 권총을 챙기고 바로 앞에서 열심히 자판을 두드리고 있는 레이첼 경사에게 다가간다.

"레이첼! 사건이야. 사망사건. 가보자구"

"총격사망인가요?"

레이첼은 노트북을 닫으면서 당연히 총기사망이려니 하는 표정으로 일어난다.

"아냐! 그냥 침실에서 잠자듯이 죽었대. 그런데 말이야. 사망 장소가 콘래드 팔레스 스위트야"

"맙소사. 거긴 거물들이나 돈 많은 사람들이 잔다는 그 유명한 스위트 아닌가요? 하룻밤 방값이 자그마치 2만 불이라고 하던데요"

"그러니까 말이야. 죽은 사람이 한국 사람이라는 모양이야. 그래서 방금 서장님이 나에게 가보라고 특별히 지시를 하신 거야"

레이첼은 피식 웃으면서 레이몬드 최 경감을 쳐다본다.

"경감님이 한국말 한다는 이유만으로 모든 한국 사람들 수사가 우리에 넘어오는 건 아니겠죠?"

"쓸데없는 소리 말고 감식반 불러서 현장 도착 요청하고, 한국 대사관에도 여행자 사망사건이라고 통보하고, 배지 잊지 말고 잘 챙겨 와"

"넵. 경감님"

레이몬드 최 경감은 이번 사건은 뭔가 좀 색다른 느낌이 드는 묘한 생각이 들었다. 급히 그는 경찰서 주차장으로 빠른 걸음으로 움직인다.

4

오후 12시 20분

팔레스 스위트 1

스위트 거실 쪽 소파에는 처음에 신규동 회장의 시신을 발견한 룸메이드 케시아가 선배 룸메이드인 티나의 가슴에 얼굴을 묻고 연신 울고 있다.

사이먼 양 총지배인이 도착했을 때는 셀리 왕 당직지배인이 룸메이드 직원인 티나와 케시아를 만나 사안을 파악 중이었다. 사이먼 양 총지배인에게 보고한 다음 호텔 보안과에 요청하여 팀장과 보안과 직원들 세 명이 내 외부를 차단하고 있는 상황이었다.

"총지배인님"

무거운 음성으로 문 앞으로 다가와 목례를 하는 셀리 왕 당직지배인에게 사이먼 양은 잘했다는 제스처로 어깨를 두드린다.

"놀랐을 텐데 잘 처리했어요"

"아닙니다. 담당 메이드인 티나와 케시아가 처음 시신을 발견했기 때문에 크게 놀라서 지금 안정시키고 있습니다"

"좋습니다. 현장을 벗어나면 안 되니까 경찰이 올 때까지는 불편해도 우리가 지금 상태를 유지하도록 합시다"

사이몬 양 총지배인은 방을 청소하면서 시신이 된 신 회장을 발견한 룸메이드 티나와 케시아가 있는 소파로 다가가서 울고 있는 케시아를 보면서 이야기한다.

"케시아! 무서웠을 텐데 잘 대처했습니다. 지금 상태가 진정되기 어려우면 의무팀을 불러줄까요?"

케시아는 눈물범벅이 된 상태로 눈을 들어 사이몬을 바라보면서 고개를 흔들며 말한다.

"괜찮습니다. 너무 놀라서 처음에는 숨이 잘 안 쉬어졌는데 지금은 진정되고 있습니다. 티나 언니가 있으니 저도 같이 있으면서 있다가 경찰이 오면 발견 상황을 말해야 하니까 이곳에서 회복하고 있겠습니다"

"좋습니다. 혹시 몸 상태가 안 좋아 지면 즉시 이야기하세요. 의무팀을 대기시키겠습니다"

5

"우와! 역시 최고의 호텔 맞군요"

로비에 들어서자마자 레이첼은 눈이 휘둥그레져서 천장에서부터 내려온 우아한 샹들리에 장식을 보면서 감탄을 연발한다.

"아니 라스베이거스 경찰이 호텔을 보고 놀라다니"

"경감님 저 이곳으로 전출 온 지 불과 두 달이거든요"

"아 맞다. 콜로라도에서 근무했다고 했지?"

"네. 로키산맥 자락에서 3년을 내리 근무를 해서 이번에는 불빛 번쩍이는 라스베이거스로 지원을 한 거였는데 전출 오자마자 노트북 화면만 쳐다보면서 현장 감식보고서만 두 달째 만들고 있으니 이런 화려함을 보면 당연히 놀라죠"

레이첼은 내심 이번에 라스베이거스에서도 최고 비싸다는 팔레스 스위트를 현장 감식 한다는 것만으로도 몸안에서 엔도르핀이 뿜어져 나오는 듯 흥분된 어조를 연신 뱉어낸다.

3층 팔레스 스위트 전용 엘리베이터 문이 열린다.

문 앞에 공간을 지키는 호텔 보안요원들이 엘리베이터에서 내리는 두 사람을 제지한다.

"L.V.P.D! 라스베이거스 경찰입니다"

배지를 손 높이 들고 신속하게 보안요원들을 제치고 복도를 따라 끝부분으로 걸어 들어간다.

스위트가 두 개인데 길을 묻지 않아도 표시판을 보지 않아도 한눈에 사고 현장을 알 수 있었다.

화려한 복도의 끝부분에 이미 사람들이 웅성거리며 서 있었다.

언제 왔는지 감식반이 먼저 도착하여 현장 체증을 열심히 하고 있었다.

"헤이~ 피터! 우리보다 빨리 도착했네?"

피터라고 불린 하얀 가운을 입고 연신 핀셋으로 무언가를 집어서 증거물 채집함에 넣는 노란 머리의 남자는 씨익 웃으면서 답한다.

"이곳에서 불과 5분 거리의 사막에서 변사체를 감식 중에 있었거든요. 신원미상의 아시아계 남자인데 머리에 한 발의 총상과 손가락의 지문이 모두 도려져 나가 있어서 좀 느낌이 이상해요. 이곳 라스베이거스에서 볼 수 있는 유형의 죽음이 아니라서요. 폭력조직 연관 사건인 듯한데 좀 더 살펴봐야 할 듯합니다. 현장 검증 및 증거 수집을 끝내고 시체 보관소에 보내는 중에 연락을 받아서 바로 이곳으로 오게 되었죠. 저희 팀이야 무더운 사막보다는 와우 이러한 멋진 실내 공간에서 시원하게 에어컨 바람을 쐬면서 체증한다는 것은 뭐 천국에서의 일 같다고나 할까요?"

능글능글 잘도 이야기를 해대는 피터 오글리는 감식반장으로 경력 20년의 베테랑이자 법의학 박사를 받은 전문가이다.

레이몬드 경감은 현장을 감식 중인 피터를 툭 한 번 치면서 신규동 회장이 죽어 있는 호화로운 침실의 침대로 다가갔다.

'하룻밤에 2천만 원 하는 스위트의 침대는 이렇게 생겼구나. 뭐 별반 다른 침대랑 다를 게 없네. 난 또 금으로 장식된 줄 알았네'

속으로 사람이 죽어 있는 침대는 가장 싼 침대일 거라는 생각을 하면서 침대로 다가갔다.

평온했다. 마치 지금도 깊게 잠자는 듯한 모습으로 누워 있는 아니 죽어 있는 한 사람.

나이는 대략 40대 중반 정도.
딱 봐도 한국인이다.

레이몬드 경감은 자신이 스스로 한국인임을 속일 수 없다는 것을 늘 한국인 사건 현장을 만나면서 느낀다. 뭔가 모를 강렬한 유대감, 깊은 동질감 같은 보이지 않는 끈 같은 것을 항상 마음속에서 느낀다.

누워 있는 신규동 회장을 본 레이몬드 경감은 어린 시절 한국에서 기억의 동네 형같이 흔히 볼 수 있는 얼굴에 나이를 곱한 결과물을 보는 듯했다.

전형적인 한국인.

"나이는 45세입니다. 1980년생입니다"

레이첼은 받은 기록을 살피며 다가와서 말한다.

"원숭이군!"

"네? 사람인데요. 원숭이가 아니고"

"원숭이띠라는 이야기야. 한국에서는 12지간이라고 자신이 태어난 해의 동물을 자신의 띠로 삼지. 모두 12동물이 있는데 1980년생은 원숭이띠인 것이지"

"와우! 경감님! 어떻게 그런 걸 즉시 아세요? 대단하세요"

레이첼은 존경스러운 눈빛으로 레이몬드 경감을 바라본다.

"나도 한국인이거든. 중학교 때 미국으로 이민을 와서 미국인이 되었지만 피는 한국인이라서 많은 걸 느낄 수 있지. 특히 한국인에게서는…"

"그래서 서장님이 경감님에게 특별히 이번 사건을 맡기신 거잖아요. 팔레스 스위트 정도 사건이면은 저희 라스베이거스 경찰서에서도 특별조사 사건 같은데요. 당연히 주정부 검사에게도 보고를 해야 하는 사안 아닌가요?"

"보고는 되었겠지. 하지만 아직 사인이 살인사건인지, 아니면 다른 사망원인으로 사망을 한 건지 조사를 해야 하는 사항이라 좀 더 신중하게 살펴보도록 하지"

"넵. 경감님"

레이첼은 차려 자세로 갑자기 거수 경례를 한 다음 받은 자료를 들고 거실로 나가다가 그만 눈 앞에 펼쳐진 야외 광경에 탄성을 지르고 만다.

"와우~ 이런 멋진 곳이!"

레이첼의 눈 앞에 펼쳐진 광경.

영화 속의 최고급 주택을 그대로 옮겨놓은 듯하다.

넓은 정원과 화려한 야외수영장이 딸린 팔레스 스위트 1과 2는 콘래드 호텔 연회장 옥상을 기반으로 조성되었다. 그래서 라스베이거스의 눈부신 태양을 직접 만끽하면서도 실내와 실외의 조화로운 공간감을 통해 훌륭한 럭셔리 리조트 빌라 같은 느낌을 재현해 놓았다. 도시에 있다 문을 열고 나가면 눈앞에 태평양의 멋진 리조트가 펼쳐진 듯한 인상적인 건축 디자인으로 많은 셀럽 들이 선호하는 팔레스 스위트 1.

지금 이곳에 레이첼이 서 있는 것이다.

6

"회장님! 회장님! 놔. 놓으란 말이야 이 새끼들아~ 왜 내가 그 방에 못 들어가냐고! 나는 회장님의 수행비서란 말이야"

로비에서 난동을 부리듯이 소리를 지르며 보안요원들의 제지를 뚫고자 하는 한 남자.

신규동 회장의 수행비서 김영식 부장.

고등학교를 졸업하자마자 자원하여 대한민국 공수특공대에 입대를 하였다. 군대에서 특수차량 운전병을 한 경력으로 인해 제대를 하자마자 파견직 운전기사를 시작했다. 그 뒤에 몇몇 대기업의 임원 운전기사를 하다가 5년 전에 업체 소개로 신규동 회장의 벤츠 마이바흐를 운전하는 기사로 발탁되었다.

처음에 면접을 보러 갔는데 첫 마디가 차를 타고 한번 돌아보자는 지시였다.

긴장된 자세로 마이바흐를 운전을 시작하자 신규동 회장은 청담동 진흥아파트 뒷골목으로 가자고 했다. 그리고 첫 번째 지시를 내렸다.

"지금부터 이곳에서 저 골목 끝까지 후진으로 달려보게"

김영식은 처음에는 귀를 의심했다.

"네? 후진으로요?"

"그래. 가급적이면 전속력으로!"

김영식은 속마음으로 이 사람은 돌아이구나. 이번 직장은 인연이 없나보다 하는 생각이 들었다. 그러자 갑자기 오기가 생겼다. 공수 특공 정신을 한번 보여준다는 각오로 풀 악셀을 밟아서 제일 잘하는 후진 전속력 후 360도 회전 주차를 했다. 차가 심하게 흔들리며 주차장에 서자 심하게 타는 타이어 냄새가 열지도 않은 창문 밖에서 들어오는 것 같았다.

'떨어졌구나. 집에 가서 취직 소식을 기다리시는 엄마에게 뭐라고

하지?'

집에는 자신을 키운 늙은 홀어머니가 고등학교만 졸업하고 변변한 직장 하나를 잡지 못하는 하나밖에 없는 아들의 취직을 간절히 바라고 있었다.

"하하하하하. 이 새끼! 멋진 놈이네. 그 정도 배포는 있어야 내 차를 몰지! 내일부터 출근해!"

"네? 회장님. 회장님 정말 감사합니다!"

그렇게 시작된 인연으로 신규동 회장의 일거수일투족을 수행하는 수행기사로서 거의 5년의 시간을 신규동 회장과 함께했다. 신 회장이 구속되어 감방에 가 있던 지난 1년을 제외하고는.

7

레이몬드 경감은 팔레스 스위트의 넓은 탁자가 있는 거실 한복판을 두리번거렸다.

"너무 다 고급이라 내가 편히 앉지를 못하겠구나"

"그냥 여기 앉으세요!"

거실 옆 주방 앞의 커다란 식탁에 앉아서 노트북을 펴고 자료를 정리하는 레이첼은 주방 식탁의 빈자리를 가리키며 레이몬드 경감을 이곳으로 오시라고 손짓한다.

'번쩍거리는 크리스털 샹들리에가 불빛을 비추는 식탁이 편하다고? 요즘 젊은 친구들은 참 격식이 없구나. 개념이 없든지'

레이몬드 경감은 한숨을 쉬면서 식탁 위로 다가가 휴대폰으로 전송된 자료를 보면서 레이첼에게 노트북 화면으로 이 자료를 띄워보라고 지시를 한다.

"방금 경찰서에서 보내온 피해자 자료야. 미국인이 아닌 한국인 국적으로 입국한 지 12일째야. 이틀 후에 귀국하게 되어 있고. 그런데 말이야. 특이한 점을 발견했어"

"특이한 점요?"

"한국 검찰과 법원에서 출국허가를 해준 재판 중인 사람이야"

"네? 범죄자란 말씀이세요?"

레이첼은 고개를 확 들어서 레이몬드 경감을 쳐다본다.

"아직은 좀 더 신원조회를 해봐야 알겠지만 아무튼 특별출국허가를 받은 사람은 확실하고 미국 비자가 있어서 우리 이민국에서는 특별히 문제 되는 것 없이 입국허가가 났어. 문제는 한국에서 있는 거지. 그런데 그 당사자가 지금 미국에서 죽었다 이거야"

"이거 나중에 문제 되는 사건이 되는 건 아닐까요?"

레이첼은 걱정스러운 듯이 레이몬드 경감을 바라본다.

"레이첼, 한국 대사관 연락했지?"

"네. 지금 L.A에서 이미 출발했다고 연락을 받았습니다. 참사관하고 경찰청 파견 영사가 같이 온다고 통보가 왔습니다"

"경찰청 파견 영사? 거봐 레이첼. 이 죽음에는 우리가 모르는 무언가가 있이!"

8

대한민국 서초동

법무법인 대평 사무실

검찰 출신으로 대법관까지 지낸 박대희 변호사가 심각한 얼굴로 전화를 받고 있다.

"아니 신 회장! 이런 말도 안 되는 일이 일어나다니. 도대체 어떻게 된 일입니까? 아드님이 미국에서 사망을 했다니요?"

전화기 너머로 들려오는 목소리는 울음과 떨림이 가득하다.

"자자. 진정하시고 확실하게 확인하신 겁니까? 언제 출국하세요? 오늘 밤에요? 어허! 이거 큰일이군요. 아드님 출국할 때 제가 입국에 대한 신원보증을 법원에 서지 않았습니까? 그런데 사망이라니요. 얼른 미국에 가서 사태를 좀 파악해 보세요. 저는 이 사안을 가지고 우리 법무팀과 상의하고 당장 내일 검찰과 법원에 내용을 고지를 해야 합니다. 안 그럼 저도 곤란해져요"

9

라스베이거스 콘래드 호텔

말끔하게 차려입은 신사복의 동양인 두 사람이 3층 엘리베이터에서 내리면서 호텔 직원의 안내를 받으면서 사건 현장인 팔레스 스위트 1로 들어가고 있다.

"총지배인님, 한국 대사관에서 오신 분들입니다"

직원의 안내에 사이몬 양 총지배인은 고개를 휙 돌리면서 정중하게 악수를 청한다.

"어서 오십시오. 좋지 않은 일로 한국 대사관 직원분들을 뵙게 되어 마음이 아픕니다"

"안녕하십니까? 한국 대사관 L.A담당 참사관 김윤조입니다"

"안녕하십니까? 한국 대사관의 영사 이영호입니다"

두 사람이 인사를 하는데 주방 쪽 테이블에서 레이첼과 노트북 자료를 살펴보던 레이몬드 경감은 익숙한 한국어를 듣고 급히 문 쪽으로 나오면서 큰 소리로 아는 체를 한다.

"어서 오십시오. 이 총경님! 그렇지 않아도 대사관에서 경찰파견 영사님이 오신다길래 내심 이 총경님이 아닌가 생각했는데 역시 맞군요!"

반갑게 악수를 청하는 레이몬드 경감은 익숙한 얼굴인 이영호 영사 앞으로 불쑥 다가오더니 손을 내밀어 악수를 청하는 이영호 영사의 손을 무색하게 급하게 포옹을 하면서 귀에 대고 한국어로 속삭인다.

"이거! 대단히 큰 대박 사건인 거죠? 저기 누워 있는 사람이 더욱 궁금해집니다. 이 총경님이 직접 현장에 나오시다니"

"하하하. 레이몬드! 입담은 여전하군요. 가끔은 레이몬드 경감이 한국 사람인지 미국 사람인지 저도 헛갈립니다"

"저는 당연히 미쿡 사람입니다. 미쿡! 아메리카~ L.V.P.D!"

두 사람 대화 사이로 정중하게 인사를 건네는 한 남자.

"안녕하십니까? 대사관에서 이 사건을 담당할 김윤조 참사관입니다"

미국 대사관 L.A담당 참사관 김윤조는 굉장히 심각한 표정으로 실내를 살펴본다.

사실 점심도 거른 채 한 시간 동안 정신없이 다음 달에 있을 국무총리의 L.A방문 및 교민 간담회를 준비하느라고 가뜩이나 정신이 없는데 외교부 전문으로 긴급지시가 내려온 것이다.

연풍그룹 신규동 회장 라스베이거스에서 사망. 조속히 사안을 파악하여 외교보안채널로 보고할 것.

"아니 이런 사건은 경찰영사부에서 처리를 해줘야지 왜 내가 사건을 보고하도록 지휘전문이 오는 거야 대체~"

전문을 책상 위에 올려놓으며 한숨을 쉬는 차에 뒤에서 등을 탁 치면서 이영호 영사가 씨익 웃으면서 대답을 하듯 말한다.

"이거 봐! 브라더! 그래서 내가 여기 왔잖아! 경찰영사 이영호가 바로 브라더와 함께 사건 현장으로 가기 위해"

두 사람은 대사관에 근무하면서 아주 급속하게 친해진 사이다. 나이는 이영호 영사가 5살이나 많았으나 외무고시를 거쳐서 엘리트 코스를 밟고 있는 김윤조 참사관은 대사관 내 업무서열이 경찰파견 영사인 이영호 총경보다도 높았다. 하지만 이 총경의 경찰대학교 직속 후배이자 엘리트 코스를 밟아 지금은 청와대 민정수석실에 파견 나가 있는 최정우 경감이 김윤조 참사관과 서울 명덕외고 동기 동창으로 그 인연이 이어진 걸 안 이후에 두 사람은 호형호제 하면서 아주 가까워졌다.

"형님. 이 죽음이 느낌이 아주 찝찝해요. 잘나가는 중견그룹 젊은 회장이 라스베이거스 초호화 스위트에서 사망하다니요"

"더 놀라운 사실 하나를 알려줄까?"

"더 놀라운 사실요?"

"그래! 그것 때문에 우리 둘이 가야 하는 거야. 신규동 회장은 현재 자본시장법 위반으로 구속된 이후 기소가 확정되어서 사건이 1심 재판 중이야. 더구나 사건의 내용과 금액이 천 억대에 이르러서 아마 10년 이상의 중형이 선고가 될 가능성이 높은 것으로 법조계는 보고 있는 사건이지. 국내 굴지의 로펌들이 신 회장을 변호하고 있고 사안을 무죄로 주장하면서 다투고 있지만 계속 해서 나오는 증거들과 증인들 그리고 전입가경으로 재판 중인 사건 이외에도 약 8건의 굴지의 주가조작 및 자본시장법 위반으로 서울 남부지검에서 사건들이 수사 중인 사람이야"

"네?"

"그런데 출국허가가 나서 현재 라스베이거스에서 죽었다구요?"

"그러니까 지금 한국이 발칵 뒤집힌 거지. 지금 엠바고 요청을 해서 뉴스를 다 막았고, 사건이 살해사건인지 자살인지 뭔지를 밝힌 다음에 무슨 보도를 하고 말고 하지. 우리도 아직 사건 현장을 보지 않았는데 말이야. 더욱 골치 아픈 건 국적이 한국인이잖아. 우리 대사관에서 협조 요청은 할 수 있지만 수사는 미국 경찰이 하고 미국인이 개입된 살해사건이면 미국 내에서 상당 기간 시신을 보관하면서 사안이 길어질 수 있다는 점이지"

"만약 그냥 죽었으면요. 이를테면 자살? 마약 남용?"

"그때는 뭐 관광객 사망 정도로 해서 즉시 본국 시체 송환이나 화장 후 송환 승인이 나겠지만 말이야"

김윤조 참사관은 논리적으로 그럼 해법이 딱 두 개네요, 하는 표정으로 이영호 총경을 바라본다.

"뭘 그렇게 봐? 그럼 뭐 답이 둘 중의 하나네요? 이런 표정? 하하하하. 이것 봐 브라더~ 내가 그래서 당신을 좋아하는 거야. 순진해서"

"제가 순진해서요?"

은근 까인 것 같아 기분이 비릿해지는 김윤조 참사관 앞으로 이영호 총경은 휴대폰 안의 텔레그램 메시지를 김윤조 눈앞에 들이민다.

> 라스베이거스에서 죽은 신규동 회장의 사건조사를 최대한 지연시켜 주세요. 발표는 국정감사가 끝나는 기간 이후로 부탁합니다.
> — 최정우

"정우가 어떻게 이 사건을 알고 있죠? 아무리 청와대라고 해도 일개 민간인 회장의 해외 죽음인데"

"그래서 모든 게 지금부터 스펙터클 하게 느껴진다는 거야 브라더! 외교전문으로 대사관 엘리트 참사관을 파견 하지를 않나, 총경급 영사에게 청와대에서 인맥 라인을 통해 사건조사를 지연시키라는 연락이 오지를 않나, 어때? 조금 삭힌 홍어 냄새가 나는 죽음 같지 않아? 신규동 회장이라는 사람!"

"에이! 몰라요, 형. 다음 주까지 국무총리 L.A방문 행사 일정 및 보안 동선 짜서 보고해야 하는데 갑자기 라스베이거스라니…. 에이 씨! 차 타고 갈 거예요? 형이 운전하세요!"

"이봐 브라더! 30분이면 라스베이거스로 날아가는데 빨리 가서 현장을 보고 이 핑계 저 핑계를 대서 미국 경찰의 수사를 지연시켜야 하지 않겠어? 우리는 지시를 받은 몸이라고"

능청스럽게 앞장서 나가는 이영호 총경을 따라 L.A공항으로 투덜거리며 나섰던 김윤조 참사가 지금 이렇게 라스베이거스의 사건 현장에 말쑥하고 정중한 엘리트 대사관 직원의 모습으로 서 있는 것이다.

10

라스베이거스 벨라지오 호텔 로비 커피숍

커피숍 의자에 앉아 연신 눈물만 흘리는 신규동 회장의 비서인 현여진 차장을 유니폼 자켓을 입은 듯한 덩치가 있는 한 남자가 난처한 모양으로 계속 달래고 있다.

"차장님. 그만 좀 우세요. 지금은 냉정하게 모든 것을 살피고 처리를 해야 할 때입니다"

"지금 사람이 죽었는데 진정하게 생겼어요? 우리 회장님이 지금 돌아가셨다고요! 이사님은 오직 자신이 일하는 카지노만 눈에 보이시죠? 우리 회장님 노름빚 못 받을까 봐 지금 전전긍긍하는 거잖아요. 짐승도 자기 동족이 죽으면 그렇게 냉정하진 않을 거예요!"

고개를 번쩍 들면서 남자를 향해 쏘아붙이듯이 대드는 앙칼진 현여진 차장의 목소리가 날카롭게 퍼져 나간다. 화려하게 장식된 벨라지오 로비 천장의 1,000만 달러짜리 Chihuly의 작품 Fiori di Como의 2,000개의 유리 꽃잎들이 냉기 어린 목소리에 움츠러드는 듯하다.

"자. 자. 지금은 어떤 말씀을 하셔도 괜찮습니다. 마음이 안정되실 때까지 하고 싶은 말 다 하시면서 마음을 좀 진정시키세요"

리차드 김.
벨라지오 및 MGM카지노의 한국 담당 총책임사이사 고위 임원이나.

본부 승인 없이도 자신이 리스트에 올린 VIP고객들에게는 신용으로 2,000만 달러까지 하룻밤에 빌려줄 수 있는 조직 내에서 파워풀한 간부이자 조직의 핵심 멤버다.

가끔 한국 서울에도 나타나는데 리차드 김이 서울에 등장할 때면 남대문 암달러 시장의 달러가 모두 사라진다는 소문이 있을 정도로 리차드 김은 한국 내의 고객들에 대한 수금도 담당하고 있다.

"도박 빚은 안 갚아도 된다!"라는 법이 있다지만 리차드 김에게는 통하지 않았다.

대한민국의 잘나가는 어느 회장님은 라스베이거스에서 80억의 도박 빚을 지고 한국에서 안 갚고 있다가 어느 날 자신이 30년간 키워온 기업을 빼앗기고 그 충격으로 쓰러져 요양병원에서 생을 마감한 적도 있다. 이 모든 스토리의 주인공이 바로 리차드 김이라는 소문이 돈 것은 오래전 일이었다. 더욱 기괴한 것은 제일 좋다는 그 요양병원의 특실의 모든 비용을 리차드 김이 내줬다는 뒷소문부터 회장의 가족 일가가 모두 미국으로 이민 가서 나름 자리를 잡고 사는 것도 다 리차드 김이 뒤를 봐줘서 그렇다는 이야기까지 확인되지 않은 이야기들이 난무했다.

어찌 들으면 무시무시한 조폭처럼 행동하고 외모도 그렇게 생길 것 같은 상상이 들지만 지금 벨라지오 호텔 로비라운지에서 울부짖고 있는 신규동 회장의 비서 현여진을 달래는 리차드 김의 모습은 마치 부인에게 꼼짝 못 하는 공처가의 모습처럼 애처로워 보이기까지 한다.

"현 차장님. 진정하시고 이제 그만 좀 제 이야기를 들어보세요"

분을 못 이겨 제풀에 털썩 의자에 주저앉은 현여진 차장에게 차가운 얼음물을 따라준다.

"흑흑흑. 제가 지금 진정이 안 돼요. 어제 기억하시죠? 어제저녁 호텔 아리아의 최고급 카본레스토랑을 통째로 빌려서 저희가 모두 모여 회장님 생일 파티를 해드린 게 바로 어제라구요"

11

사건 발생 당일 저녁 6시
라스베이거스 최고급 호텔 아리아
지중해 레스토랑 카본

3단으로 한껏 멋을 낸 고급스러운 케이크가 들어오고 두 명의 기타와 한 명의 멋진 칸초네 가수가 뒷배경으로 멋진 생일 노래로 연주하면서 분위기를 고조시킨다.

"생일 축하합니다! 생일 축하합니다. 사랑하는 회장님! 생일 축하합니다~"

카본 레스토랑 내의 중앙 홀 가운데 초대형 원탁으로 장식된 테이블에 사람들이 둘러앉아 있다. 오늘 생일을 맞이한 신규농 회상의 생일을 축하하는 노래가 홀에 울려 퍼진다.

"고맙습니다. 여러분! 고맙다 신범아. 영식아. 여진아 그리고 미국에 출장 중에 내 생일을 위해 이곳 라스베이거스로 온 우리 골프단의 단장 장나나 프로, 그리고 내 미국 동생 같은 리차드! 모두 모두 고마워"

"회장님 사랑합니다~!"

리차드 김이 애교스러운 자세로 손하트를 날리면서 포장된 작은 상자 하나를 증정한다.

"오늘 생일을 맞이 하신 저희 MGM그룹의 최고 VIP이신 신규동 회장님에게 드리는 저희 카지노 회장님의 특별 축하 선물이십니다"

어깨를 으쓱하며 고급스럽게 포장된 작은 상자를 신 회장에게 건넨다.

"야! 역시. MGM회장인 스팅글러 회장은 세심한 데가 있어요. 배워야 해 우리 한국 사람들은 말이야. 저 정도 레벨 되는 사람이 내가 뭐라고 내 생일 선물을 이렇게까지 챙겨주고 말이야"

신규동 회장은 내심 무척 기쁘기도 하고 직원들 앞에서 큰 체면이 서는 모양새라서 급히 상자를 받아 열어본다.

"와우!"

얼른 상자를 닫아 버리는 신 회장 주변으로 원탁을 둘러싼 직원들이 더욱 궁금하다는 듯이 몸의 방향을 신 회장 쪽으로 기울이며 상자 안을 보고 싶은 보채는 눈빛을 쏘아댄다.

"회장님! 궁금하게 왜 그러세요? 빨리 좀 보여주세요~"

"맞아요. 회장님. 도대체 어떤 선물이길래 회장님이 와우 하고 놀라셨을까?"

원탁 테이블의 사람들을 쭈욱 둘러본 신규동 회장은 웃으면서 마치 마술사가 숨겨놓은 상자를 열어서 비둘기를 날리듯이 상자를 열어 카드 하나를 테이블 위로 슬쩍 던진다.

"자! 이 의미를 맞히는 사람에게는 내가 오늘 만 달러를 선물로 준다"

"와우! 만 달러요?"

"뭐… 뭐야…. 저게 뭐지?"

이미 내용을 알고 있는 듯이 여유로운 미소를 지은 채 테이블 위를 바라보는 리차드 김을 제외한 네 명의 사람들은 테이블 위에 올려진 한 장의 작은 카드를 바라본다.

작고 두꺼운 종이 위에 불도장 같은 낙인으로 찍힌 날갯짓하며 소리 지르는 듯한 한 마리의 독수리!

그리고 그 밑에 멋진 필기체 글씨로 써 있는 스팅글러 MGM회장의 글씨.

> Happy Birthday Chairman Shin!
> Enjoy Napa Vally in MGM.

카드를 얼른 손에 가져온 김신범은 에이! 이게 무슨 말이야 하는 표정으로 큰 소리로 카드 내용을 읽는다.

"생일 축하합니다. 신 회장님. MGM에서 나파벨리를 즐겨보세요. 아니 이게 도대체 무슨 말이야? 누구 아는 사람?"

고개를 리차드 김에게 확 돌린 김신범은 큰소리로 "너는 알고 있지?" 하고 물어본다.

고개를 끄덕이는 리차드 김은 웃고 있는 신규동 회장을 바라보면서 테이블을 둘러싼 사람들에게 말한다.

"회장님은 이미 알고 계시는 것 같은데요? 오늘 퀴즈의 만 달러는 주인공이 없으신 듯합니다. 하하하"

"아니! 답답하게 그러지 말고 리차드! 좀 알려주세요!"

어지간하면 잘나서 지를 않는 현여진 차장도 워낙 내용이 궁금 한지 그 답을 아는 리차드를 보면서 보챈다.

"이건 말이야! 와인이야 와인! 스팅글러 회장이 오늘 내 생일 축하로 레드와인 한 병을 준비한 듯하구만!"

보다 못한 신 회장이 그냥 답을 말해버린다.

"와인요? 에이 난 또 뭐라고! MGM회장님 선물이라고 해서 기대를 잔뜩 했는데 겨우 와인이라니 좀 실망인데요?"

"현 차장~ 술 좋아하지?"

"네~ 저는 소주파죠. 무사카린! 호호호"

"허허허. 이번에 내가 이 와인 한 병 줄 테니 마셔볼래?"

"에이. 회장님. 저는 와인 맛은 잘 몰라서 사양하겠습니다. 어제 한인 식당에서 소주 한 병에 2만 5천 원 받는 거 보고 제가 오늘부터 미국에서는 술을 안 마시기로 했습니다"

갑자기 골프단장인 장나나 프로가 끼어들면서 큰 소리로 외친다.

"회장님. 제가 그 와인을 마셔보고 싶습니다!"

"와우~ 장 프로! 진심이야?"

"네! 회장님"

"좋아! 누구든 이렇게 용기 있는 사람이 맛을 볼 수 있는 거야. 오늘 내가 장 프로와 그 와인을 마셔보기로 약속하지"

"얏호! 회장님. 약속하셨어요! 오늘 홀인원 한 것보다 더 기쁜데요. 호호호호호"

흥분하여 시끄러운 장 프로를 슬쩍 피해서 리차드 김은 독수리 모양이 불도장으로 찍힌 두껍고 작은 카드를 상자에 담으면서 신규동 회장 앞으로 정중히 가져다 놓는다.

"이 카드는 미국 이민 1세대가 미국 목화를 이용해 미국 앤도버에서 제작된 100년 된 종이로 만든 유서 깊은 카드입니다. 이 카드는 오직 이 와인만을 위해 특별히 제작되어집니다. 이 카드 위에 사용된 잉크는 식물에서 추출한 블루라군 컬러로서 크로스 사에서 자랑하는 수제염료 잉크로서 잉크 주문자에 의한 배합을 달리하여 잉크만 분석해도 그 필체를 쓴 사람을 분석해 낼 수 있죠. 그리고 이 카드 위에 불도장으로 찍힌 Screaming Eagle은 캘리포니아 나파벨리에서 생산되는 1992년산 Cabernet Sauvignon을 나타냅니다. 매우 제한된 양이 생산되며 나파벨리 와인 중에 최고의 레벨이자 첫 번째 빈티지로 한 병 가격이 약 5만 달러 정도 합니다. 구할 수 있다면 말이죠"

"뭐… 뭐라구요? 와인 한 병에 5만 달러… 면 우리나라 돈으로 약 6천 5백만 원 정도면…. 와우 차 한 대 값보다 비싼 와인이…. 있긴 있군요"

김영식 부장은 얼이 나간 표정으로 설명하고 있는 리차드 김을 보면서 그럼 와인은 도대체 어디 있느냐는 표정으로 독수리 모양을 다시 한번 쳐다본다.

"부장님은 지금 와인은 어디 있나 하고 궁금하시죠?"

"아… 아니… 당연하죠. 한 병에 수천만 원 하는 와인이 어떻게 생겼나 구경이나 좀 하려는데 와인은 없고 독수리 모양 카드만 있으니 말이죠. 그런데 회장님은 안 궁금하신 듯한데요"

정신없이 떠드는 김영식 부장을 웃으며 바라보는 신 회장은 리차드 김에게 악수를 청한다.

"고마워. 리차드! 네가 아마 스팅글러 회장에게 내 생일이라고 알려주었겠지? 하하하. 진심으로 고맙다고 전해주게. 그러잖아도 마셔보고 싶은 와인이었는데 이곳 라스베이거스에서 생일날 마셔보게 되는군"

"좋아해 주실 줄 알았습니다. 회장님"

리차드는 계획된 선물에 만족해하는 신규동 회장을 보면서 빨리 스팅글러 회장에게 신 회장이 너무 좋아한다고 문자 메시지를 보낼 생각에 몸이 달아올랐다.

"회장님. 저와의 약속 잊으시면 안 되십니다. 호호호. 저는 분명히 회장님과 이 와인을 마셔보고 싶다고 했고 회장님은 조금 전에 승낙을 하신 겁니다. 호호호. 그런데 와인은 언제 마시나요? 지금 와인은 어디에 있죠?"

"하하하. 장 프로에게 한 약속이니 지켜야지. 당연히. 와인은 오늘 밤 내 스위트에 세팅될 거야. 와인은 디켄팅이 중요해서 코르크를 연 이후에 산소와의 접촉을 통한 맛의 변화를 두고 최적점에서 마셔야 해서 아마 와인 디켄팅을 준비하고 있겠지? 리차드?"

"와우! 역시 회장님은 대단한 와인 전문가이십니다. 정확히 오늘 밤 9시 30분에 팔레스 스위트 1에서 디켄팅을 완료한 1992년산 Screaming Eagle Cabernet Sauvignon을 준비해 놓겠습니다"

"브라보! 들었지? 장 프로? 9시 반에 우리가 진정한 와인을 만나는 시간입니다"

"넵. 회장님 너무 기대가 되는데요"

12

사건 발생 당일 저녁 7시
라스베이거스 최고급 호텔 아리아
지중해 레스토랑 카본 내 VIP별실

"엄마! 아빠는 도대체 언제 오는 거야? 생일 케이크도 빨리 먹고 싶고 생일 노래도 불러주고 싶고 아빠 선물도 내가 가져왔는데"

칭얼대는 귀여운 10살 여자아이를 달래는 화려한 드레스 차림의 여자. 고요미 여사.

카이스트를 졸업한 재원이자 미스코리아 출신의 셀럽이다. 카이스트 출신이 미스코리아에서 진을 수상한 자체가 화제였다. 공부 잘하는 미녀라는 타이틀을 달고 세계멘사대회 나가서 상까지 받아 온 다음부터는 사회적 명사가 되었다. 자신의 성공 이야기를 담은 책『카이스트의 미녀』는 베스트셀러가 되었다. 현재는 인스타그램 유명인사이며 멘사 동호회 및 미스코리아 동호회 회장을 역임하고 있다. 사업 수완이 남달라서 건강기능식품 및 화장품 사업을 시작하여 성공시켰다. 홈쇼핑을 통해 판매한 글루타치온 필름제제는 매출 1,000억을 돌파하였고 최근에는 태국 후아힌에 리조트 사업에 진출하여 셀럽들이 가장 가보고 싶은 럭셔리 리조트 10위 안에 선정되기도 하였다.

오늘 생일을 맞이한 신규동 회장의 전처 이자 신 회장의 유일한 혈육인 10세 딸아이 제니 김의 엄마! 그녀가 라스베이거스 아리아 호텔 카본 레스토랑을 통째로 빌린 채 열리고 있는 신규동 회장의 생일 저녁 식사 장소의 VIP별실에 딸과 함께 등장하여 전남편이자 아이의 아빠를 기다리고 있는 중이다.

잠시 후,
별실 문이 열리면서 등장한 신규동 회장.

술을 마신 듯 얼굴이 불그스름하다.

"아빠"

명랑한 목소로로 제니가 달려가서 가장 먼저 안긴다.

"아이구~ 우리 예쁜 제니가 왔구나. 아빠 보고 싶었어?"

"응. 아빠. 아빠 보고 싶어서 빨리 오고 싶었는데 학교 방학이 어제 시작했어요. 아빠 생일 축하해요~"

밝은 목소리의 제니는 신 회장을 쏙 닮은 외모와 성격으로 어린 나이에도 불구하고 리더십이 강하여 학교에서도 클래스 리더를 맡고 있다. 제니가 다니는 미국 기숙학교는 미국 내에서두 수재들이 다닌다는 필립스 아카데미 엑시터였다. 보수적인 백인 부모를 둔 미국 내 아이들조차 제니의 성격과 리더십을 이끌려 기숙사 내에서도 아무도 제니를 이길 사람이 없을 정도였다.

"하하하하. 우리 제니를 1년 만에 보는구나. 그새 많이 컸는데? 키가… 어이쿠… 조금 있으면 아빠보다 크겠다. 하하하"

"나는 안 보이나 보지?"

분위기 좋은 방 안에서 딸과 아빠의 대화에 고요미 여사가 끼어든다.

"어서 와. 당신. 호텔방 좋지? 콘래드에서 자랑하는 팔레스 스위트 2야. 스위트 1인 나랑 복도 하나로 연결되어 있어. 문은 열려고 하지 마! 잠겨져 있으니까. 문으로 1과2는 연결되는 구조니까. 나중에 올 때 나랑 미리 연락해"

"스위트면 뭐 해? 넓은 곳에서 제니랑 나랑 둘만이 돌아다니느라 힘만 들어"

"아냐! 아빠. 수영장도 좋고 호텔도 좋아서 처음에 체크인해서 엄마가 스위트 둘러보고 와! 좋다~ 그랬어!"

제니가 덜컥 사실을 이야기하는 바람에 머쓱해진 고요미 여사에게 신 회장은 눈짓으로 얼른 앉으라고 한다.

"아빠! 생일 축하해요! 자 제니의 선물!"

제니가 테이블에 올려놓는 축하 카드와 선물.
상자의 선물을 열어보는 신 회장의 얼굴에 웃음꽃이 넘쳐난다.

"와우! 이 멋진 모자는 뭐지? 어디 보자. Janny's Daddy! 하하하하. 이 모자 너무 마음에 드는데?"

"그치 아빠! 우리 학교 모자숍에서 특별히 부탁해서 만든 거예요!"

모자 측면에 필립스 아카데미 엑시터 이름이 예쁜 자수로 새겨져 있고 앞면에 크게 제니의 아빠라고 새겨진 모자를 들자마자 휴대폰을 꺼내서 셀카를 먼저 찍은 신규동 회장은 제니를 다시 한번 끌어안는다.

"제니야! 이 세상의 그 어떤 선물보다도 아빠는 이 선물이 너무 소중하고 기쁘구나"

"봐! 엄마! 아빠가 좋아할 거라고 했지?"

제니는 어깨를 으쓱하면서 엄마를 바라본다.

"어디 우리 제니가 써 온 카드도 읽어볼까?"

카드에는 제니가 손으로 그린 세 가족의 그림과 함께 다음이 문구가 써 있다.

> 행복한 우리 가족, 내가 제일 사랑하는 아빠의 생일을 축하해!
> 제니가 특별히 만든 아빠 모자가 아빠를 지켜줄 거예요!
> 아빠 건강하세요.
>
> 아빠 딸 제니 올림

라는 예쁜 손 글씨가 써 있었다.

매니저가 노크를 하고 인사를 한 다음 웨이터를 시켜서 다양한 음식을 테이블 위에 올려놓는다.

"제니야. 오늘 아빠가 이 레스토랑을 통째로 빌렸으니 우리 제니가 먹고 싶은 거 마음껏 다 먹어도 된단다. 이곳에서 제일 잘하는 음식들을 아빠가 미리 시켰으니 맛있게 먹고 특별히 디저트가 맛있으니 꼭 먹어봐야 해"

"이거 봐! 아데바요 매니저. 내 딸 제니에게 무엇이든 최고로 맛있는 것을 다 가져다주세요".

"넵. 회장님. 제가 잘 케어해 드리도록 하겠습니다"

단골인 신 회장을 잘 아는 매니저 아데바요는 큰 손인 신 회장에게 그동안 받은 팁을 생각하면 오늘밤에도 엄청난 팁이 나올 것이 미리 머릿속에서 맴돈다. 그 상상만으로도 가만히 서 있는 자신이 날아갈 듯하다.

"아빠는 여기에서 우리랑 같이 식사 안 해요?"

"응. 제니야. 아빠는 오늘 밤 손님들이 계셔서 너는 오늘밤은 엄마랑 같이 여기서 먹고 아빠랑은 내일 저녁을 같이 먹도록 하자꾸나"

"아빠는 모레 한국으로 돌아간다면서요?"

"누가 그래?"

"엄마가 그랬어요! 아빠는 이번에 미국에 출장을 온 거라 오래 못 계시고 모레 한국으로 돌아가신다고요"

쓸데없는 이야기를 왜 애에게 했냐는 표정으로 고요미 여사를 쳐다보는 신 회장에게 고요미 여사는 다가와서 나지막이 속삭인다.

"나도 당신에게 따로 할 이야기가 있는데 단둘이 시간을 좀 내시지?"

"너! 위자료 이야기하려고 하는 거 다 아니까. 오늘내일 사이에 이야기해. 나하고 같은 층 바로 옆 스위트에 있는데 뭐가 걱정이야!"

능글거리면서 답을 하는 신 회장을 보면서 고개를 절레절레 흔드는 고요미 여사는 냉소적인 입꼬리를 달아 신 회장에게 축하 인사를 건넨다.

"생일 축하해. 전남편"

13

팔레스 스위트 1

현장 감식반이 도착을 한 이후로 관계자 이외에는 아무도 현장 접근이 차단되어 현재 팔레스 스위트 1에는 경찰 감식반과 레이몬드 경감 그리고 사건 관련자 파일들을 정리하고 있는 레이첼만이 있다.

따리리리링!
갑자기 울리는 레이몬드 경감의 휴대폰 전화벨.

"레이몬드입니다. 서장님"

수화기 안의 목소리의 크기가 수화기를 넘어 레이첼이 작업하고 있는 곳까지 들릴 정도이다.

"네? 그게 사실입니까? 오 마이 갓! 알겠습니다. 즉시 복귀하겠습니다. 넵. 사건지휘본부를 구성하여 즉시 보고드리겠습니다"

레이첼은 식감석으로 이 사건 관련하여 무언가 심상치 않은 사안들이 경찰서 내부에서 진행된 것이 틀림없다고 판단했다.

"이 사건 관련이죠. 서장님 전화"

궁금해진 레이첼이 먼저 질문을 한다.
로댕의 「생각하는 사람」처럼 한동안 말이 없이 손을 입과 코앞에 가져다 대고 있던 레이몬드 경감은 묵직한 신음 소리와 함께 레이첼에게 경찰서로 지금 들어가자는 신호를 보내면서 한마디를 나지막이 던진다.

"지금 신규동 회장 살해 범인이 경찰서로 찾아와서 자수를 했대. 자기가 어젯밤에 신규동 회장을 죽였다고! 사건을 살해사건으로 변경하고 수사지휘본부 구성하라는 서장님 지시야! 진짜 바빠지겠구나"

"레이첼, 조금 전에 인사한 한국 대사관 김윤조 참사관하고 이영호 총경에게 이 사실 통보하고 살해사건이니 이제 우리 관할로서 우리가 수사를 지휘한다고 통보해 줘요"

제 2 부

모두가 잠못드는 밤

1

라스베이거스 경찰서(L.V.P.D)
수사팀 취조실

취조실 안에서 서류에 무언가를 적고 있는 한 여자가 있다.
취조실 밖에서 내부를 들여다볼 수 있는 조망창으로 상황을 유심히 바라보고 있는 레이몬드 경감과 레이첼.

"경감님. 한국 국적의 여자가 살인자라니 의외인데요?"

"흠. 나도 지금 도무지 어떤 숙제가 풀린 느낌이 없이 실타래가 꼬여버린 기분이야. 저런 여리여리한 여자가 살인을 했다?"

고개를 절레절레 흔들어 대는 레이몬드 경감에게 수사실 내의 직원이 출력된 자료를 전한다.

여권 복사본과 사진 그리고 출입국 기록과 기본적인 인적 조회 사항 등이 적힌 것으로 봐서 급히 작성된 피의자 관련 개인 정보들이다.

"경감님. 1차 조사가 완료되면 한국어가 가능하신 경감님이 직접 조사를 해서 그 내용을 서장님에게 대면보고 하시라는 지시입니다"

직원은 자료를 건네어 주면서 서장의 지시 사항을 같이 전하고 사라진다.

"조현아. 나이는 37세. 한국 국적. 전 KBS 아나운서. 이혼녀. 1년 전부터 방송 은퇴 후 미국 거주. 현재 L.A 거주 중이며 I-20비자로 U.C버클리대학에서 언론대학원 석사과정 중"

"경감님. 구글 검색하면 나오는 한국의 유명 아나운서인데요. 아나운서가 신규동 회장을 살해했다고 스스로 자백을 하러 경찰서로 찾아오다니 이건 완전히 언론들이 좋아할 먹잇감인데요. 경찰서 앞으로 시끌벅적해지겠어요"

"일단 수사본부를 차리고 팀을 구성하고 나서 하나하나 퍼즐을 맞추어 보자고. 대한민국 대사관에 이 사실을 통보해 주세요. 조사 과정에서 한국 사람들은 대사관의 영사 조력을 받을 권리가 있으니"

"넵. 즉시 통보하고 준비하겠습니다"

조망창 안으로 보이는 하얀 블라우스를 입은 여인은 연신 울면서 자기 앞에 놓은 서류들에 인적 사항들에 대한 정보를 하나하나 적어가고 있다.

이 모습을 묵묵히 바라보는 레이몬드 경감은 무언가 석연치 않은 씁쓸한 기운으로 인해 오래전에 끊었던 담배 향기가 갑자기 그리워졌다.

2

사건 발생 5시간 경과

오후 3시 30분

콘래드 호텔 총지배인실

사이몬 양 총지배인은 사고보고서를 받아보고 하나씩 꼼꼼히 읽어보고 있다. 발견 시간이 가장 눈에 띈다. 어제 오전 10시 30분경에 큰 침실 침대 위에서 잠자듯이 죽어 있는 신규동 회장을 발견!

호텔 내에서 일어난 모든 사고 들은 호텔 자체시스템에 의해 보고서를 작성하고 본사에도 보고를 해야 한다. 사람이 죽어버린 사건이다. 더구나 콘래드가 자랑하는 팔레스 스위트 1에서 사람이 죽은 사건은 대외적으로 알려지면 상당한 데미지를 입을 것이 불 보듯 뻔했다.

"어떻게 든 특급 보안을 유지하고 철저하게 통제해야 해"

어떻게 해서 여기까지 승승장구한 경력인데 그깟 한국인 한 사람 때문에 본인 경력에 오점을 남기고 싶지 않았다. 다행스럽게 팔레스 스위트는 외부통제가 심한 공간이라서 다행히 아직 아무도 이러한 사망사건에 대해 관심조차 가지고 있지 않았다.

'하긴 여기는 라스베이거스이다. 세계에서 가장 큰 컨벤션, 전시, 관광, 쇼핑 그리고 도박의 도시! 전 재산을 잃고 후버댐에 올라 뛰어내리는 사람부터 그랜드 캐니언 안으로 들어가 돌아오지 않는 사람까지 참으로 다양한 인간 군상들이 죽어간다. 물론 잭팟을 터트려 인생 반전을 이룬 수많은 사람들의 이야기들은 늘 뉴스 토픽이기도 하지만 말이다. 여기는 그런 도시 라스베이거스이다'

스스로 라스베이거스에 대한 이런 생각을 가진 사이몬 양은 강한 어조로 당직지배인이자 사건보고자인 셀리를 냉철하게 바라본다.

"셀리"

"네, 총지배인님"

"일단 시체를 발견한 두 사람 메이드 티나와 케시아는 일단 업무상 출장 처리를 하고 조사를 위해 대기하도록 조치를 하세요. 그리고 팔레스 스위트에 출입한 모든 기록과 CCTV 기록들을 확보하고 보관하세요. 아마 라스베이거스 경찰이 제출을 요구할 것입니다. 또한 신규동 회장의 체크날을 전후하여 지금까지 모든 투숙객 기록을 확보하고 저장해 주세요. 이 또한 경찰이 요구해 올 것입니다. 우리가 수사에 적극 협조하고 빨리 잘 마무리될 수 있도록 준비를 잘합시다. 내부 보안에 특별히 신경 써주시고요. 모든 일은 우리 콘래드 호텔 내에서 일어난 일입니다. 투숙객이 투숙 중에 사망했다면 직접적이든 간접적이든 모두 우리 호텔의 책임입니다. 제 책임이기도 하고요"

'역시 우리 힐튼 호텔 그룹이 키우고 있는 엘리트 총지배인 맞구나. 모든 일에 빈틈이 없어. VIP사망사건이 나면 우왕좌왕하면서 책임회피 하면서 자기 자리보전에 다들 신경을 쓰는데 사이몬 총지배인은 다르구나!'

셀리는 존경의 눈빛으로 눈앞의 사이몬을 바라보면서 한 가지 상의드릴 것을 잊었다는 표정으로 급히 노트를 다시 펼친다.

"총지배인님. 하나 더 상의드릴 사안이 있습니다"

"네. 말씀하세요"

"신규동 회장님은 총 13박 14일 저희 호텔에 투숙 일정이었습니다. 예정대로 라면 내일 오후 4시에 저희가 리무진으로 라스베이거스 해리 리드 국제공항으로 모셔다드리는 것으로 저희의 의전은 끝이 납니다. 객실도 내일 체크아웃 이후에 점검에 들어갈 예정이었습니다"

"네. 알고 있는 사안입니다. 상의드릴 사안은 무엇인가요?"

"두 가지입니다. 첫째는 신규동 회장의 팔레스 스위트는 수사 진행 중이므로 아마 당분간 사용이 불가능할 것 같은데 앞으로 예약은 어떻게 할까요? 두 번째는 팔레스 스위트 2에 현재 신규동 회장의 가족, 즉 전 부인과 딸이 어제부터 내일까지 일정으로 투숙 중입니다. 물론 신규동 회장이 체크아웃할 때 같이 체크아웃하도록 예약이 되어 있습니다만 현재 유가족이 된 상태로 내일 체크아웃을 한다는 것은 거의 불가능하게 보입니다"

사이몬 양 총지배인은 의외로 심플하게 정리를 한다.

"고민하지 마세요. 간단합니다. 팔레스 스위트 1, 2는 MGM카지노에서 1년에 6개월을 카지노 VIP고객을 위해 사용하도록 연간 계약이 되어 있는 스위트입니다. 이번 예약도 MGM카시노에서 예약을 삽은 것입니다. 대외적으로 저희는 팔레스 스위트는 리노베이션 들어간다고 공지를 하세요. 예약은 앞으로 수사가 끝나는 사항을 보면서 천천히 조정하면 됩니다"

"넵. 알겠습니다"

"그리고 유가족은 그대로 팔레스 스위트 2에 머물도록 조치를 하세요. 그동안 우리가 모셨던 VIP에 대한 호텔 측의 예우입니다. MGM 리차드 김 이사가 담당이니 이러한 내용을 알려주세요. 우리와의 관계가 좋으니 아마 쉽게 동의할 것입니다.

3

라스베이거스 해리 리드 국제공항

코로나 이후 폭발적으로 풀린 관광시장의 여파로 라스베이거스는 매년 새로운 기록들을 갱신하고 있다. 더구나 최근에 123만 개의 LED로 연출하는 둥근 지구 모양의 스피어 돔의 인기로 인해 주변 호텔들까지 호황을 유지하고 있다.

공항 수화물 찾는 벨트 안으로 들어가는 두 남자.
MGM호텔 카지노에서 나온 리차드 김과 신규동 회장의 수행비서 김영식은 뱅글뱅글 돌아가는 수화물 벨트 앞서 있는 초로의 한 남자를 발견하고 급히 달려간다.

"안녕하세요? 큰 회장님!"

"어… 어…. 김 부장…"

초로의 늙은 남자의 눈에서 눈물이 먼저 또르르 떨어진다. 옆에서 인사하는 리차드 김을 보고도 아는 체할 겨를도 없이 김영식 부장 손을 먼저 잡는다.

"우리… 규동이. 내 아들 규동이 지금 어디 있나? 규동이가 죽은 게 맞아? 확실해?"

울부짖듯이 말하는 노신사를 옆에서 있던 리차드 김이 달래면서 차량 쪽으로 안내를 한다.

"큰 회장님. 차를 타시고 어서 이동을 하시죠. 저희가 차 안에서 설명드리겠습니다"

두 사람은 급히 벨트에서 첫 번째로 나온 노신사의 짐을 픽업하여 MGM카지노 로고가 선명한 캐딜락 리무진 차량에 노신사를 모시고 탑승하여 공항을 벗어난다.

"김 부장. 지금 규동이는 어디에 있는가?"

"네 큰 회장님. 호텔 스위트에서 감식반의 감식이 끝나고 회장님의 시신은 경찰에서 와서 이송해 갔습니다. 지금 라스베이거스 경찰서 시체 보관실에 있다고 합니다"

"아니! 이런 미친. 내 아들이 죽었으면 얼른 가까운 큰 병원 영안실 뭐 이런 데 좋은 데를 잡아서 거기 있게 해야지…. 경찰서라니…. 이런 이런…. 아니 왜 내 아들이 경찰서에 있단 말인가? 그것도 죽어서 말이야…. 흑흑흑…. 일단 내 아들이 죽어서라도 편하게 있게 해야 하지를 않겠나. 이런 미국 땅에서 경찰 시체 보관실이라니. 이런 게 미국법이라는 건가?"

화낼 힘마저 빠진 듯 온 기력을 13시간 내내 비행기에서 울고 와서 그런지 초로의 노인은 목이 쉰 목소리로 힘겹게 호소하면서 하소연하듯이 리차드 김을 바라본다.

"그게…. 저 큰 회장님. 신규동 회장님의 사망원인이 살인사건이라서 경철서에서 사건조사를 위해 부검을 진행을 해야 해서 시신을 이송해 간 것이라는 통보를 방금 저희도 받았습니다"

"뭐! 살인사건? 그럼 내 아들이 살해당했다는 말인가?"

쉰 목소리가 갑자기 폭발하는 힘을 얻은 듯이 캐딜락 리무진 차량의 천장을 뚫을 듯이 큰 목소리가 터져 나왔다.

어찌나 소리가 컸는지 칸막이가 되어 있는 앞자리의 캐딜락 리무진 기사가 힐끗 백미러로 뒷좌석을 쳐다본다.

무더운 사막을 가로지르는 도로를 따라 캐딜락 리무진이 라스베이거스 경찰서를 향해서 빠르게 달려간다.

4

라스베이거스 한식당
조선화로

라스베이거스의 최대 컨벤션 CES에 참석한 삼성, SK, LG 그룹이 회장님과 임원들을 위해 예약 전쟁을 했다는 그 식당들 중 하나이다.

한국 대사관 참사관 김윤조와 경찰영사 이영호.
매콤한 순두부찌개와 된장찌개를 시켜놓고 늦은 점심을 막 먹기 시작했다.

"아니 왜 안 드시던 순두부를 드세요?"
"말 마라. 한국에서 임플란트 한 부분이 염증이 생겼는지 딱딱한 거 씹으면 통증이 와서 요즘 부드러운 거만 먹으려고 노력 중이야. 미국은 치과가 비싸서 다음 달에 한국 들어갈 때 치과 치료를 다 받고 들어오려고 하는데 요즘 좀 아프네. 매일 타이레놀 끼고 살아"

"에이. 형! 진작에 나에게 말씀하시지. 이번에 들어가시면 저희 식구들이 다니는 청담역 청담클린치과로 가보세요. 저희 아파트 청담 라클래시상가 4층에 있는 치과인데 애들하고 애 엄마가 인생 치과라고 다들 좋아해서 저희 집, 처가 집 식구들 모두 거기만 다녀요"

"아? 그래? 안 그래도 치과 옮기려고 했는데 잘되었네. 내가 갈 때

제수씨에게 치과에 잘 좀 해주라고 전화 좀 주라고 해다오"

"걱정 마, 형. 우리 집 주치의라니까요! 일단 안 아파요, 하하하. 그리고 치료 잘해줘요, 유튜브 깐깐한 의사 오원장 봐봐요"

"그래. 한시름 놓았네. 사실 치과 가기 겁나거든. 잘 알지도 못하고. 내 입안을 내가 볼 수도 없고 말이야"

"치과는 걱정 마시고요 형님. 신규동 회장이라는 사람. 제가 알아보니까 대단한 사람이더군요. 미국에서 카네기멜론대학을 나오고 골드만삭스에서 일하다가 자기가 모시고 있던 보스가 헤지펀드로 독립해서 나갔는데 그때 따라가서 온갖 금융기법을 배웠다고 해요. 한국에서 2010년에 일어난 재벌그룹 후계자 주가조작 사건 아시죠? 재벌 3세가 줄줄이 구속된 그 사건의 핵심 배후 설계자가 신규동 회장이었다는 소문이 파다했는데 정작 본인은 이를 부인하였죠. 구속된 재벌 3세들도 모두 입을 다물고 실형을 다 채우고 나왔으니 사건의 내용은 잊혀졌구요. 사실 한국에서 증권거래 위반이나 시세조종으로 실형을 받아봤자 길어야 3년 아니겠어요. 최근에서야 법이 강화되면서 여의도 저승사자니, 남부 저승사자니 하는 이름들이 나와서 철퇴를 가하지만 예전에는 우리나라도 참 허술했어요. 그죠?"

"야! 주식 이야기하지 마. 나도 선량한 피해자야. 내가 투자만 하면 어떻게 상장폐지가 되냐? 하여간 경찰 공무원 치고 주식으로 돈 번 사람을 내가 보지를 못했어요. 나 봐라! 마누라에게 거의 이혼당할 뻔했잖아. 다시는 주식 투자 안 한다고 각서 쓰고 두 손 두 발 다 빌어서 지금 같이 살고 있는 거야"

"하하. 형님도 일종의 피해자이시군요? ㅎㅎ. 저는 뭐 그런 쪽은 영 관심이 없어서…"

"처음부터 안 하는 게 나아. 자네 같은 엘리트 들은 공부를 좀 하고 관심을 가지면은 그래도 잘할 것 같은데?"

"하하. 부추기시는 거죠? 너도 나중에 돈을 잃어 봐라! 하고 ㅎㅎㅎ. 저는 안 합니다. 아무튼 그 이후로 실형을 살고 나온 재벌 3세 들과 다시 어울려 다니면서 해외펀드들의 투자를 받아서 한국의 기업들을 사고팔고를 거듭하면서 성장했다고 합니다. 지금은 한국 주식시장의 M&A 하면 신규동! 이렇게 유명한 회장이더라고요. 물론 우리가 정보를 받은 대로 자본시장법 위반, 시세 조정, 사기적 부정거래 등으로 여러 사건에 연루되어 남부지방법원에서 재판을 받고 있는 중이지만요"

"그것 말고도 남부지방검찰청에서 지목하는 4대 천왕에 들어간다잖아!"

"4대 천왕요?"

"그래. 유명한 레몬펀드 사태를 일으키고 프랑스에서 잡힌 박규광 회장, 보유한 상장사 자금을 동원하여 전기자동차회사를 통째로 인수

하겠다고 하고 수천억 차익을 내고 도피해 버린 성준연 회장 그리고 용돈 주듯이 회사 인수자금을 빌려주고 정보를 받아 차익을 내는 모든 M&A의 할아버지라고 불리는 서영석 회장이 3인방이고 이 3인방을 손오공 재주 부리듯이 가지고 놀 정도로 천재적 머리를 가진 사람이 신규동 회장이란다. 그 정도는 인터넷 검색하면 다 나오는데 너는 정말 관심이 없구나"

"와! 무슨 무협지 보는 것 같네요"

"4대 천왕은 무슨 4대 천왕! 자본시장을 교란한 황소개구리, 블루길, 베스, 붉은귀거북이 같은 유해종이지"

이때 휴대전화 벨이 울린다.

"어? 레이몬드 경감인데"

재빠르게 발신자를 확인하고 반갑게 전화를 받는다.

"헬로우. 레이몬드. 무슨 좋은 소식이라도 있나요? 네? 살인자가 자수를 했다구요? 한국인? 유명한 여자 아나운서?"

유명한 여자 아나운서라는 말에 김윤조 참사관은 급 호기심이 생기면서 전화기를 가리키며 빨리 스피커폰 버튼을 누르라고 보챈다.

스피커폰으로 울려 나오는 레이몬드 경감의 목소리.

"이게 좀 찜찜하기는 하지만 오늘 오후에 경찰서로 한국 여자 한 분이 찾아와서 본인이 오늘 새벽에. … 그러니까 자정을 넘긴 늦은 시간에 팔레스 스위트 1에 들어가서 잠자고 있던 신규동 회장을 베개로 눌러서 질식사를 시켰다는 진술을 하고 있습니다"

이영호 경찰영사는 어이가 없다는 듯이 스피커폰에 대고 질문을 한다.

"그럼 이제 그 여자는 피의자로 전환되어서 미국 경찰의 조사를 받겠군요. 저희는 한국 국민 보호 조치에 의거하여 대사관 영사 조력을 시작해야 할 것 같습니다"

"맞습니다. 바로 그 문제로 전화를 드린 것입니다. 빨리 라스베이거스 경찰서로 와주시기를 요청드립니다"

전화기를 끊고 이영호 총경은 어이가 없다는 표정으로 김윤조 참사관을 바라본다.

"나 참. 살인사건이라니…. 이곳 라스베이거스에서"

"베개로 얼굴을 눌러서 건장한 남자를 여자가 질식사를 시킬 수 있나요? 무언가 이상한데요?"

"나도 그 점이 찜찜하지만 미국 경찰이 그 정도 사안을 파악도 없이 자수만으로 피의자 전환을 하지는 않았을 거야. 일단 우리가 서둘러 가봐야겠어. 어서 일어나자"

둘 은 식사도 마치지 않고 서둘러 계산을 마치고 공항에서 렌트한 렌터카에 올라탄다.

5

라스베이거스 경찰서

수사팀 취조실

"여기 진술하신 내용에 대하여 다시 한번 천천히 읽어보시고 진술 내용이 사실이면 제일 밑의 서명란에 서명해 주십시오"

레이몬드 경감은 피의자 조현아가 영어를 제법 잘하는 것을 알지만 사건의 내용을 명확하게 하기 위해 진술조서를 이해하기 쉬운 영어로 작성을 하였다. 한국 국적의 피의자나 사건희생자 들이 발생하는 경우 라스베이거스 경찰서 내에서는 거의 레이몬드 경감이 전담을 한다. 어떤 경우는 전혀 영어를 못하는 한국 사람들이 있어서 대한민국 대사관에서 이를 다시 한국어로 조서를 번역해서 전달해 주는 조력을 하기도 하지만 돈이 있는 사람들 같은 경우에는 미국 내 한국계 변호사를 선임해서 대응하기도 한다.

"정말로 변호사 선임하시지 않고 살해를 인정하시는 거 맞으시죠?"
"네. 제가 한 일이니 제가 책임을 져야죠"

모든 걸 자포자기하는 심정으로 고개를 숙이는 조현아를 보고 있는 레이몬드 경감의 마음이 착잡하다.

> 조현아
> 1990년생
> 이화여자대학교 신문방송학과 졸업
> KBS 공채 21기 아나운서
> 뉴스 및 교양 프로그램 진행
> 홍콩사업가와 결혼 후 1년 만에 이혼
> 스포츠 채널 및 다양한 프로그램 방송 활동 재개
> 갑자기 작년 모든 방송 활동을 중단하고 미국 UC Berkley 언론대학원 석사 입학

1차 조사 프로필에 나와 있는 피의자 조현아의 이력이다.

'엘리트 아나운서가 살인이라니'

이건 도무지 조서를 읽고 나서도 확신이 서지를 않았다.

조서의 내용을 간추리면 다음과 같았다.

1. 잘나가는 아나운서로서 유명세를 떨치던 조현아는 홍콩 거주 사업가와 결혼을 하여 은퇴를 하고 홍콩에서 거주 1년 만에 이혼을 하였음.
2. 이혼 후 한국으로 귀국하여 다시 아나운서 활동을 시작. 스포츠 채널 및 각종 외주제작사 프로그램과 계약한 프리랜서를 겸함.
3. 1년 전에 모든 활동을 은퇴하고 미국 UC Berkley의 언론대학원에 입학. 현재 재학 중.
4. 미국으로 온 이유는 1년 반 전부터 죽은 신규동 회장과 한국에서 연인으로 사귀기를 시작함.
5. 사귄 지 6개월 정도 지나면서 신규동 회장이 미국에 집을 사 줄 테니 미국에서 앞으로 살 계획을 잡아보는 게 어떠냐고 제안을 함. 장기적으로는 신규동 회장도 미국으로 와서 살 계획이며 그때 조현아와 함께 살 것을 약속함.
6. 신규동 회장의 말을 믿고 모든 아나운서 활동에서 은퇴하고 미국행을 결심함.
7. 현재 LA에 조현아 명의의 5백만 불 고급 빌라를 소유하고 대학원생으로 생활 중. 주택 구입비와 현재 타고 있는 테슬라 차량 그리고 매달 넉넉한 생활비는 신규동 회장이 보내주는 중이었음.
8. 신규동 회장이 출국금지를 풀고 2주간 미국 라스베이거스로 출장을 온다는 사실을 알고 있었음.
9. 한국 출발할 때 신규동 회장의 연락으로 신규동 회장 라스베이거스 도착 다음 날부터 팔레스 스위트 1에서 신규동 회장과 재회하여 밀회를 즐김.

10. 남들 보는 눈이 있다고 팔레스 스위트 1에는 머물지 못하고 같은 건물인 콘래드 호텔의 귀빈층 스위트를 잡아줘서 여기에서 투숙 중이었음.

11. 신규동 회장의 팔레스 스위트 1의 문은 비밀번호로 되어 있는데 비밀번호 숫자 6자리를 받아서 언제든 편하게 출입할 수 있었음.

12. 사건 발생 전까지 신규동 회장과 연락해서 만난 횟수는 총 4번임. 모두 팔레스 스위트에서 만나서 밀회를 즐김. 자고 오지는 않음.

13. 사건 하루 전에 갑자기 보자고 해서 갔는데 몇몇 대학원생 남자들과 조현아가 어울린 사진 몇 장을 들이밀며 내가 학비며 생활비를 다 대주는데 너는 여기서 바람피우냐고 닦달을 해서 크게 싸움.

14. 바람피운다고 확신을 가진 듯. 집과 차를 돌려주고 생활비도 지원을 끊겠다고 통보를 받음.

15. 사실이 아니라고 몇 번을 이야기해도 다 조사를 해봤다고 하면서 아무런 이야기를 듣지 않음.

16. 다음 주에 사람을 보낼 테니 집의 명의를 양도하고 차량도 다 돌려주라고 막무가내로 소리 지르는 통에 그냥 팔레스 스위트 1을 나옴.

- **사건 당일 핵심 사항**

1. 사건 당일 밤, 12시경에 팔레스 스위트 1에 들어감.

2. 항상 몰래 신규동 회장을 만났기 때문에 4번의 만남이 모두 자정 무렵에 피의자 조현아가 팔레스 스위트 1로 와서 만남.

3. 조현아는 당일이 신규동 회장의 생일이었음을 알고 있었고 작은 생일 선물까지 준비를 했으나 이별 통보를 받고 반은 정신이 나간 상태였음.

4. 무엇보다도 모든 경력을 다 접고 신규동 회장이 함께 산다는 말을 믿고 미국으로 와서 학생 비자로 공부를 하면서 미래를 준비를 했는데 남자를 사귀는 꼬투리를 잡아서 집과 차량을 가져가고 생활비를 모두 중단한다고 하는 것은 조현아 자신을 죽이는 것과 같은데 그걸 알면서도 그렇게까지 하는 신규동 회장에 대한 분노가 폭발한 상태였음.

5. 밤 12시경에 팔레스 스위트 1에 들어간 조현아는 인기척이 없이 조용한 신규동 회장이 자는 큰 객실로 편하게 들어감. 늘 들어갔던 그 방이라 살피고 볼 것도 없이 그 방에서 잠들어 있다는 것을 확신했음.

6. 특히 술 먹은 날은 자낙스를 10알보다 더 많이 15알씩 먹고 자는 습관이 있어서 이날도 반드시 자낙스를 15알 이상 먹고 잘 것이라고 확신했음.

7. 늘 농담으로 술 먹고 자낙스 15알 먹으면 거의 가사 상태에 빠져서 몸이 움직여지지 않아서 누가 베개로 누르면 숨도 못 쉬고 죽을 거야. 남들이 볼 때는 아마 자다가 그냥 죽은 것으로 알걸? 낄낄대며 자낙스의 약효는 거의 코만 벌렁거리는 가사 상태로 사람을 만들어서 콧구멍만 30초를 막으면 자신은 쥐도 새도 모르게

> 자다가 죽은 줄 사람들이 알 거라고 하는 말을 똑똑히 기억한 조현아는 사건 당일 약에 취해 자고 있는 신규동 회장을 보자마자 베개로 얼굴을 누름.
>
> 8. 생활비야 벌면 되지만 집과 차는 조현아 명의로 되어 있어서 이마저 빼앗긴다면 자신은 미국에서 거지가 되는 상황이 너무 화가 나고 처지가 너무 초라했음. 사실 미국에서 공부하면서 만나는 남자가 생긴 것은 사실임. 뒷조사하고 이것을 약점으로 삼아서 자신의 모든 것을 빼앗아 가려는 신규동을 용서할 수 없는 심리 상태가 작동함. 분노한 상태에서 베개로 신규동 회장을 누르다 너무 놀라서 신규동 회장을 보니 진짜로 죽어버렸음.

조서를 쭈욱 읽다가 레이몬드 경감은 영사 조력을 위해 취조 대기실에서 앉아 있는 김윤조 참사관과 이영호 총경에게 조서를 건네어 준다.

"결국 치정살인인가요? 약물에 취한 애인을 베개로 질식사를 시킨다. 이게 과학적으로 가능한 건가요?"

김윤조 참사관은 자신은 이런 범죄심리나 법의학적 소견은 문외한이라서 잘 아는 경찰 두 분이 대답을 좀 해주라는 표정으로 두 사람을 바라본다.

"논리적으로 가능은 하지요. 김 참사관은 숨을 얼마까지 참을 수 있을 것 같습니까?

"글쎄요, 한 1분?"

"하하하. 통상 사람은 1분 30초를 지나면 질식사의 위험 구간에 노출됩니다. 2분을 넘기면 거의 모든 신체 기관이 위험수준을 인지하면서 발작을 시작하죠. 하지만 약물가사 상태일 때는 이러한 발작 동작이 발생하지 않습니다. 반사신경 자체가 수면 상태이기 때문에 작은 압박으로도 살해가 가능하죠. 이론적으로는 치정으로 인한 압박 질식 살해가 맞습니다"

"야! 사람 목숨이 1분 30초를 넘기지 못한다니 너무 허무하군요"

"그럼. 범인이 자백도 했고 논리적 구성도 맞으니까. 다음은 바로 기소를 하실 건가요?"

"아닙니다. 이 사건은 미국 땅에서 일어났지만 한국 국적의 피의자가 한국 국적의 피해자를 살해한 사건입니다. 공소를 제기할 수는 있지만 만약 한국 법무부에서 범죄인 인도청구를 요청하면 저희 주정부와 경찰청에서 법적 검토를 거쳐서 아마 인도하지 않을까 싶습니다. 더구나 신규동 회장은 재판을 받고 있는 신분이라고 하니 한국 법무부에서 적극적으로 대응할 것 같은데요"

"말씀 들어보니 그럴 가능성이 높군요. 저희는 그럼 지금부터 이 수사조서를 기반으로 본국에 보고를 하고 특히 법무부에 행정절차 논의를 요청하겠습니다"

제2부 모두가 잠 못 드는 밤

김윤조 참사관과 이영호 총경은 자료를 받아 자리에서 일어나서 본국과 협의할 준비를 위해 취조 대기실을 나선다.

이영호 총경이 문을 나서다가 레이몬드 경감을 보면서 한 가지를 더 물어본다.

"레이몬드. 피의자는 언제까지 구금될 것 같은가요?"

"저희가 지금 구속영장을 발급받아 조사를 시작했으므로 앞으로 일주일간은 저희 경찰서 관내 취조실에서 구금조사를 받을 것입니다. 그 이후에는 양국 협의가 되면 조사자료와 함께 한국으로 송환이 논의될 것 같은데요"

"알겠습니다. 저희도 그 일정을 보면서 본국과 조율하겠습니다"

문을 나가려는 두 사람 뒤에서 레이몬드가 큰 소리로 외친다.

"참! 한가지 가장 중요한 서류가 도착해야 최종판결 및 인도 협상을 할 수 있으니까 그걸 참고하세요. 살해사건으로 전환이 되어서 무조건 신규동 회장의 시신을 부검해야 합니다. 그래서 지금 경찰서 내 부검 법의학팀에서 내일까지 부검 레포트를 제출할 것입니다. 부검 결과가 질식사로 명시되어 피의자 진술과 일치할 경우 피의자 출입 CCTV 등 추가 증거를 첨부하여 사건을 이첩시킬 예정이니 참고하세요"

6

라스베이거스 경찰서
마약전담팀

사건 현장 사진과 파일들을 살피던 직원 중 한 명이 부검보고서를 출력한 다음에 스티븐슨 팀장이 있는 책상으로 다가와서 부검보고서를 올려놓는다.

"팀장님. 어제 사막에서 발견된 남자의 신원은 베트남 불법체류자입니다. 38세. 골프장 잔디 관리 등을 하는 불법체류자를 많이 고용하는 불법용역업체의 소속으로 일하다가 어제 시체로 발견되었는데 부검을 해보니 펜타닐 중독이라고 저희 마약팀에게 통보가 왔는데요"

"아니. 사인은 총상이라면서 이마에 정통으로 한 방! 대략 그런 경우 차에서 창문을 열고 한 방에 갈겼다는 이야기인데. 그러면 펜타닐을 받으려고 하는 순간에 이마에 한 방을 갈겼다는 건데…. 더 특이한 것은 시신의 열 손가락의 지문을 다 도려내 가서 지문이 없었다면서 부검팀은 신원을 어떻게 특정했지? DNA 분석은 하루 만에 나오지 않는데?"

"시체 주머니에서 명함이 나왔답니다. 용역업체 사장 명함이 나와서 얼굴 사진을 휴대폰으로 보내고 그곳 직원이냐고 조회를 하니까 사장이 바로 우리 직원 맞다고 특정을 해줬다고 합니다"

"흠…. 그런데 펜타닐 중독이라…. 그리고 사망은 약물과다가 아니고 총상으로 죽었다! 분명 무언가 스토리가 좀 있는 거 같지 않아?"

오랜 수사의 촉이랄까.

스티븐슨 팀장은 부검 검안서 봉투 안에 담겨 있는 용역업체 사장의 명함을 꺼내서 보면서 진한 사건의 피 냄새 같은 것을 직감적으로 느꼈다.

"우리 오랜만에 현장에서 마약이 아닌 또 다른 것을 한번 파볼까? 나랑 지금 당장 그 용역업체 사장을 만나러 갑시다. 출동"

스티븐슨 팀장은 의자를 밀치면서 권총을 챙기고 쏜살같이 주차장으로 달려 나간다.

7

대한민국 법무부

제법 큰 사무실에서 말쑥한 양복을 입은 신사가 연신 고개를 숙이며 전화를 받는다.

"네… 네…. 알겠습니다. 선배님. 네. 저희도 잘 알고 있습니다. 시끄러워서 좋을 게 없다는 것을요. 네. 알겠습니다. 일단 미국 쪽에서 최대한 수사 기간을 늘리도록 협조 요청을 하고 인도요청에 대해서는 심사를 최대한 늦추도록 하겠습니다. 네. 네. 저희도 잘 알고 있습니다. 저희도 당장 다음 주부터 국정조사 기간입니다. 선배님. 네. 네. 들어가십시오"

진땀 나는 듯이 휴대폰을 소파에 턱 던지고 물 한 잔을 마신다.

대한민국 법무부 검찰국장.
검찰의 꽃 중의 꽃이라는 이 남자가 연신 고개를 숙이며 쩔쩔매는 상대방은 누구일까?

물 잔을 든 채로 책상 위에 결재판에 올라온 미국과 범죄협약에 의한 범죄인 인도요청 협조 공문을 바라본다.

- 미국 캘리포니아 경찰청
  라스베이거스 경찰서 관할 사건

사망자: 신규동
피의자: 조현아

피의자 자백에 의한 범죄사실 여부 확인서 및 미국 내 한국인 재판 관할권 협조 요청 시 양국 범죄인 인도 협의에 의해 송환 절차를 진행할 수 있으므로 귀국의 의사를 묻는 요청서이다.

> 쉽게 말하면 미국 땅에서 한국 사람이 죽고 한국 사람이 범인인데 너희 나라로 보내줄까? 이런 쉬운 내용을 공문에 도장 찍고 격식 어린 영어 문구로 도배를 한 다음 한국 정부의 외교문서로서 접수되어서 지금 법무부에 와 있는 것이다. 더구나 사망자는 검찰이 기소한 사건의 당사자 이자 현재도 기소를 위한 수많은 사건의 핵심연루자인데 임시출국허가서에 법무무가 허락한다는 도장을 찍어버렸다.

그렇게 하도록 한 당사자가 바로 여기 이 사무실에 서 있는 것이다.

"재수 없게 되었군"

결재판을 탁탁 손으로 치면서 창밖을 바라본다.

"흠…. 시간을 살어라… 국정감사 기간 끝날 때까지…. 그렇다면 우리가 협조 요청을 먼저 해야겠군. 해서 주요 인물이니 담당 검사를 파견하여 사망 진실 여부를 파악하겠다고 하면서 수사를 지연시키면 될 것 같군"

스스로 해법은 찾은 검찰국장은 전화기를 들고 남부지검장에게 전화를 한다.

"김 검사장! 나네. 하하하하. 자네 요즘 칼춤 추듯이 모두 잡아들인다고 총장님이 칭찬이 대단하셔! 살살해 이 사람아~ 하하하. 여보게 김 검사장 부탁 하나 하세! 자네 관할에서 담당한 거 신규동 회장 알지? 그래그래. 어제 미국에서 갑자기 사망했어. 그래서 지금 출국동의서에 도장 찍은 우리도 조금 곤란 해요. 그래서 말인데 거 담당 검사 있지? 누구지? 허정호? 그래그래. 담당 검사를 즉시 미국으로 좀 파견해 주게. 사건을 파악한다고 하면서 2주만 시간을 끌어주게. 2주면 다 되네. 국정감사도 끝나고. 조금 조용해지면 그때 범죄인 인도 든 뭐든 해서 조용히 사건 가져오면 되는 거야. 그래그래 고맙네!"

전화를 끊고 소파에 앉아 휴대폰을 들고 문자를 한다.

> 선배님. 2주간 시간을 지연시켰습니다. 차질 없을 것이니 안심하십시오.

8

라스베이거스 경찰서 법의학 부검실

묵직한 분위기의 대기실 안에서 초로의 한 남자는 연신 고개를 숙인 채 손수건으로 눈물을 닦아내고 있다.

부검실 문이 열리면서 하얀 수술복 가운을 입은 사람이 대기실의 남자들에게 들어와도 된다는 신호를 보낸다.

옆에서 안쓰러운 표정으로 초로의 남자를 부축해서 부검실로 들어가는 남자.
수행비서인 김영식 부장이다.

"아이고… 규동아! 내 아들 규동아"

부검실로 들어서자마자 차갑게 식어 있는 육신을 바라보며 울부짖는 늙은 목소리는 삶의 모든 기운이 빠져나간 듯이 애처롭게 세렝게티 초원에서 홀로 죽어가는 사자에게서 나오는 마지막 포효처럼 느껴진다.

전신 부검으로 온몸을 살피고 꿰맨 실밥 자국이 선명하다.
특이한 점은 머리를 삭발하고 뇌 안을 살펴본 듯 두개골 위의 부분에 선명한 꿰맨 자국이 눈에 거슬릴 정도로 크게 보인다는 점이다.

"크흐흐. 이런 죽일 놈들. 내 아들을 두 번 죽이는구나. 죽어서도 이렇게 비참하게 온몸을 다 헤집어서 들여다보다니. 너희들이 사람이냐!"

말을 알아듣지도 못하는 부검팀의 미국인들을 향해 거침없는 한국말을 쏟아내는 초로의 노인이 하는 행동을 이미 많이 겪어봤다는 듯이 미동도 하지 않은 부검팀장은 부검소견을 빨리 정리해야 한다는 표정으로 이제 그만 나가주시면 고맙겠다는 제스처를 보낸다.

"큰 회장님. 이제 그만 나가서야 한답니다"

"못 나간다. 내가 지금 우리 규동이를 와두고 어디를 간다는 말이냐? 아이고 규동아"

빨리 상황을 정리하는 게 좋다고 판단한 김 부장은 차가운 육신을 붙잡고 울어대는 큰 회장을 시체에서 떼어내어 몸을 부축하여 부검실 밖으로 모시고 나간다.

사실 김 부장도 차갑게 누워 있는 신규동 회장의 시신을 보고 큰 충격을 받았다. 아무리 자신이 혈기 왕성한 시절을 강골로 보낸 공수특공대 출신이지만 매일 모시다시피 한 신 회장의 이런 모습은 낯설기만 하다. 마치 자신이 지금 꿈속이나 드라마 속의 한 장면을 보는 듯한 착각마저 들었다.

워낙 크게 울부짖는 큰 회장만 아니었다면 김영식 자신이 한 인간으로서 신규동 회장의 시신을 붙잡고 그렇게 울고 싶었다. 자신이 모신 신 회장은 누구보다도 자신에게는 신 같은 존재이자 보스의 권위와 의리를 지닌 영웅 같은 분이었다. 자신은 스스로 신 회장을 위해서라면 대신 감방이라도 갈 수 있다는 이야기를 하다가 어머니에게 된통 혼난 적도 있다. 하지만 그런 마음이 진심이었고, 지금 라스베이거스에서 자신과 신 회장이 약속한 마지막 퍼즐 같은 하나의 약속이 있었는데 그 퍼즐이 사라져 버렸다.

'이제는 어떡하지? 나는 길 잃은 양이 된 건가?'
마음속에 알 수 없는 미래에 대한 불안감이 차가운 시신에서 느낀

냉기처럼 엄습해 왔다.

9

라스베이거스 경찰서 수사팀

퇴근 시간이 지났는데도 레이첼은 CCTV를 분석한 자료를 분석하느라고 정신이 없다.

"이거. 재밌네. 신규동 회장이 팔레스 스위트 1을 예약하고 투숙 하기로 한 기간이 13박 14일. 사망은 12박 밤에 사망한 것으로 추정한다면 1차 용의자들은 투숙 시작부터 사망 전까지 팔레스 스위트 1에 들어간 사람들이겠군"

> 1차 용의자 집합
> 전담 룸메이드 티나와 케시아
> 그 기간 내내 같이 투숙한 김신범
> 매일 심부름 등으로 들락날락한 수행비서 김영식 부장
> 거의 매일 김영식 부장과 동행하여 들락날락한 비서 현여진 차장
> 그리고 총 3회 방문한 리차드 김

1차 용의자 군들을 보면 별반 특이하게 살해 용의자를 특정하기 상

당히 어려운 조합들이다.

마지막 살아 있는 모습으로 팔레스 스위트로 들어간 시간이 밤 8시 40분.

잠시 후 9시에 골프단장인 장나나 프로가 들어가는 모습이 CCTV에 잡힌다.

장나나 프로는 밤 11시에 팔레스 스위트 1을 나가는 모습이 CCTV에 잡히고 있다.

늦은 밤 12시 20분경에 한 여자가 들어가는데 그 사람이 바로 살해 피의자 조현아의 모습이다. 너무나 선명하게 잡힌 조현아의 모습 그리고 불과 10분이 안 되어 뛰쳐나가는 조현아의 모습이 또렷하게 기록이 되어 있다.

"흠. 진술대로라면 밤 12시경에 자낙스를 복용하고 잠든 신 회장을 베개로 눌러서 질식사를 시킨 것인데…. 일단은 CCTV가 팔레스 스위트 내에는 존재하지 않으므로 그 안의 상황을 추정해 볼 수밖에 없는데…. 흠… 그게 좀 답답하군"

무언가 있는데 본인이 놓치고 있는 것 같기도 하고, 무언가 퍼즐 하나가 빠진 듯한데 그 퍼즐의 전체 그림을 스스로 못 본 거 같기도 한 묘한 찝찝함을 레이첼은 느끼고 있다.

"아! 뭐지…. 이… 개운하지 못한 느낌은…"

그때 모두가 퇴근한 텅 빈 수사팀 사무실의 정적을 깨듯이 사건 발생 시 울리는 직통 전화가 큰 소리로 울려댄다.

"띠리리링~ 띠리리리링~"

즉시 옆 테이블로 달려가 전화를 재빠르게 픽업하는 레이첼.

"여보세요. L.V.P.D 수사과 레이첼입니다"

"네? 한국 국적의 장나나라는 사람이 객실에서 사망했다구요? 어느 호텔 몇 호입니까? 벨라지오 스위트 1410호라구요? 오 마 이갓~ 알 겠습니다. 즉시 출동하지요"

레이첼은 정신이 멍멍해졌다.

불과 1분 전에 CCTV 화면으로 장나나가 어젯밤에 팔레스 스위트에서 밤 11시, 멀쩡히 걸어서 나오는 것을 보았는데 지금 사망 했다니…. 도무지 이게 현실인지 자신이 잘못 들은 건지 상황 판단이 되지 않았다. 하루 차이로 두 명의 한국 사람이 죽었다! 갑자기 레이몬드 경감님을 찾아 보고해야 한다는 다급함이 앞선다.

급히 휴대폰으로 레이몬드 경감에게 전화를 한다.

"경감님. 지금 어디 계세요? 사망사건 현장 출동입니다. 어젯밤에 팔레스 스위트 1을 방문하고 돌아간 장나나 단장이 시체로 발견되었다고 신고가 접수되었습니다"

수화기 너머로 갓 뎀 어쩌고저쩌고하는 소리가 들려온다.

"네. 벨라지오 호텔 스위트 1410호라고 합니다. 네. 저는 지금 바로 현장으로 가겠습니다. 이따가 뵙겠습니다"

전화를 끊자마자 바로 출동 태세로 나가던 레이첼은 얼른 다시 돌아와서 노트북을 챙긴다. CCTV의 장나나의 모습을 레이몬드 경감에게 보여주어야 할 것 같은 생각이 불현듯이 뒷덜미를 잡았기 때문이다.

10

라스베이거스에 밤이 찾아오면서 하나둘 불빛 들과 네온들이 자신들 만의 세상이 온 듯 형형색색의 빛을 어두워지는 공간을 향해 뿜어내기 시작한다.

벨라지오가 자랑하는 세계 최대 규모의 분수쇼를 구경 하기 위해 수많은 관광객들이 분수쇼를 주변으로 촘촘히 모여들기 시작한다.

밤 7시가 되어가는 시간.
여기저기서 즐겁게 사진을 찍어대는 관광객들 사이로 파란 머스탱이 우렁찬 머플러 소리를 내며 벨라지오 로비를 향해 달려간다.

차에서 내리자마자 현관 입구에 서 있는 리차드 김을 발견한 레이몬드 경감은 차키를 리차드 김에게 던지며 발렛을 부탁한다는 손짓을 한 채 바로 로비를 가로질러 뛰어간다. 도어맨에게 레이몬드 경감의 차를 발렛을 부탁한 리차드 김도 놓칠세라 따라 들어간다.

벨라지오 스위트 1410호

넓은 거실과 객실 그리고 창밖으로 바로 보이는 분수쇼의 풍경.
밖에 나가지 않아도 매일 분수쇼를 창가에서 즐길 수 있는 벨라지오의 최고 명당 스위트이다.

방문은 이미 열려져 있고 객실 복도 한 면을 이미 호텔이 보안을 위해 공사 중 표식으로 차단을 해놓았다. 세계 최고의 카지노 호텔은 정말 이런 일 처리 하나는 경찰이 요청하지 않아도 자체적으로 깔끔하게 늘 처리를 한다. 역시 여기는 라스베이거스가 맞다.

이런 생각을 할 겨를도 없이 레이첼이 가장 먼저 나와서 인사를 한다.

"경감님. 이게 무슨 일이죠?"

"나도 참. 하룻밤에 신 회장 관련자가 사망하다니. 현장은 어때? 살해사건인가?"

장나나가 쓰러져 있는 거실 바닥을 중심으로 감식반은 연신 사진과 동영상을 찍고 있다.

"오자마자 보안팀 요청해서 출입기록과 복도 CCTV를 확인했는데 사망한 장나나 이외에는 아무도 출입한 사람이 없습니다"

"그럼 누가 발견한 거야"

옆에 있던 리차드 김이 얼른 끼어들어서 대답을 한다.

"룸서비스에서 매일 냉장고 체크 및 저녁에 제공하는 턴 다운 서비스를 위해 밤 6시경에 방문합니다. 침대 커버를 주무시게 좋게 반쯤 열어드리고 나이트가운과 슬리퍼를 준비하고 초콜릿 서비스를 매일 하기 때문에 들어왔다가 거실에 쓰러져 있는 저분을 발견하고 신고한 것입니다"

"그럼 어젯밤에 팔레스 스위트 1에서 나온 다음에 이 객실로 바로 들어 온 것은 확인했나? 레이첼?"

"네. 경감님. 이동 시간과 동선 모두 일치 합니다. 콘래드 호텔에서 나와서 콘래드에서 마련해 준 차를 타고 바로 벨라지오 호텔로 와서 객실로 들어오는 모든 기록이 일치합니다"

"그러면 어떻게 죽었다는 거야. 대체? 외상은 없나요?"

검식 중인 검식반을 향해 레이몬드는 질문을 던진다.

"네. 지금 외관상으로는 아무런 외상이 없습니다. 입에 거품 흔적이 좀 있어서 독극물 채취를 위해 지금 시료 작업 중입니다"

"감식반장 피터는 어디 갔어요?"

레이몬드는 늘 현장에 있는 피터반장이 보이지 않아 의아했다.

"아! 반장님은 오늘 오후 내내 그 한국 사람 부검을 했습니다. 부검하면서 뇌 안을 정밀검사 해야 하는 상황과 장기에서 이것저것 좀 복합적인 시료들이 추출되었습니다. 그 내용을 협의하기 위해 L.A경찰청 법의학연구센터로 바로 가셨습니다"

"그래? L.A본청으로 갈 정도면 더 분식해야 하는 시료들이 채취되었다는 건데…. 그건 질식사하고는 상관없다는 다른 이야기들이 나온다는 건가?"

오랜 수사의 촉이다.
이건 질식사가 아니다.
레이몬드 경감은 직감적으로 피터 반장이 무언가를 발견한 것으로 생각이 들었다.

"이. 너구리 같은 녀석…. 무언가 발견해서 확신을 가지고 그걸 최종

판단 하기 위해 L.A본청으로 날라갔구나! 역시 피터답다. 무언가 답을 가져올 거야"

레이첼은 레이몬드 경감이 혼자 중얼거리듯이 되뇌는 모습을 보다가 거실 테이블 위에 올려진 한 병의 레드와인을 바라본다.

"경감님. 이 레드와인 좀 보세요. 병의 코르크는 여기 있는데 와인잔이 없어요!"

"어? 그렇네…. 그럼… 이 레드와인을 입에 대고 마셨다? 그리고 쓰러졌다. 왜?"

레이첼은 무언가 생각난 듯이 노트북을 바로 열어서 방금 전까지 수사과 내에서 살피던 어제저녁의 팔레스 스위스 1에서 나오는 장나나의 화면을 정지시켜서 자세히 본다.

"경감님. 여기 보세요. 장나나의 어깨에 걸쳐진 고야드 가방. 그 가방 안에 삐져나온 이 와인병. 지금 우리 눈앞에 있는 이 병 맞죠. 코르크 위의 문양을 확대해 볼게요"

노트북에서 잡힌 장나나의 고야드 숄더백 위로 삐져나온 와인병 위로 반쯤 올라온 코르크 마개의 문양이 크게 비추어진다.

불로 찍은 듯한 포효하는 독수리 문양.

제2부 모두가 잠 못 드는 밤

지금 테이블 위에 뒹구는 코르크 모양과 100프로 똑같다.

옆에 서 있던 리차드 김이 소리를 지른다.

"어! 저건 어제저녁 아리아 호텔 카본 레스토랑에서 신규동 회장님의 생일 파티의 축하 선물로 저희 MGM그룹의 스팅글러 회장님이 선물한 최고의 와인 1992년산 Screaming Eagle Cabernet Sauvignon의 코르크 마개 맞는데요. 이 와인이 왜 여기에?"

"거기서부터 단서가 있다는 이야기군요"

레이첼이 리차드 김에게 다가가 무언가 더 아는 이야기가 있지? 하는 표정으로 바라본다.

"그렇게 바라보시 마세요. 서는 아무 관련이 없습니다. 다만 어셋밤 카본 레스토랑에서 신 회장님과 장나나 프로가 이 와인을 같이 마시자는 약속을 하셨습니다. 그 자리에 있던 모두가 들었습니다. 두 분이 밤 9시 반에 와인을 드시는 것으로···. 그래서 저희가 미리 호텔에 와인을 보내서 디켄팅을 해서 최고의 와인 바디감이 밤 9시 반에 열리도록 소믈리에 통해 세팅해 드리고 나왔습니다"

"밤늦게 단둘이 이렇게 비싼 와인을요? 우리가 조사해서 밝혀내는 것보다 지금 리차드가 아는 모든 것을 털어놓는 게 좋을 것 같군요. 사람이 죽었어요. 이틀에 두 명이···. 둘 다 리차드가 아는 사람들이고"

레이몬드 경감은 리차드 김을 압박하듯이 말을 하자 리차드는 모든 것을 체감한 채 이야기를 털어놓는다.

"저는 MGM그룹의 한국 담당 임원으로 모든 VIP들의 전부를 케어합니다. 전부라고 하면은 은밀한 사생활까지를 말하는 것입니다. 사실 이 객실도 제가 예약해서 준비한 것입니다. 장나나 프로와 신 회장님은 오랜 내연 관계입니다. 신 회장님이 이혼을 하고 나서 장나나 프로는 은근히 그 자리를 기대를 했지만 신 회장님은 운동선수라고 조금 무시를 하시곤 했답니다. 그래서 가끔 제가 장나나 프로의 술친구도 하고 위로도 해드리곤 했습니다. 이번에도 회장님이 2주간 미국으로 출장 오시는 것도 미리 제가 알려드렸고 장나나 프로도 모든 일정을 취소하고 회장님의 생일 축하를 핑계로 이곳 라스베이거스로 날라왔죠. 회장님이 특히 골프를 좋아하시니까 이곳에 계시는 동안 3번의 골프를 치셨는데 최고의 골프장 Shadow Creek을 특히 좋아하셔서 장나나 프로와 단둘이 라운딩을 즐기셨죠"

"흠. 두 사람이 그런 사이였군요. 그런데 왜 팔레스 스위트 1에서 같이 있지 않고 따로 숙소를 잡은 거죠?"

레이첼은 눈치 없는 질문을 한다.

"그건 말이야, 레이첼. 잘 생각해 봐. 지금 살해 용의자 조현아는 신 회장과 결혼을 약속한 사이 같단 말이지. 그리고 바로 옆의 스위트인 팔레스 스위트 2에는 전 부인과 애가 와서 투숙할 것인데 쉽게 내연의 여자와 지낼 수 있을까?"

레이몬드 경감이 추측으로 이야기를 풀어가 본다.

"사실 신 회장님은 절대로 어떤 분이든 같이 잠을 자는 법이 없었습니다. 반드시 숙소를 따로 잡아드리고 밀회만 자신의 숙소에서 즐기시고는 숙소로 돌려보내시는 철칙이 있습니다. 도박을 하는 사람들 일종의 자신만의 게임 룰이라고나 할까요?

"아! 돈을 따는 데 있어서 부정이 끼는 일은 안 한다! 뭐 이런 말씀인가요?"

젊은 세대 경찰은 다르긴 다르다. 대화하는 법도 다르다.

레이몬드 경감은 철없는 레이첼의 실문에 분위기를 반전시키듯이 감식반원을 향해 지시를 한다.

"여기 있는 이 레드와인병을 증거로 채택하고 코르크 마개와 함께 감식을 진행하고 내용물 분석해 주세요. 사인규명을 위해서 부검해야겠죠?"

감식반은 당연하다는 듯이 고개를 끄덕인다.

11

라스베이거스 경찰서
마약팀 취조실

 잡혀 온 용역회사 아메리칸 이글의 책임자 패트릭 창.
 이탈리아계와 남미계 그리고 중국계가 섞인 복잡한 혼혈인 패트릭은 캘리포니아주 전체를 주름잡는 조직 킹 코브라의 라스베이거스 조직인 아메리칸 이글 보스이다.

 합법적으로 청소, 폐기물처리, 경비 등의 용역을 하고 있지만 틈틈이 남미 마약카르텔을 통해 들여오는 펜타닐을 유통시키면서 짭짤한 소득을 올리고 있다. 물론 모든 소득에는 상부 조직으로의 상납은 기본이다. 패트릭은 중국어, 영어, 스페인어를 모두 하는 태생적 배경으로 인해 아시아계 직원들과 남미계 직원들을 모두 통제할 수 있는 이유로 라스베이거스 보스들 중에서도 거의 넘버원의 자리를 점하고 있다.

 잡혀 온 패트릭 창은 복잡한 표정으로 취조실의 내부를 이리저리 둘러보면서 머리를 막 굴려보기 시작한다. 인생 자체가 복잡한 삶을 살아온 터라 이까짓 경찰서에 붙잡혀 온 거 정도야 10대 때부터 경험한 일이다. 그 무시무시한 플로렌스 교도소에서도 복역한 것을 두고 평생 자랑으로 여겼다. 물론 스스로는 그 안에서 미칠 것같이 힘들었지만 사회에 나오니 플로렌스 교도소 출신에 대한 보이지 않는 경외감이 존재하여 조직 내에서 서열 다툼에서도 큰 덕을 본 것이 사실이다. 그런 패트릭이 느끼는 L.V.P.D의 취조실 정도는 수준 높은 사무실에 앉아 사무를 보는 멋진 직장인의 우아함을 느끼는 감흥을 제공한다고나 할까? 스스로 웃음이 나온다. 도대체 L.V.P.D는 자신을 왜 잡아 온 걸까? 최근 며칠 동안 일어 난 일들을 쭈욱 스크린 돌리듯이 생각해 본다. 남미에서 들여온 펜타닐을 유통 조직에게 분배해 주고 지난번 대금을 수금한 일, 베트남에서 들어온 50여 명의 신규 취업자들을 자신들의 조직이 관리하는 사업장에 배치한 일, 중국 컨테이너를 통해 밀수한 금괴를 라스베이거스 내 화교조직에 인계하고 다이아몬드로 대금을 수령하여 조직회장에게 직접 가져다주고 보너스로 멋진 캐딜락을 받은 일 등등…. 아무리 혼자 생각해 봐도 특별한 일이 있지 않았다.

붙잡혀 올 일이 없는데 붙잡혀 왔다는 것은 무언가 경찰 녀석들이 꿍꿍이가 있는 것이다. 판단이 여기에 이르자 패트릭은 실실 웃음이 나왔다. 결국은 이기는 패는 내가 가지고 있다는 것이군. 나에게 무언가 얻고자 하는 것이 있다면 나도 하나를 주고 무언가 얻어 가면 된다! 패트릭은 갑자기 승부욕이 생겨났다. 그래 여기는 라스베이거스다. 수많은 겜블이 매일 밤 전 재산과 생사를 넘나들면서 일어나는 그 도시! 그 한복판에 지금 내가 있다. 패트릭은 어떠한 조사도 이겨낼 자신이 생겼다.

취조실 밖

유리창 안으로 덤덤히 앉아 있는 패트릭 창을 바라보는 두 남자.

L.V.P.D 마약팀장 스티븐슨 팀장은 마약반 취조실로 찾아온 수사과의 레이몬드 경감과 마주 앉아서 유리창 안의 패트릭을 쳐다보면서 이야기를 이어간다.

책상 위에 올려진 진한 머그잔에서 진한 커피향이 올라온다.
향긋하다. 내 몸속에는 역시 한국 피가 흐르는 걸까? 어려서는 엄마 몰래 한두 개씩 들고 가서 주머니에 넣고 다니면서 간식으로 먹곤 했다. 일명 한국 아줌마 아저씨들의 주머니 스타벅스라고 하는 커피믹스는 레이몬드의 한국 어린 시절의 추억과 같았다. 기다란 커피믹스의 커피가 몰려 있는 끝부분을 뜯어서 커피 부분만 쏟아붓고 나머지 설탕과 프리마가 있는 부분을 입안에 털어 넣으면 강렬한 우유 맛과 설탕의 기운이 온몸에 퍼지면서 기분이 좋아졌다. 레이몬드가 간직한 어린 시절 한국에서의 소중한 자신만의 추억이다.

"오! 이건 테이스터스 초이스? 까만색이 노란색이고 무슨 다른 말이 써 있는데…. Maxim! 오. 이건 우리나라 Maxwell 커피의 한국 버전인가 보군요"

스티븐슨은 이런 모양의 스틱 커피 맥심은 처음 본다는 표정으로 레이몬드 경감을 바라본다.

"맞아요. 맥스웰의 한국 동생 같은 맥심. Made in U.S.A 커피! 한국에서는 맥심 하면 우리나라 커피! 라고 말하죠. 한국 사람들이 가장 사랑하는 커피 중의 하나죠!"

"의외군요~ 스타벅스가 한국에 있지 않나요?"

"당연히 있죠. 블루보틀도 있고!"

"오호! 블루보틀도 있군요"

마치 이상한 아시아의 나라를 이야기하는 듯이 스타벅스나 블루보틀이 있는 것이 신기하다는 표정으로 레이몬드와 이야기해 나가는 스티븐슨 팀장을 보는 레이몬드는 씁쓸하기만 하다. 대부분의 미국 사람이 이렇지. 아마 스티븐슨은 한국이라는 나라를 가보지도 못했을걸? Korea라고 하면서 North냐 South냐도 물어보지 않은 것만 해도 다행이지라고 생각한 레이몬드는 미국으로 이민을 왔을 때 처음 등교한 날을 잊지 못한다.

자리를 배정받고 앉은 책상의 짝꿍은 피부가 하얀 백인 아이였는데 눈웃음으로 인사를 하고 나서 조용히 손가락으로 자신의 팔뚝 부분을 살짝 찔러 봤다. 그리고는 마치 새로운 생명체를 마주친 듯한 표정으로 놀라서 신기한 눈으로 나를 바라보았다. 친해진 다음에 첫날에 왜 그랬냐고 물어보았더니 자신은 태어나서 그렇게 가까이에 앉은 피부가 노란 유색인종을 처음 만난 날 이어서 너무나 신기해서 그랬다고 웃으면서 이야기를 했다. 지금도 동창회와 지역 카운티 모임에서 자주 보는 내 짝꿍 미쉘은 지금은 연방판사를 하는 지역 사회의 엘리트이다. 동창이자 짝꿍이었던 덕분에 연방법원에 여러 업무가 있을 때도 많은 도움을 받았고 업무 연관성이 있어서인지 자주 연락을 하는 친구이다. 전통적으로 미국 백인 사회에서만 자란 친구들은 그만큼 다른 나라나 다른 사회에 대한 이해가 부족했다. 아니 어려서부터 많이 접하지 않았다는 표현이 맞는 듯하다. 미국 사회의 주류를 이룬 이러한 친구들과 어려서부터 함께해야 성공할 수 있다고 확신한 건 엄마였다. 그런 이유로 레이몬드는 어린 나이에 이민을 오자마자 엄마의 손에 이끌려 백인들이 많이 사는 미국 동부의 유명한 사립학교인 디어필드 아카데미로 입학을 하게 되었다.

난감한 표정의 백인 교장은 어머니가 들이민 서류 중에 벤플리트 상을 받은 한국 유명인의 추천장보다도 더 주목을 한 것은 전국 수학경시대회에서 최우수상을 받은 기록들이었다. 수학을 잘한다는 것이 이렇게 미국의 학교에서 주목을 받을 일인지 몰랐다. 초등학교 때부터 수학경시대회를 준비하면서 중학교, 고등학교 수학까지 선행 학습을 해야 했던 트레이닝의 과정이 미국에서 꽃을 피울지 상상도 못 했다. 동양인을 보는 교장 선생님의 눈빛이 수학성적으로 인해 사랑의 눈빛으로 바뀐 건 한순간이었다. 그 이후로는 그 학교 개교 이래로 가장 많은 수학경시대회상을 다 가져왔다. 미국 내에서 내로라하는 수학경시대회에서 상을 타자 이내 학교 및 백인카운티에서 주목받는 학생이 되었고 짝꿍으로 친해진 미쉘의 초대로 미쉘의 집에 가서도 부모님들의 환대를 받았다. 또한 미쉘이 수학공부를 할 때 레이몬드에게 도움을 받으면서 둘 사이는 집에서도 절친으로 인정받으면서 디어필드 아카데미를 우등으로 졸업했다. 물론 미쉘 또한 레이몬드가 맛을 보게 한 맥심 커피믹스의 달달한 가루 부분을 입에 털어 넣고 즐겁게 수학 문제를 풀던 습관까지 같이 생겨버렸지만.

미쉘과 레이몬드는 나란히 하버드에 진학을 하였다. 미쉘은 법학을 공부하였고 레이몬드는 경영학을 전공했다. 하버드에서도 단짝인 두 사람을 바라보는 가족들의 시선은 내심 결혼하라고 부추기는 듯한 분위기였다. 하버드를 마치고 미쉘은 노스웨스턴대학에서 주는 장학생프로그램으로 법학석사, 박사를 공부한 이후에 변호사시험을 통과하여 변호사로 활동하기 시작했다. 그것도 미국의 3대 로펌이라는 Linklaters의 파트너로 당당하게 말이다. 레이몬드는 무슨 생각이었는지 하버드 졸업생으로 특이하게 경찰간부생에 지원하여 화제가 되었다. 지옥의 관문이라는 경찰 아카데미의 6개월 훈련을 모두 통과하고 캘리포니아 경찰간부로 첫발을 디뎠다. 레이몬드의 경찰 간부 임관은 지역신문 1면을 장식할 정도였다. 하버드 출신의 경찰 간부 이야기는 경찰 내부에서도 화끈한 이슈였으며 특히 한인사회에서의 화제성은 단연코 1등이었다. 레이몬드와 미쉘은 각기 다른 길에서 경력을 쌓아갔지만 어려서부터 단짝으로 쌓여진 우정과 애정의 시간 축적은 계속되고 있었다. 미쉘이 화려한 경력을 뒤로하고 미국 연방법원 판사에 지원할 때도 미쉘은 레이몬드를 만나 저녁을 먹으면서 자신이 생각하는 법의 집행과 미래에 대해서 강하게 자기 생각을 이야기했다. 그리고 왜 자신이 연방법원으로 가서 판사의 길을 가는지에 대해서 자신의 진로를 이야기하며 레이몬드가 응원해 주기를 바랐다. 그러면서도 너는 아직도 왜 나에게 프러포즈를 안 하냐는 식의 투정을 식사 중간중간에 던지곤 했다.

손에 들고 있는 노란 커피믹스 제품을 흔들어 끝부분을 찢어서 그 안의 가루들을 머그컵에 쏟아붓는 레이몬드.

그리고 데스크 옆 음료 데스크에 올려진 아메리카노 커피포트를 들고 머그컵에 커피를 따른다.

"오우! 이건 뭔가요? 분명히 가루 모양은 커피+알파 같은 것인데 다시 커피를 부어서 마시다니요?"

놀란 표정의 스티븐슨을 바라보면서 당연히 많은 사람들이 그런 질문을 한다는 표정으로 답하는 레이몬드.

"저만의 방식입니다. 가벼운 아메리칸 커피에 한국식 맥심 커피믹스를 타서 먹는 ㅎㅎ. 이 두 조합의 맛에서 마치 원래 한국인인 제가 미국에서 미국 시민으로 살아가는 것과 같은 절묘한 융합이 느껴진다고나 할까요?"

레이몬드는 익숙한 듯이 맥심커피스틱 봉지의 끝을 뜨거운 아메리카노와 맥심커피가 담긴 머그컵에 집어넣고 스푼처럼 휘젓는다.

스티븐슨은 일찍이 L.V.P.D 안에서 엘리트 간부로서 레이몬드 경감의 명성을 들어서 잘 알고 있었다. 아시아계 경찰 간부의 최고 선두 주자 이자 경찰청 본청에서도 차기 아시아계 경찰청장이 나온다면 그건 레이몬드 경감이 될 것이라는 소문이 자자했다. 더구나 하버드 출신 아닌가? 미국 공화당이든 민주당이든 상 하원의원들이 경찰 내에서의 인재 발탁으로 아시아계 간부를 영입하여 국회에 진출시키기 위해 레이몬드 같은 엘리트 들을 특별히 주목하고 있다는 소문까지 파다했다.

하긴 상하원에 하버드 선배들이 얼마나 많겠어? 나라도 자기 후배 키워서 든든한 라인을 만들겠어! 그런 대단한 하버드 출신의 동료를 스티븐슨 입장에서는 그동안 특별히 친분을 유지 할 기회가 없던 차였다. 하지만 신은 인생에 3번의 기회를 준다고 하지 않았나? 이번에 레이몬드와 친해져서 인연을 만드는 것도 자신에게는 미래를 준비하는 큰 기회라는 생각이 들었다. 그래서 지금 레이몬드가 하는 이러한 아메리칸 커피를 이상한 한국식 맥심 커피믹스에 부어대는 것조차 신기하면서 배우고 싶었다. 커피 하나를 먹는 것도 무슨 천재적 행위인가 하는 우호적 착각마저 들기 시작했다.

"맛이 궁금하군요"

"하하하. 스티븐슨 팀장님. 한번 드셔보시겠어요?"

거절할 이유가 없었다. 어차피 이번 기회에 친해지기로 마음먹었으니.

"물론입니다. 뭔가 맛있으니까 레이몬드가 마시겠지요. 하하하. 저도 맛을 한번 볼까요?"

그러자 레이몬드 경감은 자신이 마시기 위해 만든 커피를 스티븐슨 팀장 앞으로 쭈욱 내민다.

"이걸 드세요. 제 것은 바로 다시 만들면 되니까요"

두 사람은 유쾌하게 레이몬드식 커피를 마시면서 눈으로 취조실 안의 패트릭 창을 바라보면서 대화를 이어나간다.

"저 사람 잡으러 제가 출동하였었는데 마약반에서 먼저 연행해 갔다고 해서 놀랐습니다. 저 사람은 왜 붙잡아 오셨는지요? 그리고 저 사람과 연관해서 저희 수사과와 공조할 일이 생겼다는 연락은 무슨 내용인가요?"

스티븐슨 팀장은 딴청을 피우며 커피를 한 모금 넘기더니 오우! 이건 어디서 먹어본… 어디더라…. 아! 맞다. 태국, 베트남, 미얀마를 연결하는 마약 트라이앵글을 수사하러 베트남에 갔을 때 먹어본 베트남 달달한 커피와 흡사하면서도 무언가 다른 강렬함이 있는 맛을 느낀다.

"와우! 이 커피 맛은 강렬한데요! 커피인 듯하면서도 콜라가 주는 강렬한 단 것에 대한 몸의 반응을 이끌어 내는군요"

"하하. 역시 마약전문가 답게 표현이 상당히 전문적이시네요"

커피 맛을 평가하는 자신을 칭찬하는 말에 기분이 좋아진 스티븐슨 팀장은 레이몬드 경감 앞으로 서류 파일을 하나 건넨다.

"바로 이 내용으로 인해 저희 마약반과 수사과가 공조를 시작해야겠다는 말씀을 드리는 것입니다"

서류 파일 안에는 이틀 전에 네바다사막의 국도에서 발견된 한 남자의 시신 사진과 부검 결과서 그리고 한 장의 명함이 증거로 들어 있었다.

> 이름: 능우우엔
> 나이: 38세
> 국적: 베트남(비자 만기 후 불법체류 중)
> 직업: 현재 라스베이거스 내의 조직 아메리칸 이글이 관리하는 용역회사 직원
> 특징: 열 손가락의 지문이 모두 도려 내 짐. 펜타닐 50정 약 봉지가 주머니에서 발견. 아메리칸 이글의 책임자 패트릭 창의 명함 소유. 머리에 38구경 리볼버로 정통으로 갈 긴 한 방으로 즉사. 원 샷 원 킬. 직선 거리 15미터 지점에서 총알 발견 증거물로 등록

"흠! 베트남 사람이군요. 사망자라…"

"보통 죽음은 아니죠. 제 촉입니다. 마약이 발견되었지만 마약 관련은 아닙니다. 일부러 사건의 방향을 희석시키기 위해 마약은 집어넣은 듯해요. 살해자가"

"재밌군요. 베테랑인 마약반장님이 마약을 소지한 피해자를 마약 사건이 아니라고 단정 지을 수 있는 데는 또 다른 무언가가 나온 거겠죠?"

"그렇습니다. 첫째는 이상하게 지문을 도려냈어요. 원 샷 원 킬로 죽인 다음 지문만 교묘하게 도려내 갔어요. 처음에는 이 사람의 신원을 감추려고 한 건가? 하고 생각을 해봤지만 그렇게까지 해야 할 이유가 없을 거라는 판단이 들었죠. 그리고 시체를 어디든 파묻으면 되는데 국도변에 시체를 던져놓고 갔어요. 그리고 주머니에는 펜타닐 50정과 마약을 유통하는 아메리칸 이글의 패트릭 창의 명함을 남겨놓은 채 말이죠"

"흠. 함정이라는 말이군요. 조직 간의 암투일까요?"

"글쎄요. 그건 앞으로 레이몬드 경감님이 풀어주실 숙제 같은데요? 하하하"

스티븐슨이 웃으면서 머그잔에 남겨진 맥심커피를 두세 모금 멋있게 마셔댄다.

"오우! 이 커피 마실수록 매력 있는데요?"

"커피 브랜드가 뭐라고 하셨죠? 맥심 커피믹스? 월마트에는 있나요? 한번 사봐야겠어요"

레이몬드는 씨익 웃으면서 답한다.

"수많은 마약을 혀끝으로 감별해 보신 반장님이 한국 커피믹스 맛에

반하실 줄이야 하하. 놀라운 일인데요? 한인마트에 가면 살 수 있는데 이번 사건 단서를 몰아주시면 제가 100개들이 한 박스를 미리 선물하지요. 하하하"

레이몬드 경감의 유쾌한 제안에 스티븐슨은 속으로 이제 친해지는 끈을 잡은 건가 하는 생각이 뇌를 빠르게 지나가면서 기분이 좋아진다. 친해져야 한다. 레이몬드는 반드시 거물이 될 거야. 지금 친해져야 해. 머릿속에 강한 도파민이 나온다. 출세욕! 그걸 스스로 그걸 느껴가는 스티븐슨은 자신감 있게 한 장의 부검보고서와 현장 감식보고서를 레이몬드 눈앞에 바짝 가져다 댄다.

"이걸 읽어보세요! 흥미로운 내용입니다. 피해자는 이틀 전에 사망한 채로 발견되었습니다. 추정 사망 시각은 이틀 전 새벽 2시경입니다. 지문이 도려내진 이후라 신원추정이 어려울 수 있었지만 저희는 피해자가 입고 있던 작업복에서 단서를 찾았습니다"

"작업복요?"

"네. 단순한 작업복이 아닙니다. 이 작업복은 고층 유리건물을 닦는 전문청소부들이 입는 작업복이죠. 라스베이거스는 유리건물이 많아서 통상 심야 시간에 건물외부 유리창을 닦는 작업을 실시합니다. 그 용역을 하는 큰 업체들은 대부분 파악이 되죠. 또한 피해자 사망 시기를 전후하여 큰 건물 등에서 심야 유리창 청소를 한 건물들을 찾아내다가 아주 흥미로운 연결 고리를 찾아냈답니다"

"마약 사건 피해자라고 추정되는 사람이 건물유리창 청소부라고 특정하고 그 업체를 추적하여 작업 현장을 밝혀냈다면 근무자의 명단을 확보해서 30대 후반의 베트남인을 특정하면 되겠군요"

"빙고! 역시 수사과의 엘리트세요!"

"추켜세우지 마시고 얼른 다른 이야기를 해주세요. 저희 수사과와 공조를 하려면 특정한 증거가 나와야 공조수사가 개시되는데 무언가 특별한 단서를 찾으셨군요!"

"맞습니다. 이 현장 감식보고서를 좀 보십시오"

스티븐슨이 내미는 현장 감식보고서에는 레이몬드 경감이 담당하는 신규동 회장의 팔레스 스위트 1의 현장 그림과 현장 감식보고서가 세밀하게 작성되어 있었다.

"아니! 이 현장 감식보고서는 저도 아직 받아보지 못했는데 어떻게 마약반에서 이 감식보고서를 먼저 받아서 가지고 있는 거죠"

레이몬드는 속으로 갓 뎀 잇! 이건 또 뭐야? 하는 마음에 순간 욕이 나왔다. 하지만 내용이 무척이나 궁금해졌다. 사막에서 죽은 베트남 피해자의 증거자료를 찾는 과정에서 전혀 연관성이 없는 신규동 사건 현장의 감식보고서가 첨부되어 있다. 공조수사 개시를 위한 결제를 올려야 하는 그 서류에 이제 곧 자신이 사인을 해야 한다. 그런데 그 내용을 지금 마약반장에게 듣고 있다. 갓 뎀 잇! 우리가 뭔가를 놓쳤구나!

속으로 욕이 천 번 나왔지만 영리하게 행동해야 한다. 마약반은 공조수사를 통해 팀이 인정받기를 원할 것이다. 이 사건이 의외의 큰 건으로 번지면 승진도 가능할 수 있을 것이다. 스티븐슨 팀장은 무언가 연결 고리를 발견했든지 아니면 냄새를 맡았구나. 영리한 스티븐슨 팀장을 인정 안 할 수 없다. 수많은 인종 차별을 이겨내고 이 자리에 왔다. 순수한 백인이자 나름대로 마약반에서 잘나가는 엘리트인 스티븐슨이 우호적으로 나오는 이유는 무언가 원하는 것이 있을 것이다. 냉정하자. 여기는 라스베이거스야. 내가 가진 패를 보이는 순간 게임을 잃게 되는 것이라고…. 반면에 상대의 패를 보지 못하면 나도 위험해지지. 냉정해지자.

레이몬드는 모든 사항을 다시 리셋하고 냉정하고 차분한 어조로 스티븐슨 팀장이 내미는 신규동 사망사건의 현장 감식보고서를 읽어간다.

"아니…. 여기에 왜 이 사람의 지문이 나온 거죠?"

"하하하하하. 바로 그 점입니다. 경감님. 저희가 수사과에 즉시 수사 공조를 요청한 이유가"

놀라웠다. 신규동 회장이 거주했던 2주 동안 팔레스 스왓 1에 출입한 사람들의 CCTV 기록 및 실내 모든 부분에서의 지문채취 기록을 확보했는데 그 안에 생뚱맞은 38세 베트남인 응우우엔의 지문이 나온 것이다. 더구나 CCTV 기록에는 응우우엔이 팔레스 스위트 1로 들어간 흔적이나 화면이 전혀 없다.

"출입기록이 없는데 어떻게 이 사람 지문이 이곳에서 발견되었을까요?"

스티븐슨 팀장은 바짝 의자를 당기면서 자신의 공을 인정해 달라는 어투로 강하게 레이몬드 경감에게 이야기한다.

"저희는 이 사람의 작업복에서 추적을 시작하여 사건 당일 콘래드 호텔 외벽 유리창 닦는 청소를 아메리칸 이글 산하의 용역회사에서 했다는 것을 발견했습니다. 청소자는 모두 다섯 명이었습니다. 모두 외줄타기를 통해 옥상에서부터 자신이 맡은 구역을 청소를 하면서 내려가는 작업구성이었죠. 지문이 발견된 응우우엔이 밧줄을 타고 내려가면 마지막에 도착하는 곳이 어디인지 아시나요?"

"글쎄요?"

"바로 팔레스 스위트 1의 야외수영장 쪽 담입니다"

"아니 그럼. 죽은 그 베트남 용의자가 팔레스 스위트 1에 들어가서 신규동 회장을 죽이기라도 했다는 것입니까? 신규동 회장은 이미 한때 동거했던 애인 조현아가 살해했다고 자백을 해서 지금 저희 수사과에서 조사를 마무리하는 중입니다"

"그러니까. 제가 이 사건이 재미있는 사건이라고 공조를 통해 풀어가야 한다고 말씀드리는 것입니다. 경감님"

끄음…. 스스로 묵직한 신음이 나왔다. 이건 오랜 수사의 촉으로 봐도 반드시 무언가 연관성이 있다. 사실 상식적으로 생각해도 가녀린 여성이 신규동 회장을 질식사해서 죽인 거라는 시나리오보다는 거대한 암흑세계의 조직의 관리를 받는 청소업체 직원이자 마약운송으로 용돈을 버는 불법체류자가 연관되어 있다는 추측이 훨씬 더 신빙성이 있어 보였다.

"아! 이건 정말 생각하는 모든 시나리오를 꼬이게 하는 단서가 나왔군요. 네바다사막에서 죽은 채로 발견된 베트남 피해자의 지문이 신규동 회상이 사망한 스위트에서 나왔다! 그리고 당일 사망한 베트남 피해자는 현장에 간 것으로 추정이 되는 작업을 하였다…"

"이건 그냥 단순한 사망사건이 아닙니다. 현장의 단서를 다시 정밀하게 조사하고 용의자의 범위를 확대해야 합니다. 저희도 마약 사건을 조사할 때 단순한 배달책의 던지기 수법을 조사하다가 특이한 연결 고리를 발견하면 큰 물줄기를 찾아가서 카르텔 내부까지 파고 들어가는 통로를 발견합니다. 제가 받은 이번 사건의 단서들은 마치 그런 느낌이 옵니다. 보통 사건이 아니다! 이건 현장의 사망과 현장 밖의 또 다른 움직임이 있었던 무언가에 의해 계획된 살인입니다"

단호하게 이야기를 하는 스티븐슨 팀장을 바라보는 레이몬드는 갑자기 초등학교 때 겪은 아버지의 사망사건이 떠올랐다. 장례식장에서 큰 소리로 울부짖던 아버지를 모시던 부사장의 절규가 귀에 맴돌았다.

"사모님! 이건 자살이 아닙니다. 사장님은 자살하실 분이 아닙니다. 자살로 보이게끔 만든 누군가의 계획된 살인입니다!"

12

라스베이거스 벨라지오 호텔 로비 커피숍

모든 투숙객은 체크인을 하면은 반드시 커피숍을 통과하여 객실로 올라가게 되어 있고 카지노 방문객 또한 커피숍을 지나면 바로 카지노 입구에 다다를 수 있는 지점에 마치 길목의 다방처럼 모든 왕래객을 볼 수 있는 최고의 자리에 자리 잡고 있다.

방금 체크인을 마친 허정호 검사와 김홍길 수사관은 연신 더운 라스베이거스의 기온이 적응이 안 되는 듯이 손수건으로 땀을 닦으면서 커피숍으로 들어온다.

"이쪽입니다!"

손을 번쩍 들고 두 사람을 맞이하는 한국 대사관의 김윤조 참사관과 이영호 총경은 얼른 달려 나가 입구에서 들어오는 두 사람을 맞이한다.

"반갑습니다. 기다리고 있었습니다. 저는 한국 대사관의 이번 사건 담당자 김윤조입니다"

"어서 오십시오. 저는 대사관에 경찰청에서 파견된 경찰영사 이영호 총경입니다"

급히 손가방에서 명함을 꺼내려는 허정호 검사의 손을 제지하며 김윤조 참사관은 얼른 앉으시라고 자리를 건넨다.

"두 분 오시는 것은 이미 대사관 연락을 통해서 대검찰청에서 공문을 받았습니다. 명함은 이따 식사라도 하시면서 편하게 주고받으시지요"

"아! 네. 네"

"피곤하시죠? 시차가 있어서 아마 저녁 식사 이후에는 조금 몸이 힘드실 수 있습니다. 이틀 정도 지나시면 한국 분들은 거의 다 적응하시는 편이니까 하루 이틀만 고생하세요"

이영호 총경이 적극적으로 허정호 검사에게 다가앉는다. 사실 오랜 경찰 생활을 하면서 검찰에는 약간 알레르기가 있다. 나도 한때는 경찰대학 다니면서 사법고시를 준비했었다. 동기들 중에는 사법고시를 패스해서 경찰 내에서도 승진도 빠른 친구도 있고, 검사 임용이 되어서 경찰에서의 경험을 수사에 적극 활용한 동기들도 있다. 하지만 일선 경찰 생활을 하다 보면 수사지휘권을 가진 검찰에게 늘 명령을 받는 을의 입장 같은 처지라서 검사라고 하면 일단은 썩 내키지 않는다. 하지만 이건 내 마음일 뿐이고 사회생활은 그게 아니니까. 이런 생각을 1초 안에 끝내버린 이영호 총경은 대검찰청에서 파견한 허정호 검사에게 눈인사를 하면서 눈앞에 놓인 메뉴판을 펼쳐서 앞으로 민다.

"날도 더운데 시원한 거 한잔하시죠. 저는 이곳에서 파는 샌드커피를 추천합니다!"

"모래커피요?"

메뉴판은 허정호 검사에게 내밀었는데 옆에 앉은 김홍일 수사관이 불쑥 대화를 가로채면서 들어온다.

뭐야 이 새끼는. 네가 지금 검사님하고 다이다이 까는데 수사관이 끼어? 하 이거 참. 여기서 들이깔 수도 없고. 참자! 이영호 총경은 이미 허정호 검사에 대해서 사전 정보를 다 입수하고 기다리고 있었다.

현재 남부지방검찰청 금융. 증권범죄 합동수사부 소속으로 509호실 부부장 검사. 변시 5회 출신으로 검찰에 늦게 임용되었지만 회계사 자격을 가진 전문가로 자본시장 범죄를 수사하는 엘리트 그룹 중의 한 명이다. 세상을 떠들썩하게 한 라동연 사건, 영동제지 사건, 미래첨단소재 주가조작 사건 등을 수사해서 다 잡아넣어 버린 박익수 부장 검사와 허정호 부부장 검사는 미래가 전도 양양! 그 허정호가 지금 미국으로 날아와서 자신의 앞에 앉아 있다.

이영호 총경은 감이 딱 왔다. 강골이다. 앞뒤 가리지 않고 부딪치는 검투사형 인간. 물불 안 가리고 범죄를 찾아내고 이를 척결하는 데 인생을 거는 승부사! 하지만 심장은 칼끝에 있다는 신조를 가지고 범죄를 인정하거나 반성하는 범죄자들에게는 최대한 형량을 낮추어 구형하는 외강내유형의 검사!

사람 사귀는 게 어디 쉬운가! 친해져야 한다. 나중에 한국에 복귀하면 어차피 검찰과 협조해야 내가 살아남는 검찰·경찰의 구조이다. 검찰에서의 수사권 독립? 에이 경찰인 나도 포기했다~

이영호 총경은 순간 판단의 눈알을 굴리면서 얼른 얼굴에 웃음을 띠면서 김홍일 수사관을 보면서 자기 앞에 놓인 투명한 커피 잔을 손으로 가리킨다.

"하하. 김홍일 수사관이시죠? 남부에서 투 톱이 오신다고 이미 정보를 입수했습니다. 반갑습니다. 제 앞에 있는 이 커피가 이 커피숍의 명물 Ice Sand Coffee 즉, 아이스모래커피입니다"

"아이스모래커피요?"

"네. 하하하. 보시면 컵 안에 모래알처럼 검은 알갱이들이 보이시죠? 이 알갱이는 커피를 추출하여 급랭한 얼음 조각들입니다. 언뜻 보면 검은 모래알처럼 보이기도 하지만 사실 얼린 커피로 보시면 됩니다. 여기에 탄산수를 부어서 주는데 그 맛이 일품입니다. 시원한 아이스커피에 탄산이 터지는 맛이 완전 일품입니다"

"아하! 재밌는 커피군요"

"사실 저도 이 커피를 마시고 있었습니다. 두 분 괜찮으시면 제가 아이스모래커피를 대접해 드리고 싶습니다"

김윤조 참사관이 얼른 나서서 메뉴를 정한다. 사실 마음속은 얼른 신규동 회장 사건에 대한 본국의 처리 방향을 듣고 싶어 죽을 지경이다.

얼른 웨이츄레스에게 두 잔의 아이스모래커피를 주문하고 김윤조 참사관은 허정호 검사에게 사건 관련 파일을 내민다.

"지금까지의 자료입니다. 오시자마자 죄송합니다마는 빨리 살펴보고 싶어 하실 것 같아서요"

"아… 네. 감사합니다"

사건 파일을 보면 얼른 펴서 살펴볼지 알았는데 의외로 허정호 검사는 파일을 받기만 하고 신기한 듯이 눈앞에 서비스된 아이스모래커피를 들여다본다. 웨이츄레스는 아이스모래커피 잔 위로 탄산수를 따서 부어 주자 거품들이 샤아아 소리를 내면서 검은 커피 알갱이 사이로 퍼져 나간다.

"신기하군요! 이런 커피는 처음 마셔봅니다"

"그렇죠? 하하하. 저희도 이곳 라스베이거스에서 먹어본 것 중에 단연코 기억에 남는 최고의 아이스커피입니다"

진한 강배전의 커피 맛이 목을 타고 넘어오면서 함께 넘어오는 탄산의 짜릿함이 식도를 지나면서 뇌를 청량하게 흔든다.

머릿속에 맴도는 검사장님의 지시.

"미국으로 가서 신규동 사건을 최대한 조사를 하면서 시간을 무조건 2주 이상 끌어주게. 그거면 되네. 부검을 하든 이의 제기를 하든 아무튼 할 수 있는 모든 수단을 동원해서 2주야! 2주! 그러면 나머지는 내가 다 조율을 보겠네. 어차피 신규동은 우리 남부에서 기소한 사건이니까 문제가 되면 우리가 곤란해져요. 출국동의서에 검찰 측 동의 사인을 나도 한 것을 알지? 에이 씨! 정말 나도 말 못 할 사정이 있으니 그리 알고 고생 좀 해. 이번에 미국 구경도 한다고 생각하고 같은 팀 수사관 홍일이도 데려가게. 한 팀이고 에이스니까. 둘이 그동안 고생했는데 가서 좀 있다 와. 라스베이거스 구경도 하고"

대체 무슨 사정이 있는 거지? 하지만 그렇게 많이 궁금하지는 않다.

어차피 나는 정치 검사도 아니고 내 일만 하는 스타일이니까. 다만 신규동은 내 손으로 기소한 사건이므로 꼭 10년 이상의 유죄 판결을 받아 낼 것으로 봤다. 더구나 다른 수많은 M&A에 직간접으로 연관이 된 사건들이 줄줄이 병합 사건으로 올라오고 있었다. 그러면 15년 이상도 가능했다. 추징금도 1,000억 이상을 부과하기 위해 현재 신규동 관련 회사의 주식을 모두 압류를 해놨다. 은닉한 범죄수익이 수천억이라서 모두 찾아서 추징해야 한다. 일명 기업인수 합병을 하는 선수들이 풍부한 자금력을 바탕으로 서로 인수자금을 지원해 주면서 미공개를 이용한 주가조작, 시세조종, 허위공시 등에 의한 자본시장을 교란하는 행위를 일삼는 현재의 주식시장을 정의롭게 만들어야 한다는 사명감으로 신규동도 잡아넣었다.

   최근에 장기간 수사해서 60여 명을 잡아들인 라동연 사건이나 영동제지 사건과는 신규동 사건은 본질이 달랐다. 위의 두 사건과는 달리 신규동은 무죄를 주장하면서 다투고 있었다. 처음에는 어이가 없었지만 사건을 수사할수록 교묘하게 증거를 인멸하고 증인을 회유하고 호화변호인단을 구성하여 재판을 지연시키는 점 등이 상당히 신경이 쓰였다. 1심 판결까지 시간을 최대한 번 다음에 국내의 재산을 모두 정리한 다음에 반드시 해외로 도피할 것으로 예상이 되었다. 그래서 이번 해외 출국허가도 담당 검사로서는 반대했지만 검찰조직은 동일체 아닌가! 위에서 무슨 이유인지 반드시 돌아올 것이니까 출국허가를 해주라는 묵언의 지시가 떨어졌다. 더구나 내가 감히 이름조차 언급하기 힘든 검찰의 대명사 같은 분이 로펌의 대표변호사로서 개인 보증까지 서약한 서류를 재판부와 검찰에 제출했다고 하니. 일게 부부장 검사가 나서서 대항할 문제가 아니었다.

하지만 지금은 당사자가 죽었다! 그것도 살해피해자로 지금 미국 경찰의 수사가 진행되고 있다. 이러한 모든 사항이 혼란스럽기까지 했다. 신규동이 하나 죽은 것이 문제가 아니고 지금은 검찰조직에 스크래치가 나지 않아야 한다고 암묵적 합의가 윗선에서 난 듯하다. 나 또한 검사이다. 난 검찰에서 오래 이런 칼싸움을 하고 싶다. 자본시장을 흔드는 모든 악의 무리를 잡아들여서 국가가 가진 자본시장의 투명도를 지켜가는 데 일조하고 싶다. 난 그런 신념으로 사는 검사이다. 조직을 지켜야 내가 계속 악당들을 잡아들일 수 있다.

한 모금의 청량한 아이스커피 맛이 목을 타고 넘어가는 동안에 허정호 감사의 머릿속은 실타래 같은 논리를 간결하게 다듬어 가고 있다.

"일단 오늘은 사건 파일을 좀 살피고 내일 현장과 신규동 시신 확인을 좀 했으면 합니다. 내일부터 신세 좀 지겠습니다"

"네? 당장이 아니고 내일부터요?"

이영호 총경이 의외라는 듯이 허정호 검사를 쳐다본다.

제 3 부

드러나는 용의자들

1

L.A경찰청 내 법의학연구소

20년 경력의 베테랑 법의학 박사이자 감식반장인 피터 오글리는 심각한 표정으로 법의의학 부검팀장인 에레미야 박사를 쳐다보고 있다.

"너무 복잡하고 여러 가능성이 사망에 이르게 한 점들이 있어서 부검소견을 보류하고 2차 부검을 실시하겠다니요? 그게 무슨 말입니까?"

피터는 에레미야 박사가 내민 감식보고서 내에 명시된 약물들의 이름을 쭈욱 읽어본다.

1. 펜타닐의 주원료인 오피오이드 및 페닐피레리딘 검출됨.
2. 고혈압약 암로디핀베실산염 추출됨.
3. 자이언트 호그위드(Giant Hogweed) 독초 성분 퓨로쿠마린(Furocoumarins) 추출 - DNA 파괴독초로 스치기만 해도 아낙필락시스 쇼크를 유발함.
4. 혈액과 손톱, 발톱, 머리카락에서 올리앤더(Oleander)의 독성물질이 발견. 미국에서는 Rosebay라는 이름으로 불림. 동양에서는 협죽도, 사망자의 국적인 Korea에서는 유도화라는 이름으로 불림. 나뭇잎과 줄기에 포함된 자연성분으로 심장에 치명적인 올레안드린(Oleandrin)에 장기간 노출된 것으로 추정됨.
5. 혈중알코올농도 존재.

법의학에서 정의하는 질식사는 경부압박이나 외호흡장애(External Respiration)로 사망자가 저산소에 빠지면서 산소 부족으로 인해 내호흡장애(Internal Respiration)가 발생하여 사망하는 것을 말함.

사망자에게서는 질식사의 흔적으로 남는 심장 안의 검게 변한 혈액의 비정상적 형태인 유동혈과 내부 장기 등에 발생하는 울혈, 결막과 점막 등에서 나타나는 저산소증에 의한 작은 출혈 등등의 징후가 없음. 또한 장막과 점막 등에서도 질식으로 인한 출혈이나 울혈 등이 존재하지 않음.

사망 추정 시간은 사고 당일 밤 12시 정도로 추정함.

> 사망원인으로 목 부분의 강직성 근육경련 및 저항 흔적이 없고 폐에 질식으로 인한 징후현상이 없는 점도 사망자가 질식으로 인한 사망이 아님을 특정할 수 있음.
>
> 다만 사망자의 혈액 등에서 다양한 약물 등의 잔존물이 존재하여 이를 분석하고 이러한 약물이 사망에 이르게 했는지에 대해서 의학적 소견을 찾아내기 위해 2차 부검을 실시하고 뇌정밀 부검까지 완료하여 사망원인을 찾아야 할 것으로 보임.

서류를 읽어 내려가는 피터의 안색이 심각하게 변한다. 이건 단순한 사고가 아니야. 이미 살해 용의자는 자신이 펜타닐로 인해 깊은 수면에 빠진 사망자를 베개로 압박하였다. 숨을 못 쉬게 만들어서 사망에 이르게 한 것이라고 스스로 자백을 하고 있다. 추정 사망 시간이 밤 12시경인데 그 시간에 들어 간 사람은 살해 용의자인 조현아 한 사람뿐이다. 과연 사망자는 어떤 이유로 죽음에 이르렀을까?

의문이 꼬리를 물고 일어난다. 법의학자로서 의문이 일어난다는 것은 무언가 규명해야 하는 것이 있다는 증거이다. 피터는 에레미아 박사에게 2차 부검에 자신이 같이 들어갈 수 있겠냐고 조심스레 타진을 해본다. 부검은 책임부검자가 사망자와의 시신을 통한 대화를 통해 몸속에 남겨진 하나하나의 증거라는 이야기들을 들어가는 과정이라서 무척 조심스럽고 세밀하게 진행이 된다. 그런 이유로 자신들의 부검팀이 아닌 외부 부검팀이 참여하는 것을 꺼리는 분위기도 있기 때문에 피터는 조심스럽게 에레미아 박사에게 의견을 물어본 것이다.

다행스럽게 에레미아 박사는 전혀 개의치 않는다는 표정으로 피터를 바라보면서 사진 한 장을 더 보여준다.

사진 속의 사망자 신규동의 팔에는 수포가 올라와서 부푼 흔적이 있다. 사망 시신에 수포 자국이라니. 피터는 너무 황당하기까지 한 증거 사진을 가까이서 다시 보면서 신음 소리를 낸다.

"흐음. 이건 피부 조직에서 일어난 수포인데 사망 전에 무언가 수포를 일으키는 독성 자극이 피부에 있었다는 거네요. 흠. 질식사 의심의 사망자에게서 수포라니요…. 이건 점차 미로 속으로 우리를 유인하는 느낌이군요"

"맞습니다. 서도 처음에 질식사 사상자라고 해서 부검의 조점을 호흡기와 기도, 경부압박 증거, 폐 및 기관지 주변의 울혈 등등에 맞추었답니다. 사실 혈액 분석 결과가 나오기 전까지는 질식사에 이르는 과정까지를 추정하느라 무척 힘들었거든요. 더구나 수포 반응이라는 것은 무언가 액체나 기체 등에 노출되었을 때 일어나는 피부 조직 반응인데 죽어가는 사람에게 무슨 독가스를 뿌려댄 것도 아닌 것 같고요. 더구나 사망자의 저항 흔적은 하나도 나오지 않았으니까 부검하는 동안에 얼마나 많은 추리를 했는지 모릅니다"

"저라도 그렇게 헤맸을 것 같습니다. 도무지 처음 보는 유형의 사망 시신이라서 더욱더 부검자를 오리무중으로 몰고 가기 딱 좋은 케이스죠. 이 수포는 그러면 어떤 작용에 의해 생긴 걸까요?"

에레미아 박사는 재미있는 표정으로 둥근 모양의 꽃봉오리와 몸체를 가진 풀 모양의 사진을 보여준다.

"이 식물의 이름을 아세요? 혹시"

"처음 보는 꽃입니다. 마치 대파의 꽃과 양배추꽃을 합쳐놓은 듯하기도 한데 이 꽃의 이름은 무엇입니까"

에레미아 박사는 고개를 절레절레 흔들며 자신도 이 꽃을 찾기 위해 무척 노력 했다는 몸짓을 보이며 검시보고서에 적힌 검출 내용이 적힌 부분을 손가락으로 툭툭 치면서 '바로 요 녀석입니다'라는 입 모양으로 그곳을 입술로 가리킨다.

자이언트 호그위드(Giant Hogweed) 독초 성분 퓨로쿠마린(Furocoumarins) 추출 - DNA 파괴독초로 스치기만 해도 아낙필락시스 쇼크를 유발함.

"아! 이 꽃의 이름이 바로 자이언트 호그위드군요. 그런데 이 꽃의 독이 어떻게 사망자의 피부에 접촉하여 수포를 유발했는지 그걸 찾는 게 급선무군요. 그럼 에레미아 박사님께서는 사망자 신규동이 자이언트 호그위드라는 꽃의 독으로 사망했다고 추정하시는 건가요?"

에레미아 박사는 복잡한 표정을 지으면서 고개를 좌우로 심하게 흔들어 댄다. 긴 금발 머리가 마치 샴푸 광고에서 모델이 비단결 머리카락을 흔드는 모습과 유사하다.

"아닙니다. 상당히 미묘하고 복잡한데요. 자이언트 호그위드 독인 퓨로쿠마린은 아마 사망자를 아낙필락시스 상태로 만들었을 것입니다. 몸에서 검출된 자낙스의 약물에 퓨로쿠마린이 같이 작동했다면은 아마 몽롱한 환각 상태가 강하게 나타나서 자신이 베개로 눌러 죽였다고 주장하는 조현아가 실제로 그렇게 눌러서 압박했다 하더라도 저항 없이 죽음에 이르렀을 것입니다"

피터는 단번에 에레미아 박사가 무엇 때문에 깊은 고민을 하면서 2차 부검을 하고사 하는지를 알아차렸다.

"바로 그 점이 의문의 시작이군요. 실제로 펜타닐과 퓨로쿠마린이 작동을 한 상태에서 조현아가 신규동을 질식을 시켰다면 모든 조현아의 진술처럼 사망에 이르게 한 살인의 과정과 결과가 일치하는데 부검을 해보니 신규동은 질식사가 아닌 다른 요인으로 사망을 했다!"

"맞습니다! 그게 핵심입니다. 질식사가 아닌 것입니다"

"그렇다면 조현아는 살인자가 아닌 것이라는 결론이 나오네요"

"이 결과를 L.V.P.D 수사과로 넘기면 어떻게 될까요?"

피터는 고개를 올려 천장을 바라보면서 중얼거린다. 어떻게 되기는…. 흠… 사건이 원점으로 돌아가고 조현아는 석방해 줘야 하고 수사과는 모든 용의선상에 있는 사람들을 전부 다시 분석하여 사망자 신규동이 어떻게 자이언트 호그위드 하는 꽃을 만져서 퓨로쿠마린의 독에 노출되었는지, 누가 그렇게 살해 의도를 가지고 접근했는지 등등 그런 의문점들을 찾느라 난리가 나겠지.

"그런데 제가 2차 부검을 통해 더 자세히 시신을 보고자 하는 이유가 또 하나 있습니다"

"또요?"

"네. 퓨로쿠마린으로는 쇼크나 가사 상태를 만드는 아낙필락시스를 만들 수 있지만 즉사를 시키지는 못하거든요. 그런데 사망자는 멀쩡하게 활동하다가 자정 무렵에 사망에 이르게 됩니다. 그런데 부검하다가 재미있는 독성물질이 혈액과 손발톱 그리고 머리카락에서 장기간 흡수된 것을 발견했습니다. 올레안드린(Oleandrin)이 나온 것입니다"

"아니! 올레안드린은 심장을 정지시킬 수 있는 맹독 아닙니까?"

"네! 그런데 재미있는 것은 한 방에 보내지 않고 서서히 미량을 장기간에 투여를 한 것 같다는 것입니다. 아주 조금씩 사망자에게 올레안드린을 흡수시켰다…"

 혼자 중얼거리는지 피터에게 이야기를 하는지 에레미야 박사는 법의학자로서 자신이 심취한 하나의 수수께끼를 찾아가는 논리 속으로 빠져들어서 혼자 의심가는 부분들을 중얼거린다.

 "그러면 올레안드린은 신규동이 미국에 오기 전에 이미 장시간 한국에서 노출이 되었다는 것인가요? 어떻게 그럴 수 있죠?"

 "있습니다"

 자신 있게 말하는 에레미아 박사는 씨익 웃으면서 손으로 음료를 마시는 시늉을 한다.

 "아~ 음뇨나 음식에 미량을 타서 장기간 복용하도록 하는 방법이군요"

 "맞습니다. 옛날 중국에서는 협죽도라고 불린 이 나무를 꺾으면 하얀 점액질 같은 수액이 흘러나옵니다. 이 수액을 모아 액체로 쓰거나 가루로 만들어서 죽이고자 하는 사람에게 사용하였습니다. 장기간에 걸쳐서 복용시킨 다음 약물이 누적되면 어느 시점에 심장발작이 자연스럽게 나타납니다. 자연사를 유도하기 위해서 한약에 조금씩 타서 복용시키거나 우황청심환이나 공진단 같은 환에 흡수시켜서 자연스럽게 복용하면서 중독을 축적시켜 가는 방법입니다. 때로는 전혀 생각지도 못하게 협죽도 나무를 태워서 중독시키기도 했답니다"

"나무를 태워서요?"

"네! 중국의 황실 등은 암투가 심해서 황제나 왕자들은 항상 암살의 위협에 시달렸죠. 경쟁자를 암살하기 위해 비소를 이용한 경우도 있고, 이렇게 협죽도의 올레안드린을 이용한 경우도 있었습니다. 여름철에 모기를 쫓기 위해 쑥 같은 풀을 태울 때 덜 마른 협죽도 가지와 잎을 같이 태우면 올레안드린이 기화해서 암살대상자에게 치명적인 심장독으로 작동을 했답니다"

"아! 그런 역사적인 사실까지 알고 계시는군요"

"부검을 하다 보면 고대 때부터 사용되어 오던 독에 대해서 관심을 가지게 되는 건 당연한 것입니다. 우리가 늘 사용하는 아스피린 성분도 원래의 성분은 버드나무 껍질의 살리신산이니까요"

피터는 긍정의 신호로 고개를 끄덕이면서 맞네요, 하는 표정으로 부검 자료에 나와 있는 독성물질들을 다시 보게 된다.

하지만 의문점이 생겼다.

자이언트 호그위드꽃의 퓨로쿠마린은 가사 상태로 사망자를 만들 수는 있어도 즉사를 시키지는 못할 정도였다. 사망자 몸에 장기간 축적된 협죽도에서 나온 올레안드린은 이미 사망자가 한국에서부터 장기간 노출이 되었지만 사망 당일 죽음에 이르게 할 정도는 아니었다. 더구나 사망자는 질식사로 죽였다고 살인용의자가 자백을 했으나 부검 결과는 질식사는 또한 아니다! 그럼 무엇이 사망자를 죽음에 이르게 한 거지?

순간 생각을 멈추게 하는 에레미아 박사의 청량한 목소리가 들린다.

"지금 머릿속으로 생각하시는 점 때문에 제가 2차 정밀 부검을 하고자 하는 것입니다. 어때요? 같이 참여하시는 명분이 충분하지요?"

2

L.V.P.D 수사과

레이첼은 감식반에서 온 검시보고서를 받아 들고 급히 레이몬드 경감에게 전화를 한다.

"경감님. 검시보고서 나왔습니다"

"말도 마! 감식보고서 이미 여기서 내가 보고 있어! 갓 뎀! 도대체 뭐가 어떻게 돌아가는 거야. 수사팀인 우리보다 마약반 스티븐슨 팀장이 먼저 입수해서 나에게 보여주다니 말이야!"

"네? 감식보고서요?"

"그래. 신규동 회장 살해 현장에서 사건 당일 네바다사막 국도에서 피살당한 베트남 남자의 지문이 검출되었어. 그리고 그 남자는 사건 당일 콘래드 호텔 유리창 청소부였고 그날 밤 청소를 하는 시간에 자연스럽게 팔레스 스위트 1 담장으로 도착해서 사건 현장에 접근을 한 것으로 추정이 된단 말이지"

"아… 네. 그건 베트남 사망자 이야기고요. 팀장님! 저는 검시보고서를 말씀드리는 것입니다"

"뭐? 검시보고서?"

"네. 어제 사망한 채로 발견된 골프선수 장나나 프로입니다. 저희가 사건 현장에 도착해서 본 바로 그 여자"

"아! 그 여자 검시보고서! 미안, 미안. 내가 지금 좀 예민해져서 말이지. 레이첼 말을 끝까지 듣고 이야기해야 했는데 미안, 미안"

머릿속이 온통 엉클어졌다. 생각의 실타래 자체가 시작점을 놓쳤다. 도대체 어디서부터 잘못된 것일까? 누구나 접근할 수 없는 최고의 스위트라는 공간에서 사람이 죽었다. 더구나 VVIP라고 하는 한국의 신규동 회장이라는 남자가. 드나든 사람은 정확히 파악이 가능했다. 범인도 스스로 자백을 했다. 그리고 이제 증거와 사건보고서만 잘 마무리하면 이 사건은 종료하고 한국 대사관에 인수인계를 하면 끝나는 사건이었다. 적어도 오늘 오전까지는 말이다. 그런데 생각지도 않은 제3자의 침입이 발견된 지금 아무것도 장담할 수 없다. 애초에 가녀린 여자가 잠자는 남자를 베개로 눌러서 질식사를 시켰다는 사건 전말 자체가 조금은 황당해 보였지만 살해자가 살해했다고 자백을 하는데 우린들 어쩌란 말인가? 사건 현장, 사건 현장의 CCTV 조현아가 들어갔다 황급히 뛰쳐나가는 그 모습이 선명히 찍힌 모든 증거들…. 더 무엇이 필요하단 말인가? 그런데 말도 안 되게 모든 게 금이 가기 시작한다. 이상하다 이 사건!

머릿속에서 방향을 잃어버린 레이몬드 경감에게 수화기 너머로 레이첼이 다시 한번 크게 소리친다.

"경감님. 검시 결과 장나나는 치사량의 독극물에 의해 사망했다고 합니다. 현장에서 즉사할 정도의 엄청난 독성을 가신 독극물이 입과 기도 위에서 검출되었습니다. 빠르게 혈액을 타고 신경을 마비시켜서 혈액에서도 검출되었답니다"

"뭐라고? 그러면 장나나는 독살되었다는 말이야?"

"네! 팀장님"

"그게 말이 돼? 우리가 장나나가 벨라지오 스위트 자기 객실로 들어가는 CCTV를 다 확인했잖아? 그 방에는 장나나가 시신으로 발견되기 전까지 누구도 들어간 흔적이 없는데 독살이라니? 그게 가능해?"

"독살 맞습니다. 장나나의 몸과 현장 감식반이 수거한 와인에서 동일한 독극물이 검출되었습니다. 신규동 회장과 나누어 마신 다음에 먹다 남은 와인을 들고 와서 혼자 객실에서 남은 와인을 즐기다가 즉사한 것으로 보입니다"

"뭐라고? 독극물?"

"네. 일명 TTX. 바로 테트로도톡신(Tetrodo Toxin)입니다. 흔히들 복어 독이라고 하죠. 복어의 장기에서 추출한 독극물이니까요. 청산가리라고 불리는 사이안화 칼륨보다 5배에서 13배가 강합니다. 쌀 한 톨만한 한 방울이면 성인 남자는 12시간 안에 사망하는 맹독이죠. 아마 장나나는 와인병에 들어 있는 테트로도톡신을 마시고 강한 마비증세와 호흡곤란 등이 오면서 질식사를 한 듯합니다. 저희가 현장에서 본 장나나의 입에 거품이 잔뜩 나와 있던 것도 질식의 흔적 같습니다"

"뭐야? 레이첼. 여기는 미국이야. 한국이나 일본처럼 복어를 사랑하는 민족이 아니라고 우리 아메리칸은. 그런데 라스베이거스 한복판에서 한국 여자가 복어 독을 먹고 질식사를 했다고? 흠! 그러면 신규동 회장도 그렇게 질식사를 했다는 말이야? 같은 와인을 마셨으면 증상이 같아야 하는 것 아닌가? 신규동 회장의 검시보고서는 어디에 있는 거야 대체?"

레이첼은 주저하면서 그 검시보고서는 현재 검시반장 피터 오글리가 신규동 회장 시신을 L.A본청 법의학연구소에 특별 부검을 의뢰하여 부검이 진행되고 있어서 아직 라스베이거스 경찰서 수사과는 검시보고서가 오지 않고 있음을 알린다.

"피터! 이놈이 무언가를 찾아내고 있는 게 분명해. 그렇지 않으면 L.A본청까지 들어가서 심혈을 기울여서 부검하지는 않을 거야. 레이첼! 피터에게 전화해서 내가 좀 급히 보자고 전해줘요. 검시보고서 나오는 대로 나랑 좀 미팅을 좀 해야겠어. 우리 수사본부도 다시 리셋을 좀 하자고. 지금 엉망이 되어가는 것 같아. 다시 사건을 정리를 좀 하고 용의자들을 모두 다시 용의선상에 올려놓고 사건을 하나하나 다시 처음부터 접근해 보는 게 좋을 것 같아. 나 지금 마약반에 와 있어 지금 바로 수사과로 올라갈 테니 모두 소집시켜!"

레이몬드는 전화를 끊자마자 바로 마약반을 나와 수사과로 뛰어 올라간다. 인사도 못 나눈 채 급히 떠나는 레이몬드 경감을 바라보는 마약반 스티븐슨 팀장은 '거봐! 이번 사건은 보통의 사건이 아니라고 내가 그랬잖아. 머지않아 수사본부에 우리 마약반이 공조조사로 합류하게 될걸!' 이런 생각으로 문을 나가는 레이몬드 경감의 뒷모습을 바라본다.

스스로 대견스러운 미래 예측을 한 듯 마치 그물 안에 큰 월척을 확보한 듯한 즐거운 표정으로 스티븐슨 팀장은 취조실 안을 바라본다.

식사 대용으로 샌드위치를 먹으며 살해된 베트남 남자 관련 사진과 자료들을 보고 있는 아메리칸 이글의 패트릭 창은 이걸 어디까지 말하고 적당한 선에서 타협을 하지? 하는 여유로운 표정으로 사진 자료 들을 들여다보고 있다.

3

라스베이거스 벨라지오 호텔 커피숍

화려하고 넓은 소파가 원탁의 테이블을 둘러싸고 있다.

"야! 현 차장. 여기서 유명하다는 그 모래커피인가 하는 것 그거 시원하게 한 잔 시켜다오"

다짜고짜 반발을 해대는 김신범을 바라보는 김영식은 속으로 열불이 났다. 저 새끼는 모든 직원들이 하인이다. 회장님은 저런 새끼를 동생이라고 같이 데리고 다니고 저놈 혼자만 회장님과 같은 팔레스 스위트 1에서 잠을 자는 특권을 누렸다. 더구나 이틀 전에 회장님은 같은 공간에서 사망했다. 그런데 저 새끼는 저렇게 태연하게 지금도 아무렇지 않은 듯이 다니는 것을 보면 저 새끼가 범인 아닐까? 하는 생각마저 들었다.

사실 수많은 검찰 조사와 여러 현안들로 인해 정신적 고통으로 잠을 못 주무시는 회장님에게 자낙스를 제일 먼저 권한 놈이 저놈이다. 자기가 먹어보니 잠도 잘 오고 화도 잘 안 내서 사람이 부드러워진다고 어쩌고저쩌고하면서 말이다. 나중에는 회장님이 약의 중독 증세까지 보여서 대리처방까지 해야 했다. 그래서 내가 나서서 이 병원 저 병원 다니면서 내 이름으로 처방전을 받아 약을 모았다. 나중에는 회사 직원들까지 동원하여 여기저기서 처방전을 받아서 약을 모아왔다. 그렇게 나는 회장님에게 가져다주는 공급책이 되어버렸다. 모든 게 다 저 새끼 때문이다. 저런 새끼가 죽어야 하는데 어쩌다 우리 회장님이 돌아가셔 가지고. 에휴.

김영식은 한숨부터 나왔다. 세상이 조금 불공평한 것 같다. 김신범 같은 놈들이 회장님 옆에서 돈도 많이 벌고 총애도 다 받는다. 골프장이면 골프장, 룸살롱이면 룸살롱, 비싼 와인을 먹을 때도. 재벌 3세들과 만나고 다닐 때도 모두 김신범을 데리고 다니셨다. 그 모든 시간에 자신이 수행을 했나. 노대체 저런 새끼가 뭐가 좋다고 그렇게 챙기신 걸까? 도통 회장님의 속마음을 알 수가 없었다.

"현 차장. 내가 모래커피 주문할 테니 현 차장은 그냥 여기 있어요"

"야! 가재는 게 편이다더니 이제는 네가 다방 마담이야? 넌 수행기사야 새끼야. 일명 운짱!"

김영식은 주먹으로 김신범의 아구통을 날릴까 하는 찰나에 리차드 김이 커피숍에 들어오면서 인사를 한다.

"다들 여기 계시는군요! 지금 난리가 났습니다"

화제가 갑자기 전환되었다.
모두 들어 오자마자 소파에 털썩 앉는 리차드 김을 바라본다.

"장나나 프로가 죽었습니다! 경찰이 처음에는 말하지 말라고 했었는데 방금 전화가 와서 여기 계신 분들을 모두 찾아서 이야기를 해드리라고 했습니다. 지금부터는 모두가 용의자이니까 호텔 외부로 나가지 말고 경찰이 소환할 때를 기다리라고 통보를 해달라고 했습니다. 그리고 여권을 모두 수거해서 조사가 끝날 때까지 경찰서에 제출해 주라고 합니다"

"뭐라고? 나나가 죽어?"

김신범이 거의 괴성 같은 소리를 질렀다.

신규동 회장의 숨겨진 여자친구 이자 골프 친구인 장나나의 관계를 잘 아는 측근 중의 한 사람인 김신범.
신규동 회장이 골프를 갈 때도 단둘이 나가면은 스캔들 소지가 있어서 항상 김신범이 동행을 했다. 대외적으로는 골프단장과 골프 후원사의 대표인 김신범이 라운딩을 하고 어쩌다 시간을 나서 신규동 회장이 참여하는 그림으로 항상 모양을 맞추었다.

그런 둘 사이를 너무 잘 아는 처지에다가 장나나는 김신범을 오빠 오빠 하면서 따랐다. 그리고 오빠 같은 김신범에게 항상 예쁜 골프선수 후배들을 붙여줬다. 누이 좋고 매부 좋고. 공생의 관계는 그렇게 밀월의 시기를 맞이했었다.

그런데 이곳 라스베이거스에서 장나나가 죽다니 이게 무슨 말도 안 되는 상황이 벌어진 것이다.

김신범뿐만 아니라 그제 저녁.
바로 신규동 회장의 생일 파티를 한 아리아 호텔 카본 레스토랑에서 함께 저녁을 먹으면서 떠든 게 바로 이틀 전 아닌가?

운 좋게도 몇천만 원 한다는 그 와인을 신규동 회장과 같이 먹기로 당첨되었을 때도 사실 참석자 모두는 눈치를 챘다. 신규동 회장과 장나나 프로가 오늘 밤 팰레스 스위트 1에서 함께 즐거운 시간을 보내기로 묵인의 합의가 된 것으로. 그래서 김신범도 그날은 카본 레스토랑에서 식사가 끝나고 바로 방으로 들어가지 않고 벨라지오 1층 VIP룸에서 블랙잭을 즐기다 밤 11시쯤 들어가 자낙스를 털어 넣고 그냥 푸욱 잔 것이다.

그런데 그 장나나가 죽었다.

이 소식을 들은 현여진 차장은 막 울기 시작을 했다.

"이게 무슨 일이래요. 회장님이 갑자기 돌아가시고 이제는 장나나 프로가 죽다니요. 너무 무서워요. 저희는 이제 어떻게 되는 거죠? 저희도 누군가 죽이려는 걸까요?"

김영식 부장이 다가가 울고 있는 현여진 앞으로 물컵을 주면서 달랜다.

"차장님, 너무 무서워 마세요. 누가 누구를 죽인다고 그러세요?"

"흑흑. 사실 그렇잖아요. 저희가 회장님 모시고 미국에 들어와서 지금까지 잘 지내다가 돌아가기 며칠 전에 이런 날벼락이 어디 있어요? 저희가 회장님 생일 파티까지 같이했는데 생일날 돌아가시다니…. 흑흑…. 그것도 조현아가 죽였다면서요. 그런데 이제는 장나나 프로가 죽다니요. 이게 말이 돼요? 자꾸 사람이 죽어가는 게? 저는 이틀 동안 한숨도 못 잤어요. 무서워서 잠도 안 오고. 무슨 용의자라고 우리를 한국에도 못 돌아가게 할 심산인 것 같은데…. 정말 이곳 미국에서 며칠 간 벌어진 일들이 믿어지지가 않아요"

"야! 현 차장. 재수 없게 계속 울 거야? 운다고 죽은 사람들이 살아 돌아와? 조용히 좀 해!"

김신범이 울고 있는 현여진을 향해 소리를 꽥 지르자 황급히 리차드 김이 막아선다.

"자자. 여러분 모두 일단은 진정하십시오. 현재 수사가 진행이 되고 있고 한국 대사관 관계자뿐만 아니라 한국 검찰청에서도 검사와 수사관이 파견 나오셨다고 합니다. 지금 저희 벨라지오 호텔에 같이 머물고 계신다고 합니다"

"뭐라고? 한국 검찰청에서 검사가 나왔다고?"

"네. 허정호 검사님하고 김홍길 수사관님이라는 분이 어제 오후에 도착하셨습니다. 대사관 직원분들과 만나시고 오늘은 L.V.P.D 수사과로 가셔서 담당자인 레이몬드 경감님을 만나신다고 하시던데요?

"뭐? 허정호가 나왔어?"

"아시는 분이세요?"

"일명 독서미. 촘촘히 수사망을 펼쳐놓고 먹잇감이 걸리면 결정적 증거를 찾아내어 기소하지. 한번 걸리면 최소 10년이야"

"어떻게 그렇게 잘 아세요? 제가 어제 체크인할 때 도와드렸는데 시골 선비처럼 순하게 생겼던데요?"

"야! 리차드. 너는 조사를 안 받아봐서 그래. 규동이 형 붙잡혀 가서 조사받을 때 나도 공범혐의로 조사를 받았잖아. 허정호 검사 방에서 같이 수사하는 김홍길이라는 놈도 왔다면서 둘이 콤비야. 걸리면 뒤지는 거지. 쩝. 지금도 사건조사가 끝나지 않아서 나도 속으로 찜찜한데 이곳 미국에서까지 그 인간들을 보게 되다니"

"아마. 회장님이 돌아가시니까 그거 조사하러 오신 거 아닐까요?"

"야! 넌 미국 시민권자가 법을 그렇게 모르니? 미국에서 사람이 죽으면 미국 경찰이 조사를 하는 거지 한국 검찰이 무슨 권리로 조사를 해? 그러고 보니 저 인간들이 왜 미국에까지 온 거지? 규동이 형을 감방에 못 넣어 안달하는 인간들인데 이미 죽은 사람을 뭐 어쩌겠다고 여기까지 오고 지랄이야!"

거친 입의 김신범 때문에 옆에 있는 사람들의 귀가 따갑다. 저런 인간 때문에 우리 한국 사람이 욕을 먹는 거야. 해외 나가면 매너를 좀 지켜야지. 여기 벨라지오 커피숍이 제 사무실이야? 김영식은 하나부터 열까지 김신범이 하는 행동이 마음에 들지 않았다. 저런 자식이 명문대를 나왔다니…. 고등학교밖에 못 나온 자신보다도 훨씬 덜떨어진 인간이 틀림없다. 도대체 명문대에서는 뭘 가르치는 거야? 싸가지 없게 돈 버는 법? 김신범 때문에 김영식의 얼굴이 더 화끈거린다.

'재수 없는 새끼! 넌 분명히 그날 밤에 우리 모르게 회장님 방에서 뭔 짓인가 할 놈이야' 김영식은 반드시 그날 밤 팔레스 스위트 1에서 유일하게 회장님과 같이 잔 김신범에 대해서 무언가를 찾아낼 것이라고 벼른다.

4

"할아버지"
반가운 소리와 함께 초로의 노인에게 달려가는 한 소녀.

신규동 회장의 딸 제니.
올해 10살이다. 미국 최고의 보딩 스쿨 필립스 아카데미 엑스터에 다니고 있다. 아빠의 생일을 축하하러 온 제니는 오늘 학교로 돌아가야 한다. 아빠의 죽음도 모른 채.

귀여운 손녀를 바라보는 신규동의 아버지 신금원 회장은 눈물이 비오듯이 흘러내렸다.

"그래그래 내 손녀! 소중한 내 새끼"

제니를 꼭 껴안은 신금원 회장은 제 아비의 죽음을 모른 채 오늘 학교로 돌아가야 하는 손녀가 한없이 가엾고 지금의 이 상황이 너무 기가 막혀서 숨이 다 막힐 지경이다.

외아들 신규동의 유일한 혈육.
제니는 딸이었지만 아들의 모든 유전적 장점을 가지고 태어난 듯했다. 어려 서부터 천재라는 별명을 달고 살았고 원정출산이라는 비난을 감수하고 미국에서 출생하여 미국 최고의 보딩 스쿨인 필립스 아카데미에 당당히 입학하였다. 백인 명문가 집안에서도 입학을 못 시킨다는 필립스 아카데미 엑시터에 제니가 입학했을 때 내 아들 규동이가 얼마나 좋아했던가.

사실 규동이가 결혼하겠다고 선언을 하고 며느리를 처음 데려왔을 때 신 회장은 썩 마음에 내키지 않았다. 내심 규동이가 워낙 밖으로 도는 사업가 기질이 있어서 집 안에서 애 잘 낳고 내조를 하는 여자가 며느리가 되었으면 했다. 규동이에게 들어오는 수많은 중매를 뿌리친 이유도 잘 난 여자보다는 마음 따뜻하고 가정을 화목하게 해줄 여자를 찾고자 하기 위함이었다.

자식 이기는 부모 없다고 아들이 좋다고 하는 바람에 결혼을 승낙을 하였다. 결혼을 하자마자 제니가 태어났다. 속도위반이었지만 그것조차도 예뻐 보였다. 손녀를 빨리 안겨준 것은 집안의 경사였다. 마음속으로는 둘째도 얼른 가졌으면 했다. 제니가 예쁘게 자라는 동안 신 회장의 마음같이 손녀를 자주 볼 수 없었다. 며느리는 미국에서 제니를 키우고 싶어 했고 보모에게 애를 맡기고 자기 사업에 열중했다. 더욱 마음에 안 드는 것은 아들 신규동 회장마저 며느리와 관계가 소원해지면서 한국에서 여러 여자들을 만나는 것 같았다. 그러더니 결국 제니가 8살 때 둘은 이혼을 하고 갈라섰다. 둘의 사이에 무슨 일이 있었는지 신 회장은 알 수가 없지만 며느리는 이혼 이후에는 아들 규동이를 채권자 눈빛으로 바라보았다. 느낌이 하도 이상해서 아들에게 물어보면 규동이는 합의된 위자료 덜 준 게 있는데 그건 제가 알아서 해결할게요. 아버지 하면서 대답을 회피를 하였다.

그런데 오늘도 명색이 시아버지였던 나를 바라보는 며느리의 눈빛이 채권자 눈빛이다. 기분이 썩 좋지는 않지만 사랑스러운 손녀 제니가 눈앞에 있어서 그냥 참는다. 제 아비가 죽은 줄도 모르고 저렇게 천진하게 웃고 있는 내 손녀 제니. 어떻게 든 제니를 저 독사 같은 년에게서 찾아와야 한다. 내 아들의 유일한 혈육을 반드시 우리 집안에서 키워야 한다. 그 방법이 뭘까? 제니를 끌어안으면서 신금원 회장의 머릿속은 오직 하나만 생각하고 있다.

5

사건이 지나고 3일째에 접어든 아침.
라스베이거스를 비출 뜨거운 태양이 씨에라 네바다의 사막에 열기를 뿜어대면서 떠오르고 있다. 라스베이거스를 가로지르는 다운타운 프리보트 스트리트를 주변으로 우뚝 솟은 수많은 호텔들과 건물들의 유리창에 반사되어 올라오는 떠오르는 태양빛은 커다란 거울의 반사경처럼 번쩍이면서 오늘의 하루가 다시 시작됨을 알린다.

L.V.P.D의 수사과

출근하는 레이몬드 경감에게 레이첼이 인사를 하면서 보고서를 들고 다가온다.

"경감님. 굿모닝입니다"

"난 굿모닝 아냐! 사건이 점점 이상 하게 되어가고 있어! 용의자들을 확대하고 모두 협조해 줄 것을 요청했지?"

"네. 경감님. 일단 팔레스 스위트 1에서 같이 잠을 잔 김신범, 스위트에 출입한 김영식, 현여진, 리차드 김, 룸메이드 티나와 카시아에게 용의자로 전환한다고 통보를 했습니다. 한국에서 온 사람들은 모두 여권을 제출받아서 경찰서에서 보관하고 있습니다"

"좋아! L.A본청 감식반에 간 피터에게서 검시보고서는 받아왔지? 피터는 도대체 이곳으로 오지 않고 L.A에서 뭐 하고 있다는 거야?"

"넵. 1차 검시보고서를 받았습니다. 정확한 사인을 찾기가 애매해서 2차 부검을 할 예정이라고 합니다. 피터 반장님은 2차 부검까지 마치고 소견서를 받아서 직접 보고를 드릴 예정이라고 하십니다"

"흠. 사인이 우리가 생각했던 것보다 복잡하단 건가? 검시보고서 좀 줘봐!"

검시보고서를 받아 훑어보는 레이몬드 경감은 신규동의 시신에서 추출된 약물 성분을 쭈욱 읽어본다.

- 펜타닐의 주원료인 오피오이드 및 페닐피레리딘 검출됨.
- 고혈압약 원료인 암로디핀베실산염 추출됨.

- 자이언트 호그위드(Giant Hogweed) 독초 성분 퓨로쿠마린 (Furocoumarins) 추출 - DNA 파괴독초로 스치기만 해도 아낙필락시스 쇼크를 유발함.
- 혈액과 손톱, 발톱, 머리카락에서 올리앤더(Oleander)의 독성물질이 발견. 미국에서는 Rosebay라는 이름으로 불림. 동양에서는 협죽도, 사망자의 국적인 Korea에서는 유도화라는 이름으로 불림. 나뭇잎과 줄기에 포함된 자연성분으로 심장에 치명적인 올레안드린(Oleandrin)에 장기간 노출된 것으로 추정됨.
- 혈중알코올농도 존재

검시보고서의 제일 마지막에 적힌 최종의견:
사인은 급성심정지로 인한 사망으로 추정되나 정확한 심정지의 원인을 밝히기 위해서는 2차 정밀 부검이 필요함. 다만 경부압박이나 저항흔적 등이 존재하지 않아서 살해 용의자가 주장하는 호흡기압박으로 인한 질식사는 아님.

"흠! 의외군?"

"네? 의외라는 말씀은 무슨 의미이세요?"

"잘 생각해 봐 레이첼. 스스로 범인이라고 경찰서로 찾아와 자백한 조현아는 질식사를 시켰다고 하는데 질식사는 아니라는 판명이 났고 장나나가 마신 와인병에 들어 있는 복어 독 테트로도톡신(Tetrodo

Toxin)이 나왔다면 와인을 같이 마신 신규동의 사망원인이 추정이 될 것 같았는데…. 이 검시보고서에는 복어 독이 없어…. 이건 전혀 다른 사망이라는 이야기야. 나 참"

"같은 스위트에서 와인을 나눠 마신 두 사람이 사망을 했는데 한 사람은 원인 불명이고, 한 사람은 복어 독인 테트로도톡신으로 절명했다! 이게 논리적으로 설명이 돼?"

"신규동 회장은 복어 독이 든 와인을 마시지 않았다는 말이군요. 그런데 감식반의 현장 검증 결과 두 사람은 와인을 나눠 마신 흔적이 와인 잔 등에서 발견이 되었고 여기 신규동 시신 감식보고서에도 입과 위장에서 해당 와인의 검출된 것으로 봐서 와인을 나누어 마신 것은 확실해 보입니다. 경감님"

"그래서 내가 지금…. 가만! 그날 밤에 팔레스 스위트 1에는 신규동, 장나나 그리고 한 명이 더 있었다!"

"네? 누구요?"

"김신범!"

"김신범은 그날 밤 자낙스를 먹고 깊이 잠들어서 룸메이드 두 명이 신규동 회장의 시신을 발견할 때까지도 신규동 회장이 죽은 것을 몰랐는데요?"

"그건 일어난 다음의 일이고 사건 당일 밤에 들어와서 그 공간에서 누군가가 먹다 남은 와인병에 복어 독을 넣었다면 그건 오직 그 스위트에서 잠을 잔 김신범밖에 없잖아?"

"그건… 그렇네요. 당장 체포해 올까요?"

"일단 유력한 용의자로 놓고 조사는 해보자고…. 흠… 그런데… 내가 보기엔 내 논리에 허점이 있어서 고민하는 거야. 신규동이 죽으면 김신범이 제1의 용의자가 되는데 본인이 스스로 그런 함정에 자신을 드러나게 한다고? 그건 일반적이지 않거든…. 그래서 내가 지금 논리의 혼란이 오는 거야. 도대체 누가 와인병에 복어 독을 언제 넣었을까 하는"

"답답하네요. 팔레스 스위트 1 내부의 CCTV가 있는 것도 아니고. 내부에는 오직 신규동, 장나나, 김신범 세 명이 있는데 장나나는 복어 독에 죽고 신규동은 아직 사망원인 불명인데 복어 독은 아니고 김신범은 용의자이긴 한데 동기와 행위의 근거가 미약하고…. 그럼 내부에 제3의 인물이 있었다는 이야기인가요?"

"침입자가 있어!"

"네? 침입자요?"

"그래. 마약반 스티븐슨 팀장이 아메리칸 이글 조직책임자를 잡았는데 사건 당일 사막에서 시체로 발견된 베트남 사람이 콘래드 호텔 유리창을 닦는 용역회사 직원인데 사건 당일 팔레스 스위트 1에 들어간 듯해. 그 사람의 지문이 팔레스 스위트 1에서 발견되어서 지금 내용을 파악 중이거든"

"그럼 외부에서 잠입한 그 베트남 사람이 아무도 모르게 먹다 남은 와인병에 복어 독을 투입했다는 건가요?"

"아니! 그냥 추정해 보는 거지. 행위자는 반드시 있는데 지금 누구의 짓인지 도무지 파악이 안 되니까 말이야. 지금부터는 사건을 원점으로 돌려서 한 사람, 한 사람의 알리바이를 파고들어 보자고. 일단 모든 사람들에게 우리가 면담하겠다고 통보를 했지?"

"네. 현재 모두 벨라지오 호텔을 떠나지 말도록 통보를 했습니다. 저희가 언제든 불러서 조사를 할 수 있는 대기 상태입니다. 다만 신규동의 전처 고요미는 딸의 학교까지 귀교조치를 하고 다시 돌아와서 조사를 받겠다고 해서 그렇게 양해를 했습니다"

"그래. 전처와 딸은 분리된 팔레스 스위트 2에 있었으니까 일단 1차 용의자들은 아니니까! 팔레스 스위트 1과 2를 연결하는 복도 끝의 문은 사건 당일 잠겨 있는 것을 확인했지?"

"네. 그건 감식반의 보고서에도 나와 있습니다"

"좋아! 그럼 다시 현장으로 가볼까? 우리가 무엇을 놓쳤는지 현장에서 다시 시작해 보자고. 선배들도 늘 그러지. 현장에 답이 있다! 우리가 그걸 간과했는지 몰라"

6

라스베이거스 경찰서
마약팀 취조실

경찰서에 붙잡혀 온 사람치고는 너무도 평온한 표정으로 취조실 안에서 눈을 감고 콧노래를 흥얼거리는 패트릭 창을 마주하고 앉은 마약반 팀장 스티븐슨은 씨익 웃음이 나온다.

"패트릭! 우리가 왜 당신을 붙잡아 왔는지 잘 알고 있죠? 하하. 또한 우리에게 무엇을 알려줘야 할 것도 알고 있을 거고 우리에게 무엇을 얻어갈 것인가도 머릿속에 이미 생각을 해뒀겠죠?"

패트릭은 감았던 눈을 살포시 뜨면서 눈앞에 앉아 있는 스티븐슨 팀장을 바라본다.

"이거 봐! 베이비~ 원래 그 자리는 25년 베테랑 조셉이 하던 자리라는 것은 잘 알지? 콜롬비아 마피아 조직을 소탕하러 출동했다가 불행하게도 일격을 당하지 않았더라면 지금 베이비는 아마 다른 경찰서에서 서류나 만지고 있을걸! 지금 나에게 무엇을 가르치려고 하지 말고 단도직입적으로 무엇을 원하는지를 말하면 나도 무엇을 얻어갈 것인지를 말하도록 하지. 그게 오랫동안 우리 아메리칸 이글과 L.V.P.D 마약반과의 묵언의 규칙이었으니깐 말이지"

"넵. 좋습니다. 좋아요. 패트릭! 저도 이곳에 온 지 이제 겨우 1년이지만 규칙 정도는 잘 알고 있답니다. 너무 저를 어린애 취급하지는 마세요. 하하"

패트릭이 상체를 앞으로 쭈욱 내밀더니 책상 위에 양손을 올려놓는다. 검게 그을린 손등 위로부터 길게 그려 올라가는 화려한 용이 승천하는 발톱에 여의주를 움켜쥐고 어깨 근육까지 꿈틀거린다.

"난 말이야. 말 잘하는 인간들을 신뢰하지 않아요. 모든 건 총과 돈 그리고 목숨으로 이야기를 하는 거지. 쏘느냐 마느냐, 있느냐 없느냐, 죽느냐 사느냐의 문제만이 중요하거든. 당신은 총 맞아본 적이 있나?"

스티븐슨 팀장은 당연하다는 듯이 입은 셔츠의 왼쪽 갈비뼈 밑을 들쳐 보인다.

옆구리 관통상의 흔적이 아직도 선명하게 남아 있다.

"그래! 적어도 총 맞아본 인간들 하고는 진실한 대화가 되지! 내 몸에 있는 자국들을 보여줄까?"

스티븐슨은 정색을 하면서 테이블 위로 손을 높이 들어 흔들면서 Oh. No! 하고 사양을 한다.

씨익 웃음을 띠는 패트릭은 웃으면서 왼손에서부터 어깨로 올라가는 용문신을 보면서 이야기를 시작한다.

"이 용문신은 말이야. 우리 아메리칸 이글이 중국의 삼합회와 형제의 의리를 맺으면서 양 조직을 대표하는 사람 둘에게 한 마리의 용을 문신으로 남겼지. 내 어깨에는 한 마리의 청룡이 그려졌고, 삼합회를 대표하는 원삼룡에게는 황룡이 그려졌지. 이름이 원래 삼룡인데 한 마리가 더 생겼다고 해서 요즘은 원사룡으로 중국에서 부른다고 하더군"

"삼합회의 유명한 Four Dragon이 네 명의 용이 아니라 한 사람의 이름이군요"

"그렇다네. 원사룡은 현재 삼합회 내에서도 아시아 지역을 총괄하고 있지. 한국, 대만, 일본, 태국, 베트남, 싱가폴, 말레이시아, 인도네시아까지 모두 원사룡이 총괄하고 있지"

"아! 그렇군요. 저는 처음 듣는 이야기입니다"

"그렇겠지. 베이비. 베이비야 기껏해야 라스베이거스 지역을 중심으로 움직이는 마약 카르텔 정도의 애들만 상대하는 팀장이잖아 하하. 그러니 상부 조직의 이야기를 들을 수 있는 레벨이 아니지. 그래서 오늘 내가 하나를 얻기 전에 하나를 주고자 이런 이야기를 하는 거야"

"흥미롭군요. 제가 오늘 왜 패트릭 창을 취조실에 연행하고 조사를 하는지에 대해서는 묻지도 않고 제가 원하는 답을 줄 테니 패트릭이 원하는 것을 주라고 바로 이야기를 하시다니요"

"이 방식 원래 우리 조직과 자네의 대선배인 조셉과 일하는 방식이었지. 오랫동안 이러한 거래 방식으로 인해 라스베이거스 지역은 잔챙이 들만 약을 파는 조용한 관리 지역으로 평화롭게 유지가 되었던 것이고"

"라스베이거스 지역을 중심으로 평화유지 조약 같은 암묵의 카르텔이 존재한다는 이야기는 어렴풋이 들었지만 그 중심에 조셉 선배님이 계신 것은 몰랐습니다. 저는"

스티븐슨은 왜 임무 중 사망한 조셉의 장례식에 그렇게 많은 지역주민들과 지역 유지들 그리고 경찰직원들뿐만 아니라 라스베이거스 지역의 모든 조직 카르텔에서조차 장례식 행사에 깊은 애도를 표했는지에 대해 이제는 조금 이해가 되는 듯했다.

"나를 붙잡아 온 것은 아마 우리 용역회사 직원으로 일하는 우리 조직원 응우우엔의 사망에 대한 단서에서 나에 대한 것이 나왔을 것이고 그 부분을 중심으로 응우우엔의 죽음과 우리 조직 그리고 며칠 전 콘래드 호텔에서 죽었다는 어느 한국 사람에 대한 연관성까지를 캐기 위해서였겠지?"

스티븐슨은 기가 찼다. 상대방은 암흑세계의 책임자다. 나는 명색이 미국의 치안을 담당하는 경찰이다. 더구나 가장 강력한 마약반의 팀장이다. 그런데 내가 냄새를 맡아서 수사과의 레이몬드 경감에게 공조수사를 해야 하는 이유를 말하는 것을 듣지 않은 이상 이렇게까지 구체적으로 사건의 흐름과 조사의 방향을 말하는 사람이 있다니….

스티븐슨은 고개를 돌려 취조실의 유리창을 다시 한번 바라봤다. 내가 저 밖에서 레이몬드 경감에게 한 이야기를 취조실 안에 앉아 있던 패트릭 창이 지금 나에게 이야기를 하고 있다. 밖에서 취조실 안의 대화를 들을 수는 있어도 취조실 안에서 밖의 대화를 들을 수는 없다. 그런데 지금 패트릭 창은 내가 한 말을 그대로 나에게 하는구나.

"역시! 왜 아메리간 이글이 라스베이거스 지역을 평정하는시 알겠군요. 저는 책임자인 패트릭 창이라는 이름을 들어는 봤지. 오늘 뵌 것은 처음입니다. 정식으로 인사를 다시 올리겠습니다. 마약반 팀장 스티븐슨입니다"

스티븐슨은 책상 앞에서 벌떡 일어나서 거수 경례를 한 다음에 정식으로 악수를 청한다.

"하하하하하. 멋진 친구군. 베이비라고 한 내 말은 취소하겠네. 자네는 사람 사는 세상의 흐름을 아는 친구군. Now we can talk! 우리는 이제 대화가 될 수 있겠군. 하하하"

"감사합니다. 패트릭! 그렇게 생각해 주시니…"

스티븐슨은 등에서 땀이 났다.

상대는 거물이다. 어찌 보면 이런 거물이 경찰서 연행에 쉽게 동의를 해준 것도 처음부터 이상했다. 더구나 취조를 하기 전에 통상 라스베이거스 지역의 거물급 변호사가 등장을 하여 조직원들을 대변하는데 이번에는 그러한 일들이 일어나지 않았다. 마치 한잔의 커피를 마시러 온 것처럼 패트릭 창은 취조실에서 오랜 시간 동안 혼자 여유로운 표정으로 시간을 관조하고 있었다.

"생각이 있어서 일부러 오신 거군요!"

"이제야 자네가 내 파트너가 된 듯하군. 조셉이 떠난 뒤로 내 파트너가 없어서 내심 심심했는데 말이야. 이제 본격적으로 내가 자네가 원하는 것을 하나 주고 내가 원하는 것을 하나를 얻어가기로 하지"

스티븐슨 팀장은 의자를 바짝 당겨 앉으며 패트릭 창의 눈을 주시했다. 도대체 무슨 이야기를 꺼내는 것일까? 눈앞에 보이는 패트릭의 왼쪽 손위를 타고 올라가는 용의 발톱이 마치 자신의 목을 쥐고 있는 듯한 통증이 느껴진다.

7

라스베이거스 콘래드 호텔 팔레스 스위트 1

레이몬드 경감과 레이첼은 다시 찾은 사건 현장을 이리저리 살펴보고 있다.

사건 현장은 깔끔하게 현장을 그대로 유지한 채 보존되고 있었다.
입구에서 신분 확인을 경찰관들에게 보이고 들어서는 사람들.
총지배인 사이몬 양과 당직지배인 셸리 왕은 거실 내부를 이리저리 살피는 레이몬드 경감과 레이첼을 발견하고 빠르게 두 사람에게 다가와 인사한다.

"어서 오십시오!"

"아~ 안녕하세요? 사이몬 총지배인님 그리고 셸리 당직지배인님!"

"그냥 사이몬 그리고 셸리라고 호칭해 주십시오. 그게 편합니다"

"네. 그럼 저희도 레이몬드와 레이첼로 편히 불러주시면 좋겠습니다. 현장 보존 상태가 상당히 좋군요"

"네. 사건 이후로 경찰이 설치해 놓은 폴리스 라인을 그대로 유지하면서 현장은 24시간 조명을 켜고 냉방을 그대로 유지시키고 있습니다.

또한 현장 기록을 위해 내부에 CCTV 카메라를 설치를 하였습니다"

"오! 그건 아주 잘하신 듯합니다. 저희 경찰보다 나으신데요"

사이몬 양은 칭찬보다는 자신이 응당 해야 하는 일을 한다는 제스처로 레이몬드 경감에게 가져온 서류를 보여준다.

"상의드릴 것이 있습니다. 저희가 신규동 회장 체크인 기록과 호텔 내부 사용기록 등을 모두 체크를 하였습니다. 신규동 회장의 객실은 벨라지오 카지노에서 VIP고객을 위한 숙소제공용으로 예약이 된 것입니다. 모든 사용료가 무료죠. 벨라지오 카지노에서 모든 비용을 결제합니다"

"네. 그건 저희도 MGM그룹과 벨라지오 카지노의 담당이사인 리차드 김에게서 모두 파악을 한 상태입니다"

"그런데 하나 경찰에 보고드릴 게 있습니다"

"무언가 다른 게 나왔나요?"

"네! 저희 호텔 투숙객분들은 객실 내부에 설치된 개인금고를 이용할 수 있는 서비스가 제공됩니다. 이곳 팔레스 스위트도 당연히 전용 개인금고가 비치되어 있습니다. 이쪽으로 오시죠"

레이몬드와 레이첼을 안내하는 사이몬 양 총지배인은 신규동 회장이 사망한 가장 큰 객실 안쪽 옷장 옆에 설치된 사각형의 커다란 금고가 눈에 선명하게 들어온다.

금고 앞에 보이는 커다란 금고 로고.
황금빛 사자가 동굴 입구를 지키는 형상의 로고는 세계에서 가장 안전한 개인 맞춤 금고를 제공한다는 미국의 금고 라이언 가드!

"오! 비싸다는 라이언 가드 금고가 개인에게 제공되다니 대단하군요"

놀란 눈으로 라이언 가드 금고를 바라보는 레이첼에게 셀리 왕 당직 지배인이 다가와 살짝 속삭인다.

"여기는 라스베이거스이니까요!"

"이 금고는 라이언 가드 금고 중에서도 최신 버전인 DNA인식 금고입니다"

"DNA인식 금고요?"

"네 그렇습니다. 금고 회사에서 제공되는 DNA인식기를 통해서 자신의 DNA가 포함된 요소, 즉 머리카락이나 손톱, 피부 등을 넣은 모듈을 인식해 넣으면 자신의 DNA로 구성된 인식칩을 만들어 제공합니다. 이 칩이 있어야만이 금고가 열립니다"

신기하다는 듯이 레이첼은 눈앞의 금고를 이리저리 둘러보면서 질문을 해댄다.

"그러면 본인이 아니면 누구도 이 금고를 열 수 없다는 이야기군요. 자신의 DNA로 구성된 칩을 삽입을 해야 열리는 구조면은요"

"맞습니다. 자신이 금고를 세팅할 때 금고에서 제공한 인식기에 자신의 DNA를 인식할 수 있는 신체의 일부를 삽입하면 인식기가 DNA로 구성된 암호를 만들고 이를 칩에 인식하여 제공합니다. 마치 맞춤 열쇠처럼 사용자가 자신만을 알아보는 금고를 소유한다고 봐야 합니다. 전 세계 부호들이 가장 선호하는 금고 중의 하나죠. 신규동 회장도 이 금고를 주문해서 한국에 하나 가지고 있다고 자랑하셨어요. 자신이 한국에서 제일 먼저 DNA인식칩으로 작동하는 라이언 가드 금고를 주문 제작하여 가지고 계시다구요 "

"재미있군요"

"그런데 특이한 사실을 이번에 저희가 신규동 회장 체크인 자료를 검토하면서 발견하였습니다"

"특이한 사실요?"

"네. 그렇습니다. 이렇게 팔레스 스위트 1 안에는 신규동 회장이 사용할 수 있는 개인금고가 존재하는데 신규동 회장은 이 금고를 사용하지 않고 저희 콘래드 호텔의 호텔 금고를 이용한 기록을 발견하였습니다"

"호텔 금고요?"

"네. 그렇습니다. 호텔은 각 객실에도 고객분들을 위해 개인금고를 제공하지만 더 귀중한 품목이라든지 객실에 보관을 원하지 않는 물품 등이 있는 경우를 위해 호텔의 금고를 별도로 운영하고 있습니다. 물론 호텔 금고도 라이언 가드 금고로 구성되어 있습니다. 다만 호텔 금고는 금고에 위탁하는 고객의 DNA인식을 통한 인식칩 키를 하나 만들어 드립니다. 그리고 금고를 여는 것은 개인인식칩 키와 호텔의 마스터 키를 동시에 삽입하여 번호가 일치한 경우 해당 금고가 열리도록 되어 있습니다"

"우리가 영화에서 많이 보는 은행의 VIP금고와 같은 개념인 거군요"

레이첼은 어디서 비슷한 개념을 본 듯이 고개를 끄덕이며 흥미롭게 사이몬 양 총지배인의 이야기를 경청한다.

"맞습니다. 통상적으로 고객이 체크아웃을 하실 때면 호텔 시스템에 해당 고객의 금고가 개설되어 있으면 화면에 금고개설사실 통지문이 뜹니다. 고객이 중요한 귀중품이나 서류를 호텔 금고에 놓고 가시면 안 되니까요. 저희가 신규동 회장 사망 날 이틀 후가 체크아웃 날이었습니다. 정확히 저희 호텔에 13박 14일 일정으로 투숙하셨고 투숙 후 12일째 사망하신 것입니다. 그래서 어제 시스템에서 체크아웃 정리를 하고 객실을 개보수로 전환하여 예약을 봉쇄하려고 했습니다. 수사가 끝나는 시점까지는 객실을 팔 수는 없으니까요. 그런데 시스템에서 호텔 금고에 신규동 회장의 개인금고 개설 사실이 통지가 뜬 것입니다. 그래서 부랴부랴 지금 내용을 찾아서 알려드리는 것입니다"

　레이몬드 경감은 무언가 놓친 것을 찾아가는 느낌이 들었다. 터널 안에서 보이는 희망의 불빛이랄까? 머릿속을 복잡하게 싸고도는 검은 안개 속에서 누군가가 플래시 불빛을 흔들며 나오라고 손짓하는 것 같았다.

　눈앞에서 열심히 설명하는 사이몬 양 총지배인의 손을 덥석 잡았다. 얼마나 세게 쥐었는지 사이몬이 놀란 눈으로 레이몬드를 쳐다본다.

　"아! 아! 쏘리. 하하하. 총지배인님. 무언가 단서를 찾을 것 같군요. 오랜 수사 경험의 촉이란 게 있답니다. 그런 촉이 지금 옵니다. 신규동 회장의 호텔 금고를 열기 위해서는 어떤 절차가 필요한가요?"

　"흠 일단 경찰이시니까 수사상 필요한 사실은 입증이 된 것이고 저희는 마스터 키를 작동하면 되는데 문제는 신규동 회장의 DNA를 인식한 DNA인식칩 키가 어디에 있느냐가 중요합니다"
　"아! 그 DNA인식칩 키는 어떻게 생겼지요?"

옆에서 이야기를 듣고 있던 셸리 왕 당직지배인은 휴대폰을 재빠르게 꺼내서 사진 안에 DNA인식칩 키로 보이는 형태를 보여준다.

"레이첼! 이 사진을 받아서 감식반에서 수거한 증거물 안에 있는지 확인하고…"

대화 중에 레이첼이 말을 끊는다.

"경감님. 이 사진의 모양 같은 인식칩은 현재 감식반에서 수거한 증거물 안에 있습니다. 제가 증거목록 정리하면서 사진으로 찍어놓고 분류를 해왔습니다. 감식반에서는 무슨 USB인 줄 알고 컴퓨터에 꽂아봤는데 아무것도 안 나온다고 하였습니다. 그런데 그것이 금고를 여는 열쇠였군요. 지금 수집된 증거물들에 대한 지문채취 및 감식 중인데 아마 그 DNA인식칩 키도 현재 그 과정에 있을 것이라 생각됩니다"

"잘되었군. 그럼 즉시 그걸 가서 가져오도록 해요. 반출 신고하고 현장 사용 승인은 내가 할 테니. 일단 우리는 그 DNA인식칩 키를 가져오면 두 개의 금고를 열어볼 수 있겠군. 하나는 지금 우리 눈앞에 있는 방 안의 금고와 호텔 금고 속의 신규동 회장의 금고를 말이야"

"넵. 알겠습니다"

레이첼은 신난 듯이 즉시 경찰서로 향한다.

레이몬드는 환하게 불이 밝혀진 팔레스 스위트 1의 화려한 샹들리에를 바라본다. 크리스털의 영롱한 하나하나의 빛들이 강렬하게 반짝임을 쏘아대고 있다. 저 불빛처럼 무언가 환하게 밝힐 수 있는 단서들이 자신에게 빛의 화살이 쏟아지듯이 날아오는 것 같았다.

레이첼이 나간 후 레이몬드 경감은 사이몬 양 총지배인에게 자신이 궁금해하는 부분에 대해서 몇 가지 질문을 이어간다.

"총지배인님. 아니죠…. 사이몬~. 좀 어색하긴 하군요. 하하. 아직 친해지지가 않아서 아무튼 사이몬!"

"네. 말씀하십시오"

"저희가 신규동 회장의 시신을 검시하면서 아주 흥미로운 발견을 했답니다. 이곳 객실 화병에 꽂아진 꽃 중에 자이언트 호그위드(Giant Hogweed)라는 꽃이 있었습니다. 혹시 아시나요?"

"아닙니다. 꽃은 저희 호텔 내의 플로리스트가 호텔 내부의 모든 꽃들을 담당합니다. 물론 이러한 고급 스위트 같은 경우는 투숙객분들의 취향이 워낙 고급스러워서 개인 플로리스트를 통해 세팅을 하시는 분들도 많습니다. 하지만 신규동 회장 같은 경우는 특별히 호텔에서 장식해 주는 화려한 꽃들보다는 이곳에서 나는 들꽃 같은 자연스러운 들꽃 같은 꽃들을 아주 좋아하는 취향이 있습니다. 그래서 이 스위트를 전담하는 룸메이드 티나가 동네 주변이나 길에 흔한 들꽃 들을 찾아와서 화병에 꽂아두면 그렇게 좋아하셨다고 들었습니다. 가끔 화병 밑에 100불씩 고맙다고 팁도 많이 놓아주시곤 해서 저희도 이곳의 꽃은 티나에게 일임하고 있었습니다. 그런데 자이언트 호그위드라는 꽃이 무슨 문제라도 있는 건가요?"

"네. 안타깝게도 검식반이 방과 거실의 화병에서 수거해 간 자이언트 호그위드는 독초 성분 퓨로쿠마린(Furocoumarins)을 함유한 자연 독초입니다. 이 꽃은 사람이 그냥 간단히 꽃에 스치기만 해도 DNA가 파괴되는 독초입니다. 몇 시간이 지난 후에 아나필락시스 쇼크를 유발하는 것으로 알려지고 있죠"

"네? 그런 독초를 티나가 이곳 화병에 꽂아놨다구요? 오 마이 갓! 그럴 리가 없습니다. 티나는 회장님을 진심으로 모신 직원입니다. 회장님도 늘 티나를 전담 룸메이드로 지정해서 저희 스위트를 이용하실 정도인데요. 티나는 그럴 직원이 아닙니다"

"네. 네. 물론 티나를 의심하는 것은 아닙니다. 자이언트 호그위드꽃으로 인해서 신규동 회장이 사망에 이른 것은 아니니까요. 그냥 여러 복합적인 요인의 하나로서 의심 가는 부분을 저는 체크하는 것입니다. 왜 그런 독초가 사망자의 방과 거실에 세팅이 되어 있는지에 대한 의문을 풀어가고자 함이니 오해는 마십시오"

"네. 그거라면 저도 저희 직원에 대한 신뢰가 있으니 지금 당장이라도 티나를 불러서 물어보면 될 것 같습니다. 지금 당장 티나를 오라고 할까요? 티나는 지금 회사에서 교육 처리를 하여서 급여는 지급되면서 집에서 조사가 끝날 때까지 대기 상태로 있습니다"

"아닙니다. 일단 레이첼이 DNA인식칩 키를 가지고 오면 객실과 호텔 내부에 있는 신규동 회장의 라이언 가드 금고를 확인해 본 다음에 저희가 시간을 내서 티나의 집을 방문해서 탐방조사를 좀 했으면 합니다"

"네. 네. 저희야 뭐든 협조를 아끼지 않겠습니다"

사이몬은 예상하지 못한 상황의 발생에 갑자기 혈압이 올랐다. 주머니에서 두 알의 혈압약을 꺼내자 옆에 있던 셀리 왕 당직지배인이 급히 입구 쪽에 제공되어진 에비앙을 하나 들고 와서 건넨다.

"요즘 혈압이 급히 솟구치는 일들이 많아서요. 고마워 셀리"

"역시 콘래드군요. 호텔 복도에 방문객들을 위해 제공되는 무료생수가 에비앙이라니요. 하하하"

레이몬드 경감은 급히 혈압약을 털어 넣는 사이몬의 행동이 조금은 이해가 되었다. 통상적인 사람들은 살인사건 현장을 접근조차 하기 무서워한다. 어떤 사람들은 귀신이 나온다고 현장 조사조차 협조를 안 하려고 한다. 여기는 미국이다. 내가 어려서 살던 한국이 아니란 말이다. 그런데도 아직도 이렇게 일반적인 사람들은 사건 현장에서는 긴장되고 땀이 나고 혈압이 오른다. 자신이 범인이 아니더라도 말이다.

혈압약을 털어 넣고 에비앙을 두어 모금 마시던 사이몬은 갑자기 생각이 난 듯이 레이몬드 경감에게 입 안에 넘어가지 않은 물을 튀겨가며 소리친다.

"아! 경감님. 그러고 보니 신규동 회장님도 며칠 전에 혈압이 치솟는다고 혈압약 없냐고 급히 찾으셔서 제가 티나에게 제가 먹는 혈압약 10알을 급히 준 적이 있습니다"

"네? 그게 언제입니까?"

"신규동 회장 사망 하루 전입니다"

"어떤 혈압약을 주셨죠?"

"화이자의 노바스크입니다"

레이몬드 경감은 급히 휴대전화를 들어 전화를 한다.

"레이첼! 응. 나야. 감식반에서 DNA인식칩 키 받았지? 그래그래. 간 김에 하나만 더 체크해 줘. 감식반에서 현장 감식 할 때 사진하고 현장 감식물 수거할 때 나온 물건 중에 화이자의 노바스크정. 이게 혈압강화제야. 원료로 암로디핀베실산염을 쓰는데 이 약물이 다른 약물을 만나면 부작용이 아주 커. 그러니 꼭 어떤 혈압약물이 나왔는지 체크해 봐. 자세하게. 몇 알이 남았다 이것이 중요해. 사망자가 먹었는지 안 먹었는지 알아야 하니까. 그래그래. 오케이"

레이첼과 통화하는 레이몬드 경감의 휴대폰의 울림이 커서 빈 공간의 팔레스 스위트 1을 가득 채우는 듯하다. 수화기를 뚫고 들어오는 레이첼의 큰 음성. 에비앙의 나머지 물을 마시던 사이몬은 행동을 멈추고 레이몬드 경감을 쳐다본다. 놀라운 내용이 들려왔다.

"그런데 경감님. DNA인식칩 키에서 나온 지문이 김신범입니다. 즉 마지막으로 이 DNA인식칩 키를 사용하여 신규동 회장의 객실 내부의 라이언 가드 금고를 연 사람이 김신범라는 추정이 가능한 증거입니다. 즉시 김신범을 잡아들여야 할 것 같은데요!"

8

라스베이거스 경찰서

마약팀 취조실

"네? 청부살인 의뢰요?"

"맞어~ 젊은 친구. 이름이 스티브?"

"스티븐슨입니다"

"아! 스티븐슨. 지금부터 내가 선물을 하나 주지. 그 전에 자네도 나에게 선물을 하나 줘야겠어!"

"선물요?"

"그래. 사람이 주고받는 게 있어야 하지. Give and take! 원래 나는 조셉과 선물을 잘 주고받으면서 이 지역의 평화를 유지했지. 어때? 자네도 그럴 의향이 있겠지?"

"흠…. 조셉 선배님이 닦아놓으신 길이라면 저도 당연히 동참하고자 합니다. 합법적이라면 말이죠"

"이것 봐. 스티브… 아니 스티븐슨. 법이란 말이야 인산이 만들었지만 그 법을 위반하는 것도 집행하는 것도 우리 인간이란 말이지. 그런데 위반과 집행자가 경계선에서 악수를 하면 그건 뭘까?"

"네? 그건…"

"그건 말이야. 바닷물과 민물이 만나는 경계의 숨구멍 같은 거야. 자네는 Brackish water zone이라고 들어봤나? 기수역이라고 하지. 염분 농도가 현저하게 낮아서 생물이 살지 않을 것 같지만 참으로 많은 바다생물과 민물의 생물이 공존하면서 양 유역을 거쳐가는 안전한 통로 역할을 하지. 우리는 그러한 기수역을 만들어서 합법과 불법의 기수역을 만들었다고 보면 되네"

"아! 기수역이라고 다큐멘터리 프로그램에서 본 적이 있습니다. 수많은 생물의 다양성이 존재하는 공간이라고요. 이제 어떤 말씀을 의미하는지 조금은 이해가 되는군요. 제가 드릴 선물을 미리 말씀해 주시면 참고하겠습니다"

"하하. 이해가 빨라서 좋군. 매달 마약단속반이 정기 단속하는 스케줄을 나에게 미리 보내주게. 그러면 내가 적절하게 단속해 갈 수 있는 지역과 통제를 어기고 마약을 파는 놈들을 잡아갈 수 있도록 사전에 정보를 제공하지"

"저희가 단속하는 스케줄을 미리 정보로 제공해 달라는 말씀이군요"

"그렇지. 우리는 이 지역을 암묵적으로 관할을 하지만 우리의 눈을 피해 외부에서 유입되는 마약이나 운반책들을 일일이 구별할 수는 없지. 이곳은 누구나 와서 즐길 수 있는 라스베이거스이니까. 하지만 시간이 지나면 하나둘씩 공급하는 놈들이 드러나고 결국은 우리가 어느 정도 파악을 하게 되지. 즉 우리 조직이 아닌 다른 외부 조직이 라스베이거스에서 마약을 유통하는 것을 원천적으로 조절하도록 하자는 거야. 막을 수 없으면 관리는 한다라는 게 자네들 경찰의 마약반 지침 아닌가?"

"하하. 저희 내부 규정까지 알고 계시는군요. 좋습니다. 저도 조셉 선배님 때부터 암묵적으로 내려온 관행을 제 스스로 깨고 싶지 않습니다. 약속드리겠습니다. 앞으로 마약단속반의 매달 단속 스케줄을 사전에 제공해 드리도록 하겠습니다"

"좋네. 합의된 것으로 생각하겠네. 나 또한 매달 라스베이거스에 유입되는 마약의 유입 경로와 제공하는 카르텔의 조직 그리고 공급책들에 대한 정보를 제공하도록 하지. 그리고 오늘의 합의 기념으로 특별한 선물을 하나 주는 것이 바로 지금 말한 청부살인 의뢰야"

"네. 좀 전에 말씀을 듣고 깜짝 놀랐습니다. 더구나 지금 수사과에서 수사 중인 신규동이라는 한국 사람에 대한 청부 살인 의뢰와 아메리칸 이글의 조직원인 베트남인 응우우엔의 죽음이 연결되어 있다는 말씀은 충격적입니다"

"이보게. 여기는 라스베이거스야. 라스베이거스 경찰이 알고 있는 모든 것은 우리 아메리칸 이글도 알고 있다고 보면 되네. 거기에 더해서 우리는 라스베이거스 경찰이 모르는 것까지 안다는 점을 잊지 말았으면 해!"

"하긴. 저희 경찰이 모르는 부분들이 더 많다는 것은 저도 인정합니다. 그런데 청부살인이라는 것은 어떻게 단정하십니까?"

"이것 봐. 우리 조직의 직원이 살해되어서 네바다의 사막에서 발견되었어. 물론 불행히도 경찰이 그 시체를 먼저 발견하는 통에 우리가 처리할 수 있는 기회를 놓쳤지만 우리도 즉시 사건의 내막을 조사를 시작했지. 응우우엔에게 접근하여 펜타닐 50정으로 유혹을 하였지. 펜타닐 중독자들은 그 유혹을 넘기기 힘들거든. 콘래드 호텔 청소 시간과 작업에 대한 정보를 입수한 그 녀석은 응우우엔으로 위장하기 위해 응우우엔을 살해하고 손의 지문을 도려내 갔어. 아마 실리콘으로 복제한 응우우엔의 지문으로 청부살해 현장으로 들어갔을 거야. 나중에 감식반이 현장 감식을 하면 응우우엔의 지문만 나오겠지. 살해 당일 콘래드 호텔의 외부 유리창 청소를 한 응우우엔의 작업 반경에 살해 현장 접근이 가능하니까. 1순위 용의자로 지목이 되도록 만든 거지. 살인 청부를 받은 신규동이라는 한국인을 죽이고 모든 죄를 응우우엔으로 뒤집어씌운다. 그런데 응우우엔은 이미 죽은 사람이다. 어때? 이렇게 되면 진짜 범인을 경찰이 찾을 수 있을까?"

스티븐슨 팀장은 머릿속에 경련이 일어난다. 완벽한 범죄의 구성이다. 계획이 치밀하다. 또한 실제로 현장에 잠입했을 것이다. 현장에는 응우우엔의 지문이 도배가 되어 있겠지. 일부로 많이 흔적을 남겼을 테니까. 그렇다면 이 사실을 수사과에 빨리 알려야 한다. 가만 그렇다면 진짜 범인은 지금 어디에 있는 것일까?

"엄청난 일이군요. 저희 관내에서 청부살인이라니요. 그러면 지금 범인은 어디에 있는 겁니까? 지금 말씀하시는 어투로 봐서는 모든 사건의 내막을 이미 파악을 하고 계신 것 같은데요"

"어때? 우리 조직의 힘이! 우리와 경계선에서의 친구가 될만하다고 생각되지 않나?"

"네. 패트릭! 저희 경찰 정보보다도 훨씬 더 빠르다고 생각합니다"

"하하. 빠른 정도가 아니지 우리는 이미 우리 조직원 살해에 대한 응징으로 그놈을 찾아서 우리 조직 내에서 잡아 가두고 모든 사실을 자백을 받았다네"

"자백을 받았습니까? 그놈이 신규동이라는 한국인을 죽인 겁니까? 그렇다면 얼른 그 살해범을 넘겨주시면 저희가 빠르게 처리하도록 하겠습니다"

"서두르지 말게. 나도 그러고 싶지만 말이야. 이 사건이 아주 재미있게 돌아가고 있어. 일단 우리가 자백받은 내용을 일러줌세. 그놈은 말이야. 중국의 흑룡강성에서 온 중국인이야. 그런데 한국말을 하는 것으로 봐서 무슨 조선족인가 하는 민족이라고 하더군. 내가 알아보니 중국 내에 사는 조상이 한국 사람 같은 건가 봐. 우리 조직과 의형제를 맺은 삼합회 형제들이 잡아 왔지"

"아! 삼합회의 도움을 받으셨군요!"

"요즘 전 세계 어디를 가나 중국 사람들 아닌가? 이곳 라스베이거스도 중국으로 인해 먹고 사는 시절이 있었지. 지금은 마카오인가 하는 곳으로 다 중국 사람들이 간다고 하지 아마? 아무튼 요즘 삼합회에서도 관리가 안 되는 중국조직이 자꾸 미국 본토에서 활동을 하는 통에 삼합회도 골치를 아파하던 참이었다고 하더군"

"그런데 어떻게 그렇게 빨리 용의자를 찾아냈나요?"

"그게 말이지. 자네는 리차드 밀이라는 시계를 아나?"

"이름만 들어봤지 직접 본 적은 없습니다"

"하하. 명색이 마약반 팀장이 잔챙이들만 잡아 대니까 리차드 밀을 찬 사람을 보지는 못했을 거야. 리차드 밀 정도를 찬 사람이 마약을 했다고 잡힐 수준들의 사람이 아니지. 아무튼~ 리차드 밀은 보통 시계 하나에 50만 불 정도 한다네"

"네? 50만 불요?"

"그래. 뭐 리차드 밀도 시계왕국에서는 약과지. 바쉐론 콘스탄틴의 레퍼런스 57260 회중시계는 태엽을 감는 기계식 시계인 데도 50개가 넘는 복잡한 기능을 구현했지. 가격은 1천만 불"

"네? 1천… 1천만 불요?"

"하하하. 이거 봐! 스티븐슨. 여기는 라스베이거스야. 카지노 안의

VIP룸에 앉아 있는 고객들의 손목을 좀 자세히 보시게. 아마 전 세계의 모든 비싼 시계들은 이곳 라스베이거스의 VIP룸에서 다 구경할 수 있을걸?"

"그래도 그렇지. 시계 하나에 1천만 불 이라니요"

"뭐. 그 정도 가지고 놀라고 그래. 탑재된 기능을 보면 더 놀란 다네. 기계식 시계인데 퍼페추얼 캘린더, 천체 캘린더, 뚜르비용, 리피터, 파워리저브 등등 ㅎㅎ"

"처음 듣는 생소한 용어가 많군요. 뚜르비용. 리피터…"

"그러겠지. 자네는 시계의 아버지가 누군지 아나?"

"선혀 모릅니다"

경찰서 내에서 나름 잘나가는 마약반 팀장이 머리를 긁적이며 취조실 안에서 잡아 온 용의자 앞에서 선생님 앞의 학생 같은 모습으로 서 있는 이 장면을 경찰서장이 봤다면 뭐라고 했을까? 하지만 스티븐슨 팀장은 진지했다. 이러한 이야기가 끝나면 패트릭은 분명히 아주 중요한 사건의 단서를 줄 것이 분명하기 때문이다. 영리한 스티븐슨은 그걸 잘 알고 있기에 더욱 겸손한 자세로 이야기를 경청한다.

"시계의 아버지…. 잘 모르겠습니다"

"하하하하하. 시계의 진정한 아버지는 아브라함 루이 브레게(Breguet)라네. 명품 시계로 유명한 브레게 시계의 창업자지"

"아… 그렇군요"

"궁금하지 않나? 왜 브레게를 시계의 아버지라고 하는지? 자네가 오늘 처음 들어본다는 뚜르비용(Tourbillon)을 만들었기 때문이지. 프랑스어로 회오리바람을 말하지. 시계에 가해지는 중력의 오차를 줄이기 위해 시계가 작동할 때 풍차바퀴처럼 뱅뱅 도는 장치를 말한다네. 중력을 분산시키지"

"아! 무슨 유명한 브랜드 광고하는 잡지에서 그런 모양을 본 듯한데요"

"그래 ㅎㅎ. 라스베이거스의 고급 시계 매장에 가면 가장 크게 홍보하는 것이 바로 뚜르비용이지. 브레게, 바쉐론 콘스탄틴, 파텍 필립, 에거 르쿨트르가 장착하고 있다네"

"아! 시계의 세계는 오묘하군요. 그런 시계 하나하나가 몇백만 불 한다는 이유가 바로 거기에 있군요"

"당연하지. 여기에 리피터(Repeater)라는 알람을 알려주는 기능을 첨가하면 최고의 시계가 되는 거지. 이 기능 또한 시계의 아버지 브레게가 발명을 했다네. 이 기능은 뚜르비용보다 더 정밀한 기능을 요구해서 초고가 시계 외에는 없다고 봐도 되지"

"그러면 로렉스, 오메가, 까르띠에에는 그 기능이 없나요?"

"하하하. 이거 봐. 스티븐슨 팀장! 당연한 이야기를 하다니. 우리는 지금 고급 시계를 이야기하고 있다네. 그런 중저가 말고"

"아… 네… 중저가…. 하하…. 아, 참 그런데 시계 이야기를 꺼내신 이유는?"

"이러한 최고급 시계가 가진 기능을 모두 담은 시계가 등장했지. 바로 리차드 밀이라는 브랜드야. 마약으로 이야기하면 펜타닌, 자일라딘 같은 신종마약의 등장이랄까?"

"아! 이해가 쉽게 됩니나"

"리차드 밀을 그 중국 녀석이 차고 있다가 그걸 팔기 위해 암시장에 들고나왔다네. 라스베이거스에 중국 조선족이 리차드 밀을 판다는 사실 하나만으로도 즉시 삼합회 조직에 걸려들었다 네. 삼합회에서 이 녀석을 심하게 조져댔지. 그 친구들이 누군가…. 바로 삼합회 아닌가? 하하하. 그런데 몇 가지 재미있는 사실들이 나오면서 나에게 연락이 온 거야"

"무언가를 자백받았나요?"

"자백만 받았겠나? 엄청 흥미로운 이야기 들을 다 토해 내게 했지. 우선은 우리 조직원인 응우우엔을 죽인 사실을 자백받았지. 그래서 나에게 삼합회 친구들이 먼저 연락을 한 거야. 범인 잡았으니 알아서 처리하라고 말이야. 우리 세계의 룰이지. 그런데 말이야 삼합회가 계속 이놈을 조져대니까 별의별 이야기가 쏟아져 나온 거야. 이 내용들을 듣다가 보니까 삼합회 친구들이 감당이 안 되는 이야기들이 쏟아져 나온 거지. 그러자 L.V.P.D와 오랜 친분을 가진 나에게 사건 내용과 이 중국인을 전부 넘겨온 거야. 물론 우리 식구를 죽인 놈이니 우리도 우리 방식대로 처벌을 할 거야. 그런데 우리가 관여했다간 우리까지 살해사건에 연관될 것 같은 우려가 들었지. 그래서 일단 내가 나서서 상황 정리를 하기로 결심했어. 이런 사건은 내 구역인 라스베이거스에서도 드문 케이스라서 말이야 내가 나서서 실타래를 풀어놓고 이놈을 응징해야겠다고 판단한 거지"

"살해사건 연관은 결국 응우우엔을 죽인 이 녀석에 대한 처벌이니까 저희에게 넘겨주시면 수사과와 연계해서 잘 처리를 하겠습니다"

"그게 아니야. 스티븐슨. 자네는 죽은 자네 선배 조셉에게 좀 더 배울 점이 있어. 조셉은 사건을 보면 그 배후를 보고 그 배후의 뒤에 숨은 더 큰 배후를 아주 잘 찾아내곤 했지. 그래서 결국 나를 만나 친구가 되었지만 말이야"

"더 큰 배후가 있다는 말씀인가요?"

"그래. 그 중국인에게 차고 있던 시계가 어디서 났냐고 추궁을 하니까 콘래드 호텔에서 죽은 그 한국인의 손목에서 뺏어 차고 나왔다는 거야"

스티븐슨 팀장은 눈을 크게 뜨면서 소스라치게 놀란다.

"네? 그럼. 그 중국인이 응우우엔을 죽이고 유리창 청소원으로 위장해서 콘래드 호텔에 잠입하여 신규동을 죽이고 시계를 뺏어 차고 갔다는 말씀인가요?"

패트릭은 씨익 웃으면서 좀 더 편한 자세로 앉으며 취조실 밖에 있는 자신의 손가방을 좀 가져다주면 안 되겠냐는 눈짓을 보낸다.

스티븐슨은 재빠르게 패트릭 창을 연행해 올 때 압수한 손가방을 들고 들어와서 건넨다. 침이 꿀꺽 님어간다. 너무 긴장한 탓인지 조금 전에 화장실 가고 싶었던 생각마저 사라진 지 오래다.

손가방을 열고 여유롭게 꺼내는 듀폰 라이터와 하바나 마크가 선명한 시가.
이미 다른 곳에서 피다가 급히 끈 모양으로 시가의 절반은 타다 만 채로 케이스에 들어가 있다.

"이 정도 이야기를 하려면 나도 아까 연행되면서 못 다 피운 시가는 다 피워줘야 하지 않겠나?"

금연… 인데요. 여기는…. 이런 말이 나오지 않았다. 지금부터 나오는 이야기는 스티븐슨 자신에게 승진의 날개를 달아줄 것이라는 촉이 강하게 왔다. 수사과의 엘리트 레이몬드 경감? 하버드 출신? 후훗! 지금부터는 이 스티븐슨이 더 멋지게 하나의 사건을 라스베이거스 경찰의 전설로 만들 거야. 이 사건은 대단한 냄새가 나거든. 수사과가 아닌 마약반에서 탐지해 낸 사건 해결의 열쇠라니. 후후후. 올해의 경찰상은 따놓은 당상이군~ 상상만 해도 즐거운 생각에 스티븐슨 팀장은 잠깐만요 하는 표정을 지으며 재떨이 대용을 들고 들어온다. 바로 레이몬드 경감에게 받은 맥심커피와 아메리카노커피를 섞어 마신 자신의 머그잔을 재떨이로 책상 위에 올려놓는다.

"담뱃재는 여기에 터시죠!"

스티븐슨의 재빠른 행동이 마음에 든다는 듯이 패트릭 창은 듀폰 라이터를 연다.

"띵~"

듀폰 라이터만의 청명한 소리.
그리고 올라오는 푸른색의 불꽃 위로 최고급 하바나 시가가 타들어 간다.

"후우~ 흠. 이 시가의 향기는 말이야. 가끔 사람을 힐링시키곤 하지. 자네도 한 대 피워볼 텐가?"

"저는 담배를 피우지 않습니다"

"그래? 의외군. 좋아 좋아. 흠… 이 냄새…. 하하하. 아, 참 자네에게 이야기를 계속해 줘야지…. 그 중국인이 이곳 라스베이거스에서 한국인을 살해했다면 이건 우리 조직이 개입하는 문제를 뛰어넘는 사건이 되는 거지. 자네도 알지 않나? 라스베이거스는 우리들끼리 죽고 죽이는 것은 관심 밖이지만 외국 관광객이 사망한다면 그건 전혀 다른 문제라는 것을…. 그래서 갑자기 냉정한 판단이 들더군. 우리 조직원을 살해한 거에 대한 보복으로 이놈을 죽여서 네바다사막에다 묻으면 그만인데…. 그놈이 콘래드 호텔에서 죽은 한국인의 시계까지 차고 있었으니 말이야. 그걸 안 다음에는 나도 이 사건의 내막이 궁금해졌지. 그래서 이놈을 더욱 강하게 고문을 했지. 미안하네. 우리 조직에도 룰이라는 게 있으니 ㅎㅎ. 그 정도는 이해하게"

침이 꼴깍 넘어갔다. 아… 대체 뻴리 딥을 이야기를 안 해주는 거야. 그래서 그 중국인이 신규동을 죽였다는 이야기야 아니야? 스티븐슨은 보통의 대화에서는 이렇게 물어보는 성격이었으나 상대방은 아메리칸 이글의 보스이다. 조심해야지. 조심해야 한다. 스스로 다짐한다.

"아닙니다. 어르신! 그러면 그 중국인이 이번 저희 수사과에서 조사 중인 콘래드 호텔 한국인 사망사건의 살해자인가요?"

"우리도 그런 줄 알고 캐물었더니 그게 아니었어. 자기는 그 한국인을 죽이지 않았다는 거야. 그놈이 자정이 넘어서 밧줄을 타고 현장에 도착해서 손쉽게 그 한국인이 잠들어 있던 가장 큰 방으로 잠입했다고 하더군. 수영장으로 이어지는 외부의 거실 문들이 안 잠겨 있었다고 해. 그런데 방을 조심스럽게 접근해서 살해청부를 받은 대로 사진을 들고 방으로 다가갔지. 방안을 훔쳐보는 순간에 웬 여자가 침대 위에 있는 남자를 베개로 누르는 장면을 목격했다고 하더군"

"아니 그럼. 사건 현장에서 이미 진행되고 있던 살해 현장을 목격한 것이군요"

"맞아. 하얀 블라우스를 입은 그 여자는 신규동이 죽은 것을 보고 놀라서 급히 뛰쳐나갔다고 하더군. 그놈은 여자가 떠난 사건 현장에서 침착하게 사진을 들고 축 늘어져 있는 그 한국인 남자의 시신을 본 거지. 살해하고자 하는 신규동이 맞는지 말이야. 눈을 뜨고 죽어 있어서 자신이 눈을 감겨줬다고 자신은 복 받을 거라고 하더군. 미친놈!"

"그럼 이미 죽은 사람에게서 시계를 훔쳐 나온 것이라는 건가요?"

"지금부터가 재미있네. 이놈이 죽은 그 한국인의… 그 죽은 사람 이름이 뭔가?"

"신규동입니다"

"페밀리 네임이 신? 내가 아는 한국 사람들은 모두 김, 이, 박이던데 신은 처음 듣는 페밀리 네임이군. 아무튼 신규동인가 하는 친구의 죽은 모습을 사진 찍은 거야"

"네? 왜 죽은 사람의 사진을 찍어요?"

"내가 처음에 이야기를 하지 않았나? 청부살인이라고"

"청부살인요?"

"그래! 이 중국인이 속한 중국 흑룡강 지역의 조직에게 한국에서 미국 라스베이거스에 있는 신규동에 대한 살인 청부를 했다는 거야. 정확히 콘래드 호텔 팔레스 스위트 1에 투숙하는 날짜를 명시해서 말이야. 청부의뢰 금액은 엄청났겠지. 이놈은 행동 대장이니까 얼마짜리 청부인지는 모르고 자신은 청부살해가 성공할 경우 2백만 불을 받기로 했다고 하더군. 그래서 죽은 신규동의 사진을 찍어서 보내고 축 처진 시체의 손목에 사어진 고가 시계를 뺏어 나온 거라고 하너군. 2백만 불은 나중에 받을 생각으로 행복해하면서 말이야. 이놈은 그 시계가 그렇게 비싼 시계인 줄도 모르고 그걸 팔러 온 거야. 거기서 덜미가 잡혔지만"

"아니 그럼. 청부살인인데 이미 죽은 신규동의 시신을 이용하여 자신이 죽인 것처럼 위장하여 돈을 타냈다는 말이군요. 영리한 놈인데요!"

"너무 영리해서 걸린 거지. 살인을 위장하기 위해 응우우엔의 지문을 여기저기 묻히기 위해 지문을 도려내서 실리콘으로 모양을 만들었고 라스베이거스 내에서 이놈이 움직이도록 지원하고 청부살해금을 지급한 게 중국 흑룡강성 조직인데 삼합회하고 우리에게 딱 걸린 거지. 어젯밤에 삼합회가 이곳 라스베이거스의 흑룡강성의 조직본부를 급습하여 모든 사실을 알아냈네"

"삼합회가 나섰다면 그런 일이야 이곳 라스베이거스에서는 식은 죽 먹기였을 테죠. 청부살인이라니…. 아휴 이건 정말 수사과 관할인데…. 삼합회는 청부를 의뢰한 의뢰자를 알아냈나요?"

"알아냈지 당연히, 하하하. 청부금액도 알아냈어. 5백만 불!"

"5백만 불요? 그것도 한국에서 중국 흑룡강성 조직을 우회해서 청부의뢰를 한 것으로 봐서는 의뢰자가 자신이 드러나지 않기를 바라는군요"

"어느 의뢰자가 자신이 드러나기를 바라겠나? 짠돌이 한국 사람들이 5백만 불 청부살인이라니. 난 금액을 듣고 놀랐네"

"하긴 이곳 라스베이거스에서 매달 총기 사고로 죽어 나가는 사람의 목숨값을 생각하면 5백만 불은 정말 상상하기 힘든 숫자죠. 거의 저희 경찰보다도 빠르게 사실관계를 파악하셨군요. 역시 암흑세계의 조직력은 대단합니다. 해가 진 다음의 라스베이거스는 네온사인 뒤에 있는 조직들이 통제한다는 말이 맞군요"

"요즘은 슈퍼 아몰레드라네"

"아… 네…. 하하. 어르신 입수하신 청부자에 대한 정보는?"

쭈뼛쭈뼛 패트릭을 쳐다보는 스티븐슨의 순진함이 귀엽다는 듯이 패트릭은 호탕하게 웃으면서 손가방 안에 접힌 한 장의 종이를 꺼낸다.

"내가 자네에게 이 정보와 이 녀석을 넘겨주는 대신 자네가 나에게 주는 선물은 잊지 말기를 바라네"

"걱정 마십시오, 어르신. 지금 어디에 있습니까? 그 중국인?"

"진정하게. 우리가 잘 보관하고 있으니. ㅎㅎㅎ. 얌전하게 포승줄에 묶여서 현재 우리가 관리하고 있네. 자네와 오늘 이야기가 된 듯하니 내가 나간 다음에 한 시간 안에 이곳 L.V.P.D에 우리가 보내줄 걸세. 물론 죽은 한국인이 차고 있던 그 비싼 50만 불짜리 리차드 밀 시계도 함께 말이야"

웃으면서 건네는 종이 위에 써 있는 의뢰자의 이름이 취조실 불빛 아래 선명하게 드러난다.

청부살인 의뢰자: 대한민국 서울 명동 황성진 회장

9

라스베이거스 콘래드 호텔

감식반 증거목록에서 DNA인식칩 키를 가져 온 레이첼은 호텔 1층에 위치한 호텔 금고실에 사이몬 양 총지배인, 셀리 왕 당직지배인 그리고 레이몬드 경감과 함께 서 있다.

밀폐된 공간 안에 가지런히 놓인 개인금고들.
각 금고들 앞에 사자가 동굴 앞을 지키는 라이언 가드의 문양이 선명하게 빛나고 있다.

"지금부터 사망한 신규동 투숙객의 개인금고를 개방하도록 하겠습니다. 절차는 모두 CCTV에 녹화가 되며 이러한 행위는 수사를 위한 라스베이거스 경찰의 수사협조 요청에 의해서 진행되는 것입니다. 진행에 동의하시죠?"

"맞습니다. 얼른 진행하세요!"

레이몬드 경감이 압수수색 영장을 다시 한번 흔들어 보이자 사이몬 양은 호텔이 보유한 마스터 키를 신규동회장이 이용한 개인금고 C-11번 전면의 키 삽입구에 꽂는다. 이어서 음성으로 DNA인식칩 키를 삽입하라는 안내가 나온다.

레이첼은 급히 자신이 들고 있던 USB 모양의 DAN인식칩 키를 키 삽입구에 꽂는다.

금고 표면의 디스플레이에 DNA이중나선 모양이 움직이면서 금고 이용자의 DNA와 인식칩 키의 DNA가 일치 함을 알리는 100% 일치 문구가 나오면서 금고가 자동으로 열린다.

금고 안을 비추는 자동 등 밑으로 드러나는 한 권의 노트와 여권 그리고 작은 벨벳주머니. 주머니 앞에 세계적인 다이아몬드 회사인 드비어스의 로고가 선명하다.

"레이첼! 지금부터 내용을 확인하는 과정을 동영상과 사진으로 모두 기록하세요!"

레이몬드 경김의 지시에 레이첼은 급히 휴내폰을 써내서 동영상 노드로 전환하여 기록을 시작한다.

눈앞에 보이는 붉은 색 표지의 여권을 먼저 꺼내본다.

코스타리카 여권이다.
여권을 펼치자 선명하게 보이는 신규동 회장의 사진과 이름!
로드리고 차베스 규동 신.

그리고 벨벳주머니를 열어보자 영롱하고 선명한 10캐럿 사이즈의 다이아몬드가 10알이 들어 있다.

"와우! 드비어스의 10캐럿이면 개당 2백만 불은 하겠는데요! 그러면 전부 2천만 불이 넘는다는 것이군요"

"이 작은 다이아몬드 10알이 2천만 불이라구요?" 레이첼은 자신의 눈앞에 보이는 작은 유리알 같은 다이아몬드가 그렇게 비싼 가격이라는 사실이 믿어지지가 않았다.

"드비어스라! 코스타리카 여권! 흠… 이건 도피용이야!"

"네? 도피요?"

"그래, 신규동은 코스타리카로 튈 생각을 한 거야. 한국으로 돌아가지 않고!"

"아니? 원래 체크아웃은 오늘 날짜였습니다. 즉 사망 당일 밤 이틀 후에 한국으로 돌아가는 것으로 저희도 알고 있었습니다. 호텔 체크아웃 후 공항까지 차량도 저희가 다 준비를 해놨거든요. 대한항공 편으로 인천공항으로 돌아간다고 그렇게 들었습니다"

사이몬 양 총지배인은 도피라는 이야기가 나오자 바로 레이몬드 경감에게 그럴 리가 없다는 표정으로 다가와 이야기를 한다.

"레이첼! 드비어스 금고라고 들어봤나?"

"네? 드비어스 금고요?"

"그래. 전 세계 부자들이 애용하는 자신들만의 개인금고 같은 시스템이지. 즉, 간편하게 들고 다니기 쉬운 다이아몬드를 이용하는 방법이지. 예를 들어 이렇게 드비어스에서 매입한 10알의 다이아몬드를 들고 코스타리카에 입국하는 거야. 입국 후에 코스타리카 드비어스 매장에 가서 10알의 다이아몬드를 제시하면 즉시 현장에서 현금으로 교환해 주는 시스템이지. 드비어스 수수료를 제외하고 말이야. 전 세계 어디나 가장 간편하게 거액을 들고 다닐 수 있는 부자들만의 개인금고지. 드비어스 사는 VIP시스템에 등록된 개인고객들에게만 이러한 드비어스 금고를 제공한다네. 각 VIP들은 자신들의 고유 번호를 가지고 있고 말이야"

"아! 그런 기발한 방법이 있군요! 저는 처음 들었습니다"

"우리 CIA나 인터폴 그리고 영국의 정보부나 이스라엘 정보부에서도 드비어스에 대한 감시를 소홀히 하지 않는 이유가 바로 이런 이유라네. 드비어스 금고 사이즈로 보면 신규동의 이 정도 다이아몬드 10알이야 껌값이지"

"기발하군요! 무거운 금을 들고 다닐 필요도 없고 환치기를 할 필요도 없고 쉽게 노출되는 SWIFT코드를 통한 해외송금도 필요 없이 자신이 원하는 것에서 깨끗한 돈을 받을 수 있는 시스템이 존재하다니요. 경감님 얼른 들고 계신 노트에 무슨 내용이 적혀 있는지 살펴보세요"

레이첼은 조바심이 나서 노트를 자신이 빼앗아서 보고 싶은 충동마저 일었다.

사이몬 양 총지배인도 너무 궁금하다는 듯이 레이몬드 경감이 들고 있는 노트를 바라본다.

레이몬드 경감이 노트를 펼치자 연필로 적은 구조도와 구체적인 액션 플랜이 신규동 자필인 듯한 필적으로 적혀져 있는 내용이 눈에 들어온다.

노트에 적힌 내용들은 전부 한국말이다.

이 호텔 금고 안에서 오직 한 사람.
한국 사람으로 태어나 어린 시절에 미국으로 이민 온 레이몬드만이 읽을 수 있는 한국말이 노트에 빼곡하게 적혀 있다.

제일 위에 적힌 큰 글자가 선명하다.

방탈출 게임 시작 – 가짜 무사 작전 플랜

10

대한민국 서울 명동
주한 중국 대사관 건너편 빌딩

빌딩 1층엔 외환 환전소들이 자리 잡고 있고 건물 2층으로 급히 한 남자가 숨을 헐떡거리면서 올라간다.

사무실 안은 오랜 세월의 흔적을 담은 듯이 마호가니로 만든 원목 책상과 세월을 담은 흔적의 소파 그리고 책상 뒤에 가득 쌓여진 서류 뭉치들로 둘러싸여 있다.

유일하게 현대적으로 느껴지는 공간은 새롭게 인테리어를 한 공간에 시중 은행 지점의 뒤에나 있을 법한 거대한 금고가 웅장하게 자리 집고 있는 것이있다. 한눈에 봐도 거내한 금고. 내체 서 안에는 얼마나 많은 돈과 관련된 것들이 들어 있는 것일까?

낡은 소파에 앉아 두 개의 호두알을 손에 들고 돌리는 한 남자. 나이는 40대 중반 정도로 보이는 남자는 말쑥하게 차려입은 모양으로 봐서 패션 감각을 꽤 아는 사람 같았다. 도무지 이런 센스를 가진 사람과 이런 낡은 분위기의 사무실이 매칭이 되지 않는다. 남대문 시장 한 복판을 롤로 피아나 입은 한 남자가 매일 걷고 있는 느낌! 바로 그 브랜드 롤로 피아나 니트를 벗어서 소파 옆으로 던져놓는다.

답답하다. 담배를 피우지 않으니 이럴 때는 아버지가 늘 손에 쥐고 돌리던 낡은 호두알을 잡고 있게 된다. 그러면 호두알의 부딪치는 소리 사이로 다정했던 아버지의 손길이 손안에 가득 담겨 온다.

남들에게는 냉혹했지만 자식인 나에게는 한없이 따뜻했던 아버지.
대한민국 1세대 사채업자 황목천!
대한민국의 10대 재벌이 모두 사업을 시작할 때 황목천의 사채를 사업자금으로 융통하여 오늘의 성공에 이르렀다는 이야기는 모든 재벌들의 성장사에 다 나와 있는 이야기들이다. 승승장구하던 명동의 황목천은 5.16 혁명을 거치면서 등장한 군사정권 시절에 사채업자 단속으로 중앙정보부에 끌려가 거의 모든 재산을 국가에 헌납했다. 전 재산을 아낌없이 국가를 위해 헌납하면서 내건 단 하나의 조건은 오직 자신만이 처벌받기를 원하는 것이었다. 그는 온갖 회유와 협박에도 자신에게 돈을 맡긴 전주들의 이름을 단 한 사람도 언급하지 않았다.

모든 재산을 국가에 헌납하고 남산 중앙정보부를 걸어 나오는 황목천 회장을 맞이한 건 그가 지켜낸 수많은 전주들이었다.

이렇게 다시 사람과의 신뢰로 시작한 사채업은 황목천이 다시 재기하는 데 오히려 더 큰 힘이 되어주었다. 전국의 수많은 전주들이 돈을 맡기면서 황목천 회장이 자신의 돈을 불려주기를 바랐다. 자신의 전 재산은 국가에 헌납이라는 이름으로 빼앗겼지만 대신 황목천 회장은 더 많은 전주들의 돈을 굴리는 대한민국 대부업의 새로운 시대를 열었다.

세대가 바뀌면서 사채업은 대부업으로 대부업은 저축은행으로 그리고 이제는 채권, 해외주식, 금, 외환까지 그 영역이 넓혀졌다. 자본시장의 미래를 보고 단 하나뿐인 아들 황성진을 미국 월스트리트 가 있는 뉴욕으로 유학을 보냈다. 뉴욕대학교에서 금융을 공부하고 콜롬비아대학교에서 금융공학을 공부한 황성진은 아버지 황목천의 미래이자 황 회장이 키운 금신 자산운용의 오너다.

대한민국 사채의 신이라고 불리운 남자. 황목천.
그 하나밖에 없는 아들. 그 사람이 지금 앉아 있는 사무실에 백발의 한 남자가 들어오고 있는 것이다.

"회장님!"

"어서 오십시오. 먼 출장길에 고생하셨습니다. 왕 부장님! 연변에 갔면 일은 잘 처리가 되었나고요?"

"네. 회장님. 절대로 그 내용으로 해외서 전화나 문자를 보내지 말라고 신신당부를 하셔서 인천공항에 내리자마자 전화를 드린 것입니다"

"잘하셨습니다! 잘하셨어요! 모든 전화기를 믿지 마라! 누군가 듣고 있다! 아버지가 심어주신 규칙 중의 하나랍니다!"

"회장님. 신규동이 사망했습니다!~"

"흠… 결국 해냈군요"

움켜쥐고 있던 호두알이 소파 위로 굴러 내린다. 손에 힘이 너무 풀린 탓인지 앉아 있는 것도 힘이 든다. 답답했던 가슴에 누군가 창문을 열어준 듯이 시원한 감정의 기운들이 쏟아져 들어온다.

"기어이 스스로 그놈은 제 무덤을 판 것입니다! 우리 모르게 우리 전주들의 명단과 투자장부를 해킹하여 검찰에 넘기고 폴리바게닝을 시도 한 죄를 물어야지요. 우리 명동 전체를 팔아넘기고 2주간의 출국허가를 받아서 미국으로 출장을 간 것이지요. 미국으로 출장을 간 다음에 제3국으로 영원히 도주를 하려고 했을 겁니다. 그걸 노리고 우리의 모든 비밀을 검찰에 넘기고 도망갈 구멍을 만들었으니까요"

왕 부장은 중얼거리는 황성진 회장의 안색을 살피면서 조심스럽게 연변에서 처리한 일들에 대해서 보고를 한다.

"저희가 의뢰한 부분에 대한 5백만 불 지급은 저희와 거래하는 연변 환치기 조직하고 이번 달 거래금액 중에서 상계처리 하기로 합의하였습니다"

"좋아요. 잘했습니다. 우리가 의뢰한 것은 절대로 비밀이 유지가 되어야 합니다. 하지만 세상에는 비밀이 없답니다! 아버지가 늘 말씀하셨지요. 비밀이라는 단어 자체를 믿지 말라고 말입니다"

"네. 만약의 사태가 발생하면은 모든 일을 제가 지시하고 처리한 것으로 하겠습니다"

"하하. 왕 부장님! 아버님이 살아 계시면서 자신과 일한 직원들을 대신 감방 보내는 것을 본 적이 있으신가요? 중앙정보부에 끌려가셨을 때도, 5공화국 때 반부패자로 낙인찍혀서 감옥에 가셨을 때도 모두 스스로 책임을 지신 건 저보다 더 잘 알고 계시잖아요. 저 또한 사태가 밝혀지면 책임을 지면 그만이랍니다. 해킹을 막지 못했으니까요"

"회장님. 그런 말씀 마십시오! 죽은 신규동 그놈은 우리가 아니어도 어느 누구의 손에 죽을 인간입니다. 그동안 신규동이 기업을 인수 합병 하면서 회장님의 도움을 그렇게 많이 받았는데 이번에 저희 회사에 한 짓을 생각해 보십시오"

왕 부장은 성격이 급한 사람 같다. 마치 표범이 먹이를 향해 달려 나가는 듯한 속사포로 그간의 신규동에 의해 입은 상처를 쏟아낸다.

신규동은 골드만삭스 출신답게 해외에 인맥이 좋았다. 처음에는 국내 주식시장의 인수 합병을 통해 회사를 인수하고 인수하면서 발행한 전환사채를 주식으로 전환되게 하는 테크닉으로 투자자들에게 큰 수익을 안겼다. 인수한 회사들의 시총이 급증하고 해외시장에서 초대형 협력이나 계약을 유치하는 수완을 발휘하면서 인수할 때 자신이 보유한 주식 지분의 가치가 급증했다. 처음에는 M&A꾼이라고 손가락질하던 수많은 투자자들이나 주식시장의 개미들이 불과 몇 년 만에 글로벌 기업인이라고 추켜세우며 앞다투어 투자를 했다.

하지만 글로벌 금융위기가 발생하고 미국과 중국의 무역분쟁이 본격화되자 그동안 신규동이 자신의 회사들을 동원하여 투자한 해외자산들이 모두 버블이 꺼지기 시작했다. 더불어 그동안의 글로벌 기업들과의 초대형 협력이나 계약이 모두 주가를 부양하기 위한 허위공시와 허위IR이라는 사실이 검찰에 의해 적발되었다. 더구나 신규동의 오른팔이라는 최창호 사장이 모든 텔레그램 지시와 조작 증거 및 파일들을 검찰에 제출하고 면죄부를 받는 사태가 생기면서 신규동의 완전 범죄는 드러나기 시작했다. 즉시 검찰은 수사관 120명을 동원한 전체 계열사 압수 수색과 수사를 이어나갔다.

드러난 방대한 증거와 수사기록으로 검찰에 의해 기소가 되어 현재는 1심 재판이 진행 중이었다. 2년의 공방을 거친 재판으로 인해 1년의 구속 기간을 보낸 신규동은 현재 석방되어 불구속으로 재판을 준비하고 있었다. 앞으로 3~4개월 후에 1심 결과가 나오는 신규동 사건은 현재 금융시장의 화제 1순위이다.

신규동 회장은 석방 이후에 태연하게 기업활동을 더욱더 활발하게 하면서 자신의 무죄를 지속적으로 주장하고 있다. 보란 듯이 해외의 인맥을 이용한 해외펀드, 해외 금, 해외 선물 등에 적극적으로 투자하면서 자신은 건재하다는 모습을 대내외에 보여왔다.

사람들 입에서는 초호화군단으로 무장한 변호인단의 고액 변호사비를 만들려고 그런다. 검찰 기소로 인해 압류된 개인 재산을 활용하지 못하니까 외부에서 더욱더 자금을 만들기 위해 더욱더 활발하게 움직인다. 등등의 가십성 소문들만 돌아다녔다.

신규동이 금신 자산운용의 황 회장을 직접 찾아온 것은 불과 한 달 전이었다. 전화 통화는 자주 하지만 이렇게 직접 찾아와서 깊은 이야기를 한 적은 신규동의 구속 이후 처음이었다.

최근에 화제가 된 일본 정부의 압박으로 일본 라인이 지분을 소프트뱅크에 넘겨야 하는 일본자본시장의 상황을 설명하였다. 그 상황에서 일부 지분인수를 위해 글로벌 펀드가 참여하게 되는데 그 펀드에 참여할 수 있는 룸을 확보하였다고 자랑을 하면서 같이 기회를 잡자는 제안을 들이밀었다.

이 안을 제안하면서 이틀이 멀다 하고 명농의 금신 자산운용을 드나들었다. 그때는 몰랐다. 그렇게 드나들면서 황성진 회장의 노트북에 해킹 프로그램을 심어놓을 줄은.

신규동은 일본의 라인 인수를 위한 펀드에 투자하는 기회를 제공하는 조건으로 미국 라스베이거스에 환전 지부를 가지고 있는 금신 자산운용에서 미국 국채로 5천만 불 채권을 자신이 곧 있을 미국 출장길에 찾아갈 수 있도록 도와주기를 요청하였다. 그 정도 일이야 큰일도 아닌 것이라서 금신 자산운용은 이번 신규동 회장의 미국 출장 기간 중에 금신 자산운용 라스베이거스 환전지점을 통해 미국 국채 5천만 불을 지급을 하였다.

이후 황 회장은 라인인수펀드에 참여하기 위해 도쿄의 금신 자산운용 지사에 5,000억을 송금하였다. 그런데 일주일 후 엔 캐리 트레이드 사태로 인해 5,000억이 4,600억 원으로 환차손이 발생을 하였고 설상가상으로 라인인수펀드의 후순위에 참여하기로 한 권리에서 어떠한 이유에서 인지 금신 자산운용이 배제가 된 것이었다.

정말 불과 한 달 사이에 눈 뜨고 코 베여간다는 말이 맞듯이 신규동은 금신 자산운용을 가지고 논 다음에 미국 라스베이거스 지부를 통해 미국 국채 5천만 불을 인출해 간 것이었다.

"왕 부장님"

"네"

분이 풀리지 않는 듯이 왕 부장은 입을 실룩거리면서 죄 많은 놈 잘 죽었다는 표정으로 황성진 회장을 바라본다.

"사실 말입니다. 신규동은 자기 돈을 찾아간 것이니까 저희는 내부적으로는 큰 손해는 없습니다. 그런데 방법이 참 신규동다워서 조금 씁쓸할 뿐입니다"

"네? 그게 신규동 돈이라구요? 그 5천만 불이 어떻게 신규동 것입니까?"

황성진 회장은 좀 전에 힘이 풀려서 소파에 내려놓았던 아버지의 호두알 2알을 집어 들었다. 코에 2알의 호두를 대어본다. 아버지의 냄새가 난다. 아버지 라면은 어떻게 이 일을 처리를 하셨을까?

"왕 부장님! 5년 전에 코로나 사태 이전에 우리가 투자한 미국 로슈사 알지요?"

"네. 당연히 알지요. 그때는 로슈사가 진단키트 사업부가 적자가 나서 골치 아파하였지요. 저가의 중국 진단키트가 시장을 장악하고 점차 의료시장을 확대해 나가자 위기감을 느낀 로슈는 기술력이 우수하고 값이 경쟁력이 있는 한국의 진단키트 기업을 인수 합병 하기 위해 극비리에 준비를 한 프로젝트 아닙니까? 그 대상자가 한국 바이오 센서라는 최고의 진단 기업이었죠. 로슈는 자신들의 이름이 드러나지 않게 한국의 상장사 하나인 소스필드를 인수한 다음에 전환사채를 발행한 3,000억을 레버리지로 한국 바이오센서를 인수 합병 한 이야기를 말씀하시는 거죠?"

"네. 맞습니다. 코로나 사태 이후 진단키트 회사들이 대박이 나서 주가가 폭등하는 바람에 우리는 투자 후 2년 만에 5배의 차익을 내고 투자금을 회수했지요. 그리고 당시 회사채를 인수할 때 만든 조합에 모두 10명의 투자자가 있었던 것을 기억하시죠?"

"네. 기억하다마다요. 그분들에게 모두 서류를 들고 다니며 사인을 직접 받은 게 저입니다. 회장님. 대부분 오랫동안 선대 회장님 때부터 저희에게 자금 운용을 맡기신 분들이었죠"

"그래. 그 투자자 명단 중에 나용천이라는 투자자 기억나나요?"

"네. 기억납니다. 제가 유일하게 찾아뵙지 못하고 늘 이곳 명동 사무실에 오셔서 서류를 주고 가시던 그분 아닌가요? 생소한 분이라 여쭤보고 싶었지만 저희 회사의 불문율이라 마음속으로만 궁금하게 생각한 분이 바로 그분이었습니다"

"그래요. 그 나용천이가 바로 신규동의 차명계좌랍니다!"

"네? 아니 그럼 그때 당시에 수익률 배당이 1인당 거의 세금공제후에 1,200억 원 정도가 배당되었는데 그게 신규동의 돈이었다는 말씀인가요?"

"그래. 맞습니다. 그때 절반만 찾아가고 절반은 남겨놓은 돈이 있습니다. 당시에 찾아간 절반도 당시에 미국 라스베이거스에 우리 지부를 통해 달러로 인출해 갔답니다. 그때 신규동 회장은 자주 가는 미국 카지노에 빚이 좀 많았는데 그 인출금으로 모두 빚을 청산하고 자신의 카지노 계좌에 게임할 수 있는 예치금을 상당 금액 남겨놓았다고 하더군요"

"아니 그럼. 자기 돈을 주라고 하면 되지. 왜 일본의 라인 인수에 참여하게 해준다는 미끼를 던지고 자신의 돈을 미국 국채로 라스베이거스를 통해 찾아가도록 구조를 짜서 던진 걸까요?"

"그렇게 해야 한 달 안에 미국에서 돈을 받을 수 있는 구조가 나오기 때문입니다. 만약 정상적으로 저희에게 맡겨놓은 차명재산을 정리를 해주라고 요구한다고 해보십시오. 해외주식, 해외 채권, 해외펀드와 금 선물 시장 등에 분산되어서 투자한 자산 중에서 신규동의 차명재산을 깨끗하게 전환해서 돌려 주려면은 최소한 세 달은 걸릴 것이라는 것을 잘 아는 사람이니까 머리를 쓴 것이지요"

"영리한 사람은 맞군요. 하나를 주는 척하면서 원하는 것을 먼저 재빠르게 뺏어가는…"

"그게 바로 신규동의 수법이지요. 상대방을 혼란하게 하는 싼난의 오류를 일으키게 하는 화법으로 미래의 기대 이익을 먼저 보게 하고 실제로는 자신의 이익을 먼저 취하는 전략! 아버님이 살아생전에 늘 말씀하셨어요. 어린 녀석이 미국에서 좋은 것 못된 것 다 배워와서 금융기법으로 한국 자본시장에 녹여내는 기술은 아마 세계 1등일 것이라고. 잘 크면 금융재벌이 나올 것이고 잘 못 크면 한국 주식시장의 하이에나가 될 거라고 하셨는데 결국 하이에나의 우두머리를 하다 죽는군요"

이야기를 듣고 있던 왕 부장은 머릿속에 신규동이 왜 그렇게 명동 사무실에 와서 자기 돈 맡긴 듯이 당당하게 이야기를 하는지 그 궁금증이 풀렸다. 그때는 속으로 진짜 싸가지 없는 새끼 갈수록 싸가지가 더 없어진다고 생각했는데 신규동은 제 숨겨놓은 돈 내놓으라고 한 것이니 지금 생각하면 그놈을 욕하기도 그렇다.

어차피 놈은 죽었다. 흑룡강성 조직에게 확실하게 죽이라고 백 번은 더 이야기를 한 것 같다. 중국 연변에서 만난 중국 흑룡강성 조직은 한중 수교 이후에 오랫동안 금신 자산운용이 보유한 여러 환전소와 거래를 하였다.

한국에서 일하는 조선족들이 매달 월급으로 벌어서 중국으로 송금하는 한국 돈은 중국 인민폐의 매입과 매도의 차이가 큰 시중 은행 송금을 이용하지 않았다. 비용도 비싸지만 무엇보다도 중국 공안에 의해 송금되는 내용들이 언제든 감시가 되는 것을 중국동포들은 바라지 않았다. 그래서 손쉽게 한국 돈을 주면 바로 30분 이내에 연변의 지정 환전소에서 중국 인민폐로 지명한 사람이 찾아가는 환전시스템을 선호하였다. 이러한 손쉬운 환전시스템을 구축한 이후로 명동 금신 환전소를 통해 환전을 하는 규모는 날로 거대해져서 금신 자산운용 산하의 여러 환전소들이 명동 외환 암시장의 절대 강자로 군림하게 하였다. 그래서 이제는 흑룡강성 조직과 금신 자산운용은 떼려야 뗄 수가 없는 형제가 되었고 형제의 부탁을 이번에 완벽하게 들어준 것이었다.

신규동을 죽여달라! 처음에 이런 부탁을 할 때는 조금 무섭기도 하고 떨리기도 했지만 영화 「범죄도시」를 본 다음부터 장첸이라는 이름만 들어도 마치 무언가 청부를 해줄 것 같은 착각이 들었다. 그다음부터는 간단하게 생각하고 시행했다. 그런데 연변에서 만난 흑룡강성 조직의 태도가 더 어이가 없었다. 겨우 한 명? 금방 해드리지요. 형제여!

그리고 불과 며칠 만에 자신에게 전달된 한 장의 사진.
침대에 축 늘어진 신규동 회장의 시신.

이 시신을 확인이라도 하듯이 신규동의 콧구멍에 화장지를 간단히 말아서 콧구멍을 막아놓고 있었다. '지금 숨 안 쉬는 거 맞죠? 확실히 죽은 겁니다!'를 알리는 중국 흑룡강식 표현인가? 왕 부장은 이 사진을 황성진 회장에게는 보여 주지를 않았다. 가뜩이나 마음 여리신 분이다. 어린 시절부터 모신 분이다. 내 나이 이제 70이 다가온다. 평생을 왕 부장으로 살아온 인생! 우리 가족이 모두 행복하게 살아온 건 선대 회장님의 은덕이다.

지금 이 순간 황성진 회장님을 위해 청부살인 지시자로 잡혀가더라도 나는 내가 혼자 지시하고 결행한 왕 부장으로 명예롭게 감옥에 갈 것이다. 회장님은 자신이 지시를 하신 것이니까 자신이 죄를 받겠다고 하셨지만 그건 어림없는 일이다. 나는 황씨 집안의 집사다. 내가 대신 짊어지고 갈 것이다. 그런데 오늘 나는 몰랐던 이유를 들었다. 왜 심성이 착한 우리 도련님이 신규동을 죽이라고 말씀을 하신 건지. 대신 감옥에 가는 것 보다 그 이유를 알고 싶었는데 오늘 듣고 말았다.

선대 회장님의 유언 같은 규칙 1조!

누구든 전주들의 이름과 투자장부를 발설하면 죽여라!

회장님이 자신의 목숨 보다 중요하게 생각하면서 지킨 전부들의 이름과 투자장부를 슬쩍 해킹해 가서 그걸로 대검찰청과 쇼당을 까다니…. 역시 신규동이다!

이런 생각을 하면서 선대 회장님의 호두에 코를 대고 냄새를 맡는 황성진 회장을 바라보는 왕 부장.

"왕 부장님"

"네, 회장님!"

"이 호두를 만지면은요. 이상하게 마음이 편해져요. 아버님이 살아계셨어도 아마 저처럼 신규동을 죽이라고 말씀하셨을 거예요. 아버님이 제가 남겨주신 금신 자산운용의 규칙 1조를 신규동이 무참하게 짓뭉갰거든요"

"네 회장님. 잘 하신 것입니다. 선대 회장님이 살아 계셨어도 저에게 똑같은 지시를 내리셨을 것입니다! 그나저나 신규동이 해킹해 가서 검찰에 주었다는 저희 전주들 명단하고 투자장부에 대한 파일은 어떻게 처리하실 건가요?"

"걱정 마세요. 다 생각이 있습니다. 회수해 올 것입니다. 아무도 전주들의 명단과 투자장부를 못 본 채로 말입니다"

자신의 마음속 생각을 위로라도 하듯이 따뜻한 음성으로 황 회장을 지지하는 왕 부장에게 황 회장은 다음의 업무를 지시를 한다.

"일본 지사에 연락해서 조만간 있을 엔화 표시 채권인 사무라이 본드 발행을 주시하고 5년물 일본 국채를 매입하라고 하세요. 5년 만기 일본 국채 수익률은 0.1%일 것입니다. 미국 1.6%, 독일 0.3%보다 낮으니 엔화 표기 채권은 인기가 없었지만 엔 캐리 트레이드 발생으로 엔화를 자국통화로 바꾸는 해외기업들은 엔화표기채권으로 방향을 틀 거예요. 우리는 국채 수익률이 상승하면 매도를 하고 엔화대출을 이용해서 신디게이트 론을 필요로 하는 기업에 중간자 대출을 해서 마진율을 높이면 됩니다. 이번의 환차손 정도는 충분히 커버할 것입니다. 그리고 일단 도쿄에 송금한 5,000억은 환차손이 발생했더라도 잠시 놔두세요. 세3사를 통해서 소프트뱅크 우오시분 펀드에 들어가는 것보다는 손정의 회장님을 직접 뵙는 방안을 찾아보는 게 해법일 듯합니다"

"네. 알겠습니다. 회장님. 생각하시는 방법은 있으신지요?"

"SBI 저축은행 민부회장님이 손정의 회장님의 오른팔이니까 이번에 우리가 SBI저축은행 증자에 참여하면서 자연스럽게 요청을 하든지 일본 스미토모 은행 야스히로 회장 어머님이 손정의 회장님 어머님과 절친이세요. 야스히로 회장 집안과 저희 집안이 친한 것은 왕 부장님이 잘 아실 테고"

"알다마다요. 그분들이 욘사마 배용준의 왕 팬들이라서 도쿄 돔 행사 때 VIP별실인 스카이 박스를 제공해 주셔서 모두들 다녀오셔서 좋아하시던 기억이 아직도 생생합니다"

인사를 하고 뒤돌아서서 사무실을 나오는 왕 부장은 손에 들린 노트 안의 사진을 꺼내서 다시 들여다본다.

눈을 부릅뜨고 죽어 있는 신규동의 시신.
코를 막아놓은 작은 화장지 솜.
축 처진 손.
죽은 자는 말이 없다.

"넌 결국 이렇게 죽는구나. 누구든 명동의 황목천 패밀리를 건들면 이렇게 죽는 거야. 지옥에나 가라 신규동!"

11

대한민국 서초동

검찰청사 검찰총장실

특수부 출신의 엘리트 검사 양원석 총장이 휴대전화의 메신저를 통해 누군가에게 문자를 보낸다.

> 황 회장! 걱정 말게. 내가 회수할 테니.

비서가 문을 열고 법무부 검찰국장이 찾아온 사실을 알린다.

"총장님! 검찰국장님 오셨습니다"

"어서 오게! 그러잖아도 저녁이나 할까 하고 연락하려고 했는데"

두 사람은 가까운 사이이다. 서울대 법대 선후배이면서도 법대 고시반의 한 그룹에서 같이 공부한 막역한 사이!

"네. 마침 대검찰청사에 올 일이 있어서 일 마치고 바로 총장님 뵈러 왔습니다. 하하"

"야! 둘이 있을 때는 그냥 편하게 형이라고 하라고 내가 몇 번이나 이야기를 했냐? 요즘 국회청문회 때문에 정신없지?"

"네. 원석 형. 말씀 마십시오. 완전 아수라장입니다"

"하여간 국회의원이라고 하는 놈들은 선거사범이나 뇌물이다 청탁이다 하는 사건으로 잡아넣을 때는 비 맞은 개처럼 추레하게 조사를 받다가도 한순간에 돌변하는 것 보면 참 대단들 해"

"그것뿐입니까? 온갖 압력을 다 행사하면서 빠져나가려고 비굴한 모습은 다 보이다가 희한하게 국정감사 기간만 되면 카메라 앞에서는 무슨 정의의 판관 포청천처럼 소리를 막 지르면서 온갖 쇼를 다 해대니까 저희가 그 장단에 춤춰주느라 좀 피곤합니다"

"하하. 당분간 고생 좀 해. 매년 연례 행사잖아! 국정감사 끝나면 가지고 있는 첩보를 이용해서 우리를 괴롭힌 의원들 몇몇은 손을 좀 보는 수준으로 해서 기소를 하고"

"저희 내부에서도 난리입니다. 이번에 손을 좀 보자고 해서 이미 다 준비하고 있습니다"

"그래. 증거를 위주로 해서 반발 못하게 강하게 밀고 나가야 해. 그래야 공소제기 후에 재판에서 빠져나가는 사태가 없을 거야. 워낙 능수능란 한 사람들이라…"

"형! 이번에는 수도권 두 명 각 지자체별로 한 명 이상 총 일고여덟 명 정도 잡아들여서 보궐선거까지 가도록 수사기획 하고 있으니 너무 심려 마세요"

"알았어. 수사에 필요한 특수활동비는 총장직권으로 지원할 테니 총장실에 연락해서 언제든지 가져다 쓰도록 해. 고생하는 수사팀 격려도 잘해주고!"

"네. 형. 걱정 마세요! 그리고 이것 가져왔습니다!"

"그래! 고생했다. 그 USB는 아직 아무도 열어보지 않았지?"

"네. 사망한 신규동이 미국 출국허가를 받기 위해 저희 대검찰청에 직접 찾아와서 폴리바게닝 조건으로 제공한 것인데 마침 국정감사 기간이라 저희가 도저히 사안을 면밀히 살필 시간과 인력이 없어서 대검찰청 금고에 제 명의로 보관해 놓은 것입니다"

"잘했어. 잘했어! 하여간 신규동이 그놈이 이번에 우리를 아주 곤란에 빠트린 거야"

"미국에서 사망했다면서요?"

"그래서 지금 골치가 아파! 거물급 피의자를 재판 중에 출국허가를 해준 것부터가 문제가 될 것 같은데 법무부장관이 허가한 것이라 아마 법무부에 불똥이 튈 것 같은데"

"말씀 마십시오! 법무법인 대평의 박대희 대법관 선배께서 보증을 서신다고 하시면서 출국허가를 좀 해주라고 극비리에 요청도 있고 해서 저희가 출국동의를 남부지방법원에 동의해 주었는데 지금 살해되었다고 하니 이 사실이 알려지면 아마 제 선에서 옷을 벗고 책임을 져야 할 것 같습니다. 선배님들까지는 불똥이 튀면 안 되니까요. 저희 검찰조직에 누가 되면 안 되는 부분이 제일 중요하니까 빨리 봉합하고 막아야죠"

"박대희 선배가 나선 거라면 아마 우리가 모르는 개인적 인연이 있었을 수도 있지 원래 그런 일에 잘 안 나서시는 선배인데"

"그래서 제가 박 선배님 부탁을 거절을 못 하고 법무부에서 출국허가 동의를 해준 거예요. 형!"

"아무튼 좀 지켜보자. 남부지검 김 검사장에게는 연락했다고 했지?"

"네. 허정호 검사라고 남부 에이스인데 에이스 수사관 한 명 더 붙여서 미국 현장으로 파견하였습니다. 아마 지금쯤 사안을 파악하고 내용 정리를 좀 하고 있을 것입니다. 최대한 국정감사 끝나는 때까지 사건을 조사하고 내용 보안을 유지하도록 지시하였습니다"

"잘했어. 신규동이 때문에 우리 검찰조직이 스크래치가 나면 안 되지!"

"그런데 형! 신규동이가 쇼당용으로 저희에게 제공한 이 USB는 대체 무엇인가요? 내용을 아시는 거죠?"

"그냥 세상에 나오면 안 되는 판도라 상자라고 보면 돼! 어차피 신규동이도 죽었고 다행히 너에게 들고 왔으니…. 아니지 그래도 검찰의 4대 요직의 핵심인 법무부 검찰국장에게 주면서 쇼당을 까야 출국허가

동의를 얻기 쉽다고 판단했겠지. 어차피 피의자 출국 동의는 법무부 관할이니까!"

"영리한 놈이죠. 솔직히 이런 쇼당 자료는 별 관심이 없었어요. 어차피 박대희 선배님이 부탁하신 건이라 거절하기도 참 어려운 상황이라서 저는 보험용으로 받아놓고 있었는데 형이 이걸 어찌 아시고 딱 가져오라고 하시니 하하. 역시 형은 학생 때나 지금이나 대단해요. 앉아서 천 리 서서 만 리를 본다는 우리 양원석 형! 충성!"

"하하하. 야 임마. 누가 들을라! 아무튼 고맙다! 이건 내가 가져가서 원래 주인에게 돌려주께"

"넵. 어차피 기록에도 없는 물건이라 형이 알아서 하세요. 저는 형 부탁을 들어준 겁니다. 하하. 나중에 밥 사셔야 해요"

"그래! 국정감사 끝나고 우리 맛있는 거 먹으러 가자! 참! 신림동 고시촌 식당 아주머니 돌아가셨다고 하더라. 벌써 그분이 연세가 80을 넘기셨다니…. 저녁에 조문을 가려고 하는데 퇴근하고 같이 가자. 우리가 배고플 때 얻어먹은 밥이 도대체 몇 끼냐?"

"저도 들었습니다. 고시동기 모임 단톡방에서 조의금 걷고 있어서 저도 냈습니다. 같이 가시면 저야 좋죠"

"그래! 그 식당에서 검찰총장만 네 명이 나왔다고 그렇게 좋아하셨는데 세월은 못 거스르나 보다"

"그래도 가시는 길에 판검사에게 그렇게 많이 조문을 받는 식당 주인도 세상에 없을 거예요. 형. 법학전문대학원 생긴 이후로 식당은 거의 동네 사랑방 역할만 하고 장사를 예전처럼 안 하시고 소일거리를 하시다 돌아가셨다고 하는데, 우리가 고시공부 하던 때처럼 고시생들이 바글거렸다면 아마 더 오래 사셨을 수도 있었을 거예요. 마음 아퍼요. 형!"

"그래. 사람 사는 게 다 그렇지. 너는 그럼 이따 청사 앞에서 보자"

"네. 저는 내려가서 반부패부장 좀 보고 국장감사 이후 수사계획을 좀 상의한 다음에 이따가 뵙겠습니다"

인사를 하고 자리를 떠나는 검찰국장이 나가자 양원석 검찰총장은 안도의 한숨을 쉬면서 소파 탁자 위에 놓인 봉투에 담긴 USB를 바라본다.

그리고 휴대폰을 꺼내 즉시 문자를 어딘가로 보낸다.

황 회장! 회수했네.

제 4 부

꿈꾸게 하는 도시 라스베이거스!

1

라스베이거스 경찰서 수사과 취조실

연행되어 온 김신범이 불안한 눈빛으로 레이몬드 경감과 레이철을 마주 보고 있다.

"아니! 제가 무슨 죄가 있다고 붙잡아 온 것입니까?"

"아! 붙잡아 온 것은 아니구요. 하하하. 사망한 신규동과 같은 공간에 유일하게 계신 분이니까 당연히 저희가 몇 가지를 물어볼 수 있는 것이니 너무 크게 걱정 마시고 아시는 부분만 말씀해 주십시오"

노련한 레이몬드 경감은 김신범이 안심하도록 별 조사가 아니라는 뉘앙스를 먼저 풍기면서 속으로는 요놈 봐라! 넌 분명히 무언가를 알고 있거나 무슨 짓인가를 하고 지금 시치미를 떼고 있는 거야라는 확신을 가지고 앞에 앉은 김신범을 심문하기 시작한다.

"저희가 재미있는 증거물을 발견했는데요. 레이첼! 보여드리세요"

레이첼은 감식반이 수거한 DNA인식칩 키를 책상 위에 올려놓는다.

"이게 무언지 아시겠지요?"

김신범은 대수롭지 않다는 표정으로 "이건 규동 형 방에 있는 라이언 가드 금고 키 아닙니까?"

"잘 아시는군요! 그런데 흥미롭게도 이 작은 키에서 김신범 씨의 지문이 발견되었습니다. 지문의 남겨신 분포나 흔석으로 봐서 제일 마지막에 사용한 사람이 김신범 씨라고 감식이 되었는데 왜 신규동의 금고를 김신범 씨가 열었던 흔적이 있는 거죠?"

긴장했던 김신범은 경찰이 자신을 부른 것이 생각보다는 별것이 아니라는 표정을 지으면서 긴장을 풀고 자세를 좀 더 적극적으로 바꾸면서 의자를 앞으로 당긴다. 그리고 침착하게 레이몬드 경감과 레이첼을 정면으로 바라보면서 또박또박 대답을 한다.

"그 DNA인식칩 키는요. 인식칩 키를 만드는 생성기가 있습니다. 그

생성기에 규동 형의 머리카락이나 손톱 또는 피부조직을 넣으면 1시간 안에 자신만의 DNA를 인식하는 암호알고리즘이 형성이 됩니다. 그 키를 가지고 라이언 가드에 먼저 꽂은 다음에 이 키로 사용한다는 명령을 주면 그다음부터는 오직 인식된 키만으로 작동되죠"

"아니! 누가 키를 만드는 방법을 물어본 겁니까? 그 키에 당신 지문이 왜 있냐구요?"

성격 급한 레이첼이 김신범의 말을 끊고 대들듯이 요점만 말해라! 하는 식으로 이야기를 하는데도 김신범은 개의치 않고 능글맞게 이야기를 이어간다.

"이야기를 마저 들으세요. 형사님! 지금 이 책상 위에 올려진 규동 형의 DNA인식칩 키는 제가 규동 형의 손톱을 깎아서 만들었어요! 왜? 규동 형은 머리 뽑는 거, 피부 조직 떼어내는 거 이런 걸 싫어해서 가장 간단한 손톱으로 한 겁니다. 제가 규동 형 손톱을 깎아서 생성기로 만들어서 사용한 것입니다. 그러면 저에게 또 이렇게 묻겠죠? 그런데 왜 네 지문이 그렇게 묻어 있느냐?"

레이첼은 어이가 없다는 듯이 술술 말을 하는 김신범을 계속 응시만 하고 있다.

"저는 심부름꾼이거든요. 형이 금고 열어서 뭐 가져오라고 하면 키를 받아서 얼른 라이언 가드 금고 열고 가져다주죠. 또 무엇이든 주면서 넣으라고 하면 키 받아서 얼른 넣고 그렇게 하는 거죠! 그래서 그 금고는 저랑 규동 형 둘이 맘대로 사용하는 금고예요. 그게 뭐가 잘못되었나요? 그러니까 당연히 제 지문이 나오죠!"

둘의 대화를 가만히 듣고 있던 레이몬드 경감이 나선다.

"좋습니다. 충분히 이해가 갑니다. 두 분 사이에 대해서 저희가 탐문해 보니까 비서인 현여진 차장과 수행비서인 김영식 부장이 그렇게 이야기를 하더군요. 두 분 사이는 거의 비밀이 없는 막역한 사이라고"

"맞아요. 그 둘이 잘 알 거예요. 수행비서는 무슨 그 새끼는 그냥 운전사예요. 운짱!"

"아니! 왜 그렇게 두 분이 사이가 안 좋으신 건가요? 김영식 부장도 김신범 대표에 대해서는 김징이 씩 좋아 보이지는 않던네요?"

"아니! 고등학교 밖에 안 나온 운전사면 운전사답게 고개를 푹 숙이고, 볼 것 안 보고, 들을 것 안 듣고, 낄 때 안 끼고 해야 하는데 그 새끼는 규동 형이 너무 키워줬어요. 이놈의 새끼가 낄 데 안 낄 데 다 끼면서 같이 놀려고 그러니까 내가 제지를 하는 것이고 경고를 하는 것이지요. 운전사면 운전사답게 앞만 보고 운전만 하라 이거예요. 수행비서는 무슨 개뿔!"

레이몬드 경감은 씨익 웃으면서 넌지시 자신이 생각하는 미끼를 던져본다.

"김영식 부장은 그 날밤에 그 스위트에는 신규동 회장과 김신범 대표 둘만이 잠을 자고 있었으므로 김신범 대표가 무언가 알고 있을 거라는 추측을 하던데요?"

이야기를 하자마자 머리에 핏대를 세우면서 달려들 듯이 김신범은 화를 내면서 말을 쏟아붓는다.

"아니! 그런 미친 새끼가. 누구를 잡으라고 보지도 않은 사실을 그렇게 말해요? 나 참 어이가 없어서. 이 새끼 보기만 하면 내가 죽여버릴 거예요!"

"방금 살인을 예고하시는 건가요?"

레이몬드가 슬쩍 김신범의 심리를 건들자, 김신범은 어이가 없다는 듯이 앞에 놓인 생수병을 들어 한 모금 물을 마시면서 자신의 이야기를 좀 들어보라는 표정으로 이야기를 시작한다.

"형사님. 저는요. 그날 밤에 아리아 호텔 카본 레스토랑에서 규동 형 생일 파티를 끝내고 일부러 늦게 들어오기 위해서 벨라지오 호텔 카지노에서 놀다가 들어왔어요. CCTV를 확인해 보세요!"

"왜 일부러 늦게 들어가셨는데요?"

"어느 정도 수사하시면서 아셨겠지만 죽은 장나나 프로하고 규동 형은 애인 사이입니다. 그건 비서나 기사나 다 알고 있으니 수사해 보시면 알 것입니다. 그날 밤 카본 레스토랑에서 벨라지오 회장이 선물한 생일 선물인 그 와인은 진짜 비싼 거거든요. 그 와인을 은근슬쩍 둘이 마시겠다고 그날 이야기를 했으니 우리가 눈치를 챘죠. 둘만이 있고 싶어 하는구나. 그래서 알아서 시간과 공간을 비워준 것이지요. 9시 반에 둘이 스위트에서 그 와인을 마시기로 했으니 저는 한 시간 정도면 둘이 할 것 다 하고 와인 다 마시고 장나나가 떠났겠거니 생각하면서 11시경에 객실로 들어갔습니다. 규동 형 성격에 와인은 핑계이고 생일날 장나나와 뜨거운 밤을 보내고자 한 것이니까요"

점점 흥미로워지는 이야기의 내용을 확인하기 위해 레이첼이 노트북을 열고 사건 당일 팔레스 스위트 1 입구의 CCTV 기록 화면을 클릭해서 찾아본다.

"맞습니다. 정확히 밤 11시 1분에 들어가시네요!"

김신범은 의기양양하게 소리를 치면서 책상을 한번 탁 치면서 거 보세요! 제 말이 진실이잖아요! 하는 표정으로 이야기를 이어간다.

"그 스위트를 가보시면 알겠지만 구조가 입구에서 입구 로비가 나오고 오른쪽으로 쭈욱 가면 별실의 제 방과 거실이 있는 공간이 나옵니다. 이 공간은 철저히 메인 공간과 분리가 되어 있습니다. 스위트에 오는 손님 등이 자는 공간으로 설계가 된 것이라 한 공간 속의 다른 공간처럼 배치가 되어 있죠. 입구를 통하지 않고 서는 수영장으로 나가는 출구와 주방으로 이어지는 작은 출구만이 유일한 연결 공간입니다. 스위트 입구에서 직진을 하면 왼쪽에 작은 영화관이 있고 그 옆방이 와인쿨러와 작은 바 그리고 그다음이 규동 형이 자는 방 그리고 거대한 거실이 나오죠"

"네. 저희도 가봐서 구조는 다 압니다. 상당히 큰 구조의 스위트더군요"

"라스베이거스에서 가장 좋은 스위트 중의 하나이니까요! 제가 드리는 말씀은 제 방에서 누워서 한번 규동 형 방 쪽에서 나는 소음 등을 청취를 해보세요. 어떠한 소리도 들리지 않도록 방음설계가 되어 있습니다. 즉 저는 제가 잠이 들면은 규동 형이 죽은 공간에서 무슨 일이 일어나도 모른다는 말씀입니다. 더구나 그날도 저는 자낙스를 10알 이상 털어 넣고 잠을 잤거든요!"

레이몬드 경감은 고개를 끄덕거리면서 수긍한다는 표정으로 부드럽게 김신범을 바라본다. 이놈은 영리한 놈이다. 자신에게 불리한 이야기는 하지 않을 거야. 어차피 증거가 없으니 우리가 어떠한 이야기를 해도 본인은 부정을 할 것이고 그러면 우리는 입증을 해야 하니까 우리가 불리하지~ 어떻게 든 이놈에게서 무언가라도 단서를 찾아야 해~ 오랜 수사의 본능적인 감각이 발동한다.

"맞습니다! 우리는 김신범 씨를 의심하는 것이 아닙니다. 충분히 그릴 가능성을 다 가지고 있는 행동을 하신 것으로 보이니까요. DNA인식칩에서 나온 김신범 씨의 지문도 설명을 들어보니 논리적으로 맞는 것 같습니다. 그런데 혹시 금고에 무언가를 넣고 빼고 하는 심부름을 하셨다고 하는데 마지막으로 금고를 열어본 것은 언제인가요?"

"네… 그게…. 규동 형이 죽은 날 금고에 넣어놓으라고 드비어스 벨벳! 아! 그렇게 이야기하면 모르실 거니까 하하. 드비어스 다이아몬드라고 아시죠? 그걸 넣어놓은 게 마지막입니다"

"그게 몇 시일까요?"

"오전 11시경 같은데요. 점심 먹으러 나가기 전에 어디서 가져왔는지 호텔 1층에 갔다 오더니 그걸 주면서 '야! 이것 좀 금고에 넣어놔라' 하면서 주더라구요!"

"다이아몬드가 어느 정도 들어 있었는지는 모르시구요?"

"에이! 제가 아무리 친해도 그걸 열어보면서 형! 이거 다이아몬드 몇 알이에요? 이런 걸 어떻게 물어보나요? 그건 말이 안 되고요. 저는 그냥 받아서 늘 하던 대로 금고에 넣고 왔어요! 금고 열어서 보세요. 아마 그대로 있을 것입니다!"

자신만만하게 이야기를 하는 김신범의 얼굴을 보니 거짓이 아닌 것 같았다. 금고는 이제 우리가 여는 법을 알았으니 DNA인식칩 키를 가지고 현장에 가서 열어보면은 판명이 날 것이다. 그런데 무언가 찜찜하다. 이 녀석은 왜 이렇게 자신만만하지? 왜 이렇게 여유롭지? 신규동이 죽었는데도 무언가 당황하거나 슬퍼하는 기색이 전혀 없다! 왜 그럴까? 통상 범인이나 용의자 또는 은닉자들은 자신의 차지할 이익이 더 클 경우 눈앞에 닥친 어떠한 사항도 긍정적으로 극복해 나간다. 이놈이 신규동을 죽였을까? 만약 죽였다면 자신이 첫 번째 용의자인데? 그건 아닐 거야. 그러면 왜 이놈은 태연하게 이러한 사항을 즐기듯이 이야기를 하는 걸까? 무언가 얻는 것이 있다. 이놈은 반드시 무언가 얻어가는 것이 있어. 이 사건 현장에서.

수사의 촉은 무섭다. 괜히 경찰 내에서 선두를 달리는 레이몬드 경감이 아니다. 하버드대를 나와서 경찰의 엘리트 코스를 거치면서도 현장 감각을 익히기 위해 수사부서에 자원했을 때도 많은 사람들이 1~2년 하다 다시 본청 행정직으로 가겠지 하고 생각했다. 하지만 벌써 6년째에 접어든다. 현장에서는 책상에서 파악되지 못하는 수많은 단서들이 살아 숨 쉬면서 이야기를 한다. 그걸 레이몬드는 즐기고 있다.

"재미있군요! 제일 친하다는 신규동 회장이 살해당했을지도 모릅니다. 그리고 그 살해공간에 당신은 같이 있었어요. 물론 잠이 들었다고 당신은 말하지만 통상적으로 같은 공간에서 누군가 살해당했다고 하면 대부분의 사람들은 자신이 살해피해를 당할 수도 있었겠다는 생각에 두려워하죠! 그런데 당신은 두려워하지 않고 있어요! 김신범 씨! 아무런 이야기를 안 해주시면 당신을 장나나 씨 살해범으로 우리가 용의선상에 올리고 수사할 수 있음을 알아주세요!"

"네? 아니. 내가 왜 장나나를 죽여요? 나나랑 나는 오빠 동생 하면서 친하게 지낸 사이에다가 규동 형하고 둘이 잘되라고 내가 얼마나 많이 중간에 분위기를 만들어 주고 했는데 내가 왜 장나나 살해범입니까?"

갑자가 나온 장나나 이야기에 김신범은 미치고 팔딱 뛰겠다는 자세로 의자에 앉아 방방 엉덩이를 들썩거리면서 흥분하기 시작한다.

"자자! 침착하게 생각해 보세요. 장나나는 그날 밤에 신규동 회장 방에서 단둘이 밤 9시 30분경에 고급 와인을 마신 것으로 추정이 됩니다. 그리고 마시다 만 와인을 들고 와서 자신의 객실이 있는 벨리지오 스위트에서 돌아와서 남은 와인을 혼자 마시다가 그 와인병에 든 강렬한 독에 의해서 사망을 했습니다. 독은 좀 더 치밀하게 2차 분석을 요청했지만 일단은 테르로도톡신으로 밝혀지고 있습니다. 누군가 그 와인병에 데르모도톡신을 넣은 깃이지요. 힌 빙울로도 한 사님의 생명 정도야 가볍게 보내 버릴 수 있는 맹독이니 누군가가 병 안에 떨어뜨렸다면 그건 같은 공간에 있던 유일한 사람! 김신범 당신밖에 없으니까! 당신이 유력한 범인이라고 볼 수밖에 없습니다!"

맞는 말이다. 누가 들어도 김신범이 범인인 것이다.

김신범은 미치고 팔짝 뛸 표정으로 어이가 없다는 듯이 레이몬드 경감을 쳐다보면서 항변한다.

"이것 보세요. 형사님. 저는 그 무슨 테르 무슨 톡신인가 하는 독도 잘 모르고요 에이 씨발 그날 밤에 내가 막 스위트에 들어오는데 장나나는 쌩쌩하게 살아 있었다니까요. 규동 형도 그렇고요. 에이 씨~ 내가 다 말할게요. 저는 장나나를 절대로 죽이지 않았어요. 규동 형도 마찬가지이구요. 그날 밤에 둘이 그렇고 그런 분위기라서 네가 눈치를 까고 좀 늦게 들어왔어요. 문을 조심스럽게 열고 슬쩍 장나나가 갔는지 보려고 하는데 복도 왼쪽 영화관에서 영화가 틀어져 있는 소리가 들렸습니다. 저도 규동 형이랑 같이 한두 편 영화를 본 적도 있죠. 그래서 슬쩍 안을 보니까 그 안에서 둘이 신나게 사랑을 하고 있더군요. 에이 씨…. 못 볼 걸 봤네…그러면서…. 조용히 제방으로 들어가서 자낙스 먹고 얼른 잤다니까요!"

"흠. 그럼 밤 11시경에는 신규동과 장나나가 살아 있었다는 이야기군요"

"당연하죠! 살아 있다뿐입니까? 둘이 팔팔하게 신혼 영화 찍고 있었다니까요!

노트북에서 장나나가 팔레스 스위트를 나가는 영상을 확인하는 레이첼은 손가락으로 11시 30분! 이라고 레이몬드에게 알려준다. 장나나가 팔레스 스위트 1을 나간 시간은 정확히 11시 30분이었던 것이다.

"경감님. 김신범이 이야기가 사실이라면 논리적인 시간대의 움직임은 일치합니다"

"거봐요! 나는 장나나를 죽이지 않았다니까요!"

레이몬드 경감은 자신이 결백하다고 목소리를 높이는 김신범을 향해 웃으면서 다음과 같은 제안을 한다.

"좋습니다. 김신범 씨! 우리 입장에서는 그래도 누군가 테르로도톡신을 와인병에 넣었는데 신규동은 죽지 않고 장나나만 나중에 죽었다 가정해 봅시다. 그러면 그 독은 처음부터 넣은 게 아니고 와인을 먹다가 신규동 장나나 둘이 영화를 보면서 밀회를 즐길 때 누군가가 그 와인병에 독을 넣었다는 추론이 가능합니다. 그러면 그 공간에는 유일하게 당신만이 있었는데 당신은 그 독을 넣지 않았다고 주장하고 있습니다. 하지만 독은 검출되었습니다. 이걸 어떻게 설명할까요?"

"그걸 내가 어떻게 압니까? 내가 왜 두 사람이 먹고 죽을 지도 모르는 와인병에 독을 넣어요! 상식적으로 생각해 보세요. 내가 넣어서 그 방에서 둘이 죽으면 내가 범인인데 내가 미쳤어요? 둘을 죽이게? 경찰이면 경찰답게 말이 좀 되는 이야기를 좀 하세요!"

"맞는 말입니다. 그래서 저희도 지금 김신범 씨의 억울함도 풀어주고 저희도 어디에서 독이 주입되었는지 찾고자 하는 것입니다. 만약 동의하시면 거짓말 탐지기를 사용하고자 하는 데 동의하시겠습니까?"

"아! 빨리 가져오세요. 백 번이라도 할 테니까. 나는 죽이지 않았다니까요!"

김신범이 강하게 소리치는 음성이 취조실 밖까지 울려 퍼진다.

2

라스베이거스 벨라지오 호텔 1층 커피숍

네 사람이 앉아 있다. 아니다. 옆에 서서 이들을 도와주는 리차드 김까지 하면 다섯 사람이 모여 있다.

대한민국 검찰에서 파견한 허정호 검사와 김홍길 수사관, 미국 대사관 캘리포니아 지역 담당인 김윤조 참사관 그리고 미국 대사관에 경찰 영사로 파견된 이영호 총경.

"아니! 김신범이 조사를 받고 있다구요?" 이영호 총경이 리차드 김을 바라본다.

"네. 저도 방금 들었습니다. 지금 라스베이거스 경찰서 수사과에서 조사를 받고 있다고 합니다. 리차드 김도 너무 급작스럽게 일어난 일이라서 경황이 없다는 표정으로 상황을 설명하는 중이다.

"우리 대한민국 국민을 미국 경찰에서 연행하거나 체포하여서 조사를 할 때는 반드시 우리 대사관에 통보를 하고 영사의 조력을 받을 수 있도록 미국과 한국 양국이 조약이 되어 있습니다. 그렇게 마구 조사를 할 수는 없는 겁니다. 제가 연락을 해보겠습니다!"

김윤조 참사관은 이 사태의 경중을 파악하고 싶었다. 처음에는 신규동이 사망하고 조현아가 자신이 죽였다고 경찰서에 찾아가서 자수를 하고 다음 날에는 장나나가 객실에서 사망한 채로 발견되고 그리고 오늘은 김신범이 수사과에 가서 조사를 받는다는 사실 만으로도 사안이 점점 이상하게 확대되어 가는 느낌을 지울 수 없다.

"그게… 피의자 조사가 아니라 그냥 사실관계 확인을 위해서 참고인으로 물어보려고 부른 거라고 하더군요. 좀 전에 협조 요청 공문이 왔습니다. 첫째는 신규동 회장의 휴대전화가 2대가 사건 현장에서 나왔는데 그 번호들이 통화한 내역을 한국에서 확인해 주기를 바랐습니다. 두 번째는 김신범을 조사를 할 테니 양해해 달라는 것이었구요"

"통화 내역을요?"

"네! 현장에서 발견된 2대의 휴대번화의 통화 내역은 모두 지워져 있어서 휴대폰에서는 확인하기가 어렵다고 합니다"

김윤조 참사관과 허정호 검사의 대화에 김홍길 수사관이 갑자기 끼어든다.

"아니! 포렌식 하면 되지 그걸 굳이 한국의 통신사에 우리가 통화 내역 조회서를 보내서 받아야 하나요?"

"여기는 미국입니다. 미국에서 휴대전화 포렌식을 한다는 것은 상당한 법집행 절차에 따른 시간과 형식이 필요합니다. 더구나 신규동의 사용하던 휴대폰이라서 더 복잡합니다. 신규동은 미국 사람이 아니니까요"

김윤조 참사관의 말에 일리가 있다는 표정을 지으면서 김홍길 수사관은 김윤조 참사관에게 손을 덜컥 내민다.

"네? 무엇을?"

놀란 김윤조 참사관에게 김홍길 수사관은 씨익 웃으면서 말했다.

"통화기록 조회해 달라면서요~ 그런 건 우리가 전문이니 금방 해드릴 수 있어요. 번호를 주셔야 검찰청에 제가 연락할 것 아닙니까? 하하"

"아! 네. 하하. 저는 순간 놀랐습니다"

놀란 표정의 김윤조 참사관에게 받은 전화번호는 번호가 두 개이다.

"휴대전화 번호가 두 개이군요! 또 다른 한 사람은 누구 것인가요?"

"방에서 나온 두 개의 휴대폰 번호라고 합니다. 신규동 회장이 아마 2대의 휴대전화를 사용한 것으로 판단된다고 하더군요. 미국 경찰은 왜 한 사람이 2대의 휴대전화를 사용하는지 그걸 이해를 잘 못합니다.

범죄자 들이 미국에서는 그렇게 하거든요"

"걱정 마십시오. 우리가 조회를 요청하면 금방 나옵니다"

갑자기 일거리가 생긴 것이 즐거운 듯 김홍길 수사관은 전화를 하기 위해 번호가 적힌 종이를 낚아채서 호텔 로비 쪽으로 움직인다.

"그러면 김신범의 조사는 어떻게 되는지 좀 지켜봐야겠군"

이영호 총경이 김윤조 참사관을 바라보면서 이야기를 이어가자 리차드 김이 아직 나서야 하는 상황이 아니라는 듯이 선을 긋는다.

"이곳 라스베이거스에 2만 5천 명의 한국 교민들이 사는데 레이몬드 경감을 모르는 사람이 없습니다. 한국 사람들의 자랑이죠. 미국 경찰에 하버드를 나온 슈퍼 엘리트 경찰이니까요! 미국 경찰 내에서도 초고속 승진에 제일 잘나가는 한국계 경찰의 상징 같은 분입니다. 매우 합리적인 분이시구요. 절대로 무리한 일은 안 하시는 분이니 일단 조사 협조를 통보하셨으니 저희는 믿고 좀 지켜보시죠"

"김신범은 저도 한국에서 다른 건으로 조사를 해봐서 잘 압니다. 참고인으로 조사를 하면서 피의자 전환을 할 까도 생각했는데 의외로 모든 수사협조를 잘해서 피의자 전환을 안 했는데 재판에 증인으로 나와서 자신의 진술을 뒤집는 통에 한 번 당한 적이 있죠! 교활하고 영리한 사람입니다"

한국 검찰청에 통화를 마치고 자리에 앉던 김홍길 수사관이 허정호 검사의 말에 끼어든다.

"검사님! 영리하기는요. 쥐새끼 같은 놈이죠. 언제든 걸리면 제대로 손을 봐줘야 할 놈 중의 하나입니다. 제 손에 걸렸어야 하는데 이곳 미국에서는 아무것도 할 수 없으니 답답합니다"

"우리도 수사를 많이 해봤지만 수사에는 절차와 증거가 중요하니까 우리도 일단은 기다려 보시죠. 아직 영사 조력을 요청하지는 않은 것 같으니까요. 그리고 우리가 알다시피 김신범은 영리해서 아마 지금쯤 라스베이거스 경찰이 애 좀 먹고 있을 겁니다"

허정호 검사는 상황이 미묘하게 돌아가는 것을 느끼지만 어차피 한국에서 떠나올 때 국정감사 기간까지 2주간의 시간을 벌어달라는 검사장님 지시도 있고 하여 급하게 사안에 개입하고 싶은 마음이 없었다. 다만 본국으로 귀국할 때 무언가를 하나 건져 가서 한국에서 수사를 할 수 있는 단초를 가져갈 수 있다면 더없이 좋을 것 같다는 판단이 들었다. 어차피 미국에 놀러 온 것도 아니고 온 김에 무언가를 하나 건져 가고 싶다. 일벌레 검사에게 있는 생활의 루틴 같은 묘한 일 욕심이 생긴다.

"미국 경찰에서 신규동 회장과 같이 온 한국 사람들의 여권을 모두 가져가고 수사에 협조해 주라고 요청한 것으로 봐서는 사건의 내막을 파악하기 위해 신규동 회장의 방에 드나든 사람들을 위주로 조사를 할 것 같습니다. 관할 구역에서 신규동 회장과 장나나 프로가 사망한 사건이 났으니 사건의 내용을 구성해서 원인과 결과를 찾아낸 수사보고서를 작성하고자 하는 절차 같습니다"

경찰영사 파견 3년 차인 이영호 총경은 나름대로 미국 현지에서 미국 경찰을 상대해 본 자신의 경험에 비추어서 말을 해준다. 신규동 회장과 미국 입국 때 동반한 모든 사람들은 조사 대상으로 삼을 것이며 미국의 경찰 보고서는 한국과는 사뭇 달라서 마치 연구 논문처럼 실증 자료와 증거가 빼곡하게 들어간 내용들로 작성된다고 설명해 준다.

"미국은 한국과는 참 다르군요"

김홍길 수사관은 주로 피의자 진술이나 참고인 진술을 기반으로 하여 증거물을 첨부하여 기소하는 한국의 형사소송의 절차와는 조금 다른 미국의 사법시스템에 호기심이 생겨서 더 이야기를 듣고 싶다는 눈빛으로 이영호 총경을 쳐다본다.

"하하. 김 수사관님이 무척 궁금해하시는 것 같군요. 우리나라는 사법제도가 독일법을 근간으로 한 일본 사법시스템이 일제 강점기 때부터 한국에 들어온 시스템이라서 재판에서 증거능력과 피의자 자백을 중심으로 한 기소 내용과 변론의 다툼을 기반으로 재판장이 판단하는 시스템을 적용하고 있습니다. 하지만 미국은 텔레비전이나 영화에서 보셨겠지만 배심원제도를 통해 피의자의 유무죄를 판단하는 미국법의 시스템을 기반으로 하고 있습니다. 즉 판사는 재판을 주관을 하지만 사건의 내용을 검찰과 피의자에게 다 들은 배심원단이 사안의 유무죄를 판단하는 독특한 사법시스템입니다. 일종의 시민재판인 셈이죠. 그래서 미국 경찰이나 검찰에서 작성하는 수사보고서의 형식과 증거자료 등은 배심원단이 쉽게 이해할 수 있도록 구성되고 기, 승, 전, 결의 형식으로 구성됩니다. 저도 처음에 미국에 와서는 한국과 다른 이런 시스템으로 인해서 무척 당황했습니다"

중간에 허정호 검사가 조금은 수긍이 간다는 듯이 동의를 한다.

"저도 로스쿨에서 미국법에 대해서 몇 과목 수강을 하였는데 수정헌법을 기초로 한 법 체계가 상당히 한국과 달라서 흥미롭기도 하고 어렵기도 했습니다. 검찰은 법을 기반으로 이성으로 접근하고 피의자는 변호사를 통해 배심원단에게 감성으로 접근하는 법정에서의 공방이 조금은 낯설었지만 현재 제도적으로 선진화된 사법시스템으로 인정받고 있으니 저도 사실 이번 수사지원을 하면서 미국 경찰이나 사법시스템을 간접 체험해 보고 싶은 마음도 있습니다"

옆에 서서 이 대화를 듣고 있던 리차드 김은 역시 배운 사람들의 대화는 자신이 늘 상대하는 카지노를 하기 위해 한국에서 날아오는 사람들과는 조금 다르구나 하는 표정으로 웃으면서 분위기 전환을 유도한다.

"자자. 여러분! 금강산도 식후경이라고 한국에서는 그렇죠? 미국에서는 Hunger is the best source! 라고 합니다. 같은 말입니다. 배고

프면 뭐든 맛있다라는 하하. 어려운 사법시스템은 잘 모르겠지만 저는 미국과 한국이 애플OS를 사용하는 애플과 안드로이드OS를 사용하는 삼성을 사용하지만 둘 다 잘 작동되고 편리하게 사용하는 것과 같이 미국과 한국은 사법시스템은 다르지만 둘 다 잘 작동된다! 뭐 이렇게 정의하면 될 것 같습니다. 하하. 얼른 밥 먹으러 가시죠~"

3

라스베이거스 경찰서 L.V.P.D의 정문 앞

검은색 캐딜락 SUV가 정문을 통과하자마자 경찰서 입구 큰 계단 앞으로 정차한다. 차 문이 네 개가 동시에 열리면서 건강한 남자 세 명이 한 명의 남자를 포박 한 채 경찰서 내부로 압송하여 들어간다.

언뜻 보기에 중국 사람으로 보이는 남자는 수갑을 찬 채 입에 자살 방지용 재갈이 물려져 있다. 그 남자 왼쪽 손 중간을 강하게 붙잡아 끌고 올라가는 남자. 마약반 스티븐슨 팀장이다.

엘리베이터를 타고 도착한 곳은 수사과였다.

문을 열고 바로 취조실 쪽으로 능숙하게 이동하는 스티븐슨 팀장과 마약반 형사들 그리고 붙잡혀 온 중국인 남자.

중국인 남자는 겁먹은 표정으로 연신 자신이 붙잡혀 온 곳이 만만치 않은 공간이라는 것을 직감적으로 느끼는 듯 목덜미 뒤에서 땀이 주르륵 흐른다. 몽골이 송연해진다는 표현이 딱 맞는 신체적 긴장감을 느끼고 있다. 난 죽었구나! 에이! 재수 없게 시계를 팔다가 걸려가지고! 속으로 되뇌는 자신의 미련함과 욕심이 지금의 몰락을 가져온 것이다. 죽은 놈의 시계를 괜히 가지고 나와가지고 이런 사단을 만들다니 엄마가 늘 죽은 사람 물건은 안 좋다고 만지지도 말라고 했는데…. 워낙 비싼 스위트 안에서 죽은 놈이라 당연히 비싼 시계를 찾을 거라고 생각이 드는 바람에 자신도 모르게 손에 차인 시계를 풀어서 들고나와 버렸다. 그런데 그 시계가 50만 불이라니…. 비싸도 너무 비싼 게 탈이었다. 제기랄! 그냥 롤렉스였다면 좋았을걸. 붙잡혀 가면서도 머릿속은 복잡하다.

취조실 문을 활짝 열면서 무언가 자신이 월척을 잡아 온 표정으로 들어오는 스티븐슨 팀장!

취조실 밖에서 취조실 안을 바라보고 있다. 취조실 안은 거짓말 탐지기 기술자가 김신범에게 탐지기의 센서를 부착하고 작동되는 데이터를 보고 있다. 옆에서는 레이첼이 김신범에게 질문을 하나하나 던지고 있는 모습이 투영되어 보인다.

"레이몬드 경감님! 여기 통화드린 대로 제가 드리는 선물 가져왔습니다"

힐끗 붙잡혀 온 중국인을 바라본 레이몬드 경감은 스티븐슨 팀장에게 웃음과 윙크를 보내면서 턱으로 눈앞의 거짓말 탐지기 조사 광경을 가리키면서 말한다.

"땡큐 스티븐슨! 우리 수사과가 마약반에게 크게 신세를 졌는데요! 하하. 이 신세를 반드시 갚도록 하겠습니다!"

"하하. 별말씀을요. 전화로 말씀드린 대로 이 사건 수사는 반드시 공조수사로 보고서에 올려주셔야 합니다. 청부살인입니다. 청부살인!"

"청부살인요?"

"저 녀석 입에서 나온 것이니 일단 조사를 해보세요. 죽은 신규동을 살해해 달라고 한국에서 청부 요청을 연변에 있는 흑룡강성 조직에서 받아서 이곳 라스베이거스 내의 흑룡강성 조직에 님긴 것입니다. 서 녀석은 당연히 이곳 라스베이거스 내에서 활동하는 흑룡강성 조직원이구요"

흥분해서 떠드는 스티븐슨 팀장의 이야기를 들었지만 레이몬드 경감은 머릿속에서 되었어! 범인을 잡았다! 라는 확신이 오지 않았다. 무언가 앞뒤의 연결이 맞지 않는다. 라스베이거스 내의 조직원들은 살인용 무기로 손쉬운 총을 사용한다. 응우우엔을 죽일 때도 이마에 정통으로 한 방! 이건 총을 잘 다루는 자의 솜씨였다. 그런데 총을 사용하지 않고 신규동을 죽이고 현장에서 시계를 가지고 나왔다? 생각하다가 아니라는 듯이 스스로 머리를 흔든다.

"스티븐슨 팀장님과 마약반 덕분에 저희 수사과가 큰 수고를 하나 덜었습니다. 범인을 직접 잡아 다 주는 마약반과 어찌 수사공조를 마다하겠습니까? 이번 사건은 마약반의 공이 큽니다. 하지만 지금 사건이 명쾌하게 앞뒤 구성이 맞지를 않아서 저희가 골치 아파하고 있습니다. 그래서 저렇게 다시 용의자나 참고인을 조사를 하는 것입니다"

레이몬드 경감은 취조실 안의 김신범을 눈짓으로 가리키면서 이번 수사가 만만치 않을 것이라는 예고를 한다.

"그렇군요. 수사과 일은 이래서 제가 싫어한다니까요! 우리 마약반은 현장에서 마약 나오고 마약검사 해서 양성 나오고 자백받고 바로 기소하면 끝인데 수사과를 보면 수사와 추리, 증거와 일치 등등 무슨 스토리들이 참 많아요. 저는 역시 마약반 체질인가 봅니다, 경감님!"

"사람마다 각기 다 자신이 잘하는 게 있죠. 하지만 스티븐슨 팀장님 같은 분이 멋진 활약으로 수사과가 찾아내야 하는 베트남인 응우우엔 살해범을 검거를 했습니다. 더욱이 엄청난 단서를 찾아서 수사의 방향성을 찾아주셨으니 저희는 당연히 기쁜 마음으로 공조수사로 보고서를 올리겠습니다"

기분이 좋아진 스티븐슨 팀장은 의기양양하게 책상 위에 증거물을 내놓는다.

"이건 또 뭔가요?"

"죽은 한국인 신규동의 손목시계입니다!"

"네? 죽은 신규동의 손목시계요? 그 손목시계를 저 중국인이 가지고 있었다는 말씀인가요?"

"그렇습니다. 저 시계를 팔려고 라스베이거스 암시장에 들리는 바람에 저희의 레이더에 걸린 것입니다"

"마약반이 우리보다 나은데요! 하하하. 대단합니다. 브라보~! 죽은 신규동의 시계가 현장에서 사라진 것은 생각지도 못했습니다"

"단순한 시계가 아닙니다. 리차드 밀이라는 시계인데 50만 불이 넘는답니다"

"네? 50만 불요?"

"죽은 신규동 그 사람이 한국에서는 무슨 재벌 비슷한 사람이라고 하더군요"

"흠! 그럼 저놈이 응우우엔을 죽이고 유리창 청소부로 위장 잠입하여 신규동을 죽였다는 건가요? 신규동은 조현아가 질식사를 시켰다고 주장을 하고 있고 현재 사인에 대한 정밀 부검을 L.A본청 법의학연구소에서 실시 중이라 아마 내일쯤은 정밀 감식 결과가 나올 것으로 생각됩니다만"

"그게…. 저도 좀 판단이 안 섭니다. 저희가 저놈을 체포해서 네가 신규동도 죽였지 하고 취조했는데 자기가 응우우엔을 죽인 것은 맞지만 자신은 신규동을 죽이지 않았다고 하더라고요. 자신이 현장에 도착을 해서 살인의 기회를 엿보고 있었는데 팔레스 스위트 1 전체에 불이 환하게 켜져서 잠입하기가 쉽지 않았다고 합니다. 스위트가 수영장으로 연결되는 부분들은 전부 통유리로 되어 있어서 실내 불빛으로 사람들의 움직임이 훤하게 다 보였다고 합니다. 그래서 자신은 팔레스 스위트 1에 연결된 외부 수영장 위쪽에서 청소용 밧줄에 몸을 매단 채 기회를 엿보고 있었다고 합니다. 마치 공중에서 드론으로 보듯이 팔레스 스위트 1을 보게 된 것이죠"

"흠! 현장에 침입은 했는데 죽이지는 않았다! 여러 상황이 복잡하게 얽혀가는군요. 일단은 저희도 여러 사항을 체크하면서 용의자를 좁혀가보고 있는 중입니다"

스티븐슨은 재미있다는 듯이 취조실 안에서 거짓말 탐지기 앞에 앉아 있는 김신범을 본다.

"오랜만에 거짓말 탐지기를 사용하는 것을 보네요! 영리한 거짓말쟁이가 등장하나 보군요!"

"네 조금 오리무중인 사안이 하나 생겼어요. 누군가 잠입해서 독을 와인병에 넣었는데 넣은 사람을 찾을 수 없어요. 용의자는 죽은 장나나 프로라는 골프선수인데 자신이 스스로 와인병에 독을 넣고 자살할 수는 없는 것이고, 현장에는 죽은 신규동과 저 안에 조사받고 있는 김신범이라는 한국인인데 자신은 절대로 독을 넣지 않았다고 하여서 저희가 지금 거짓말 탐지기를 사용하는 것입니다"

이때 두 사람의 대화를 듣고 있던 중국인이 입에 재갈이 물린 채로 뭐라고 뭐라고 말을 막 해댄다.

"저놈 좀 조용히 시켜!" 같이 온 마약반원들에게 중국인 용의자를 조용히 시키라고 하자 중국인 용의자는 갑자기 의자에서 손 모양으로 글을 쓸 것을 주라고 수갑이 묶인 두 손으로 연신 볼펜과 쓸 것을 주라는 손 모양을 해댄다.

"저 사람이 무언가 하고 싶은 이야기가 있는 듯한데요. 잠깐… 만요…"

레이몬드 경감은 옆 책상에서 볼펜과 종이를 얼른 가져와서 중국인 용의자 앞에 놓는다.

고맙다는 표정으로 볼펜을 쥐고 종이 위에 크게 써 내려가는 글씨. 유창하지는 않지만 영어로 선명하고 크게 써간다.

> I watched one woman put the something into wine bottle.
> (제가 어떤 여자가 와인병에 무언가를 넣는 것을 보았습니다)

레이몬드 경감은 종이를 낚아채면서 소리 내어 크게 읽는다.

"이 사람이 웬 여자가 그 와인병에 무언가를 넣는 것을 보았다고? 오우 갓 뎀 잇!"

레이몬드 경감은 취조실 안에 연결된 스피커로 급히 레이첼을 부른다. 레이첼은 조사 중에 나와서 무슨 일이냐는 표정으로 레이몬드 경감을 보다가 건장한 마약반원들에게 붙잡혀 온 중국인이 책상에 앉아 있는 모습을 보면서 깜짝 놀란다.

"아니. 경감님. 급히 부르시는 건 왜?"

"레이첼! 이 중국인이 사건 현장에서 와인병에 웬 여자가 독… 아니 무언가를 넣는 것을 보았다고 하는데 시급!"

"네? 그럼 장나나가 스스로 죽으려고 자신이 병에다 독을 넣었다는 것인가요? 죽으려면 자신의 방에 돌아가서 죽지 왜 먹다 남은 와인병에다가 독을 넣었을까요?"

이건 아니다! 무언가 있다. 제3의 사람이 현장에 있었다. 레이몬드 경감은 머릿속을 관통하는 찌릿한 경련이 일어나는 느낌을 가지고 레이첼을 향해 지금 당장 죽은 장나나 사진을 가져와 보라고 이야기를 한다.

얼른 노트북을 가지고 나와서 장나나의 사진을 찾아서 중국인 용의자에게 보여주자마자 이 사람은 아니다라는 표정으로 고개를 절레절레 흔든다.

그리고 종이 위에 적는다.

> No! Not this girl! I have seen this girl. She took the wine bottle when she was leaving the suite.
> (이 여자가 아니에요! 전 이 여자를 보았습니다. 그녀가 와인병을 가지고 스위트를 떠났습니다)

"아니 그럼 장나나가 아니면 누가 와인병에다가 독을 넣었다는 이야기야. 이 사람 말을 믿을 수 있는 건가요? 경감님?"

"우리가 무언가를 놓친 듯한데…. 레이첼 현장에 출입한 CCTV 기록을 다시 확인해 봐야 할 듯해. 도대체 여자라니. 무슨 여자가 현장에서 와인병에 독을 넣었다는 거야? 야! 너 확실하게 본 것 맞아?"

중국인은 레이몬드의 고함에 깜짝 놀라면서 자신이 본 게 맞다는 듯이 급히 종이 위에 그림을 그린다.

   키가 크고 드레스 느낌. 아니 검정색 나이트가운 같은 것을 입은 듯한 긴 머리의 여인.

   종이에 그려지는 실루엣을 본 레이첼은 너무 놀라서 자신도 모르게 크게 외쳐버린다.

   "고요미…! 그림이 죽은 신규동의 부인 고요미와 비슷합니다. 경감님!"

4

보스턴 로건 국제공항

   보스턴에서 차로 1시간 반 거리에 위치한 뉴햄프셔주의 필립스 아카데미 엑시터에 사랑하는 딸 제니를 데려다주었다.

   이제 죽은 전남편 신규동이 있는 사건 현장 라스베이거스로 돌아가기 위해 공항에 앉아 있는 여자.

   고요미 여사다.

창밖으로 보이는 보스턴이 자랑하는 고색창연한 붉은 벽돌들의 건물이 햇살을 받아 노을처럼 빛난다. 어린 제니가 우수한 성적으로 미국 최고 보딩 스쿨이라는 필립스 아카데미 엑시터에 입학했을 때만 해도 남편인 신규동 회장과 사이는 좋았다. 하나밖에 없는 딸 제니를 자신보다도 더 사랑하는 남편이 가끔은 밉기도 했지만 제니의 사랑스러움을 보면 누구라도 그러하리라 생각이 들 정도로 제니는 사랑스러운 아이다. 주말이면 보스턴에 데리고 나와서 하버드, MIT, 보스턴 칼리지 캠퍼스를 손잡고 구경 다녔다. 가까운 햄튼비치에 가서 피크닉 런치를 할 때면 세상 모든 게 부러울 것 없는 가족이었다. 적어도 그때까지는 그랬다. 남편 신규동이 골프선수 장나나를 만나기 전에는.

신규동 회장이 대주주로 있는 수많은 기업 중에 가장 큰 회사에 갑자기 골프단을 만들었다. 그리고 골프단을 이끄는 단장으로 장나나 프로를 임명한 이후로는 매주 골프를 치러 나갔다. 그리고 기어코 사단이 났다.

남자가 바람을 피는 것을 아는 것은 여자의 직감이다. 일보다는 골프를 나가는 횟수가 늘어나고 주중에도 자주 나가면서 무언가 이 남자를 **빠지게** 하는 것이 있다는 것을 직감으로 알아챘다. 그리고 늘 같이 다니는 수행비서인 김영식을 추궁했다. 더불어 온갖 나쁜 짓을 같이 하는 김신범에게도 수많은 유도 심문을 통해 장나나와 신규동 사이에 사랑의 불꽃이 타오르는 것을 느꼈다. 그래서 최종적으로 확인하기 위해 장나나의 인스타그램을 몇 달간 추적하고 사진들을 모았다.

놀랍게도 미국 최고 골프장이라는 펠리칸 리조트에서 찍은 사진, 샌디에이고의 콜로라도 리조트에서 찍은 사진이 올라와 있었다. 신규동 회장이 미국 출장 간다고 하면서 묵은 숙소들이었다. 잇달아 등장하는 온갖 고급 와인을 마시는 사진들. 그 와인들은 모두 남편이 가장 좋아하는 와인들이었다. 결정적으로 장나나 프로가 인스타그램에 올린 노란색의 페라리의 차 번호를 조회를 하여 그 차가 신규동 회장이 전액 현금으로 사 준 차라는 것을 알아냈다. 그리고 장나나의 생일날 생일 선물로 받았다고 자랑하며 인스타그램에 올린 에르메스 벌킨 리미티드 한정판은 한국에 단 하나만 들어왔다는 바로 그 모델이었다.

남편 신규동과 고요미 여사는 청담동 에르메스 매장의 등록된 최고 VIP였다. 당장 에르메스 매장으로 달려가 가장 친한 매니저에게 슬쩍 유도 심문을 했다.

아니나 다를까.

"호호호. 사모님 지난번에 회장님 오셔서 사 가신 리미티드 벌킨 그거 마음에 드시죠? 호호호. 한국에서 하나밖에 없어서 사모님 들고 다니시면 난리 날 거예요. 호호호. 벌킨 하나 들어온 거 누가 사 갔냐고 매장에 오신 분들이 난리가 나서 제가 수습하느라 정말 힘들었어요. 호호호"

죽이고 싶었지만 참았다. 그냥 바람이리라. 자신이랑 연애를 할 때도 수많은 여자들을 다 잘라내고 자신이 제니를 임신함으로써 사랑을 완성한 게 아닌가? 자신을 탐탁지 않게 생각하는 시부모의 시선도 다 이겨냈다. 왜? 나 고요미는 신규동의 능력과 독특한 천재성을 사랑했으니까! 그래서 결혼 후 신규동이 기업인수 합병을 할 때 부족한 자금을 지원하기 위해 친정을 설득해서 강남의 건물들을 팔아 가며 인수자금을 만들어 줬다.

고요미의 집안은 3대째 강남 도산대로에서 복집으로 유명한 도산복집이었다.
일명 외식재벌로 불리는 그 유명한 복국집.
도산대로 한복판에 우뚝 솟은 건물 간판에 거대한 복어가 조형물로 달려 있는 강남의 상징적인 복국명가!

대대로 쌓아온 현금축적의 부는 강남에 건물 몇 채와 부동산 그리고 아무도 모를 정도의 현금을 축적하고 있는 우리 집.
모두가 부러워했지만 시댁은 일게 복요리사 집인이라고 무시했다. 신규동 회장의 할아버지는 5선 국회의원을 지낸 유정회 멤버였고 아버지는 5공화국 때 신군부를 지원한 후광으로 모든 관급공사를 수주한 알짜배기 건설사를 소유하고 있었다. IMF 때 다 말아먹기 전까지는 말이다.

그 이후로 몰락해 버린 집안의 엘리트로 공부를 잘해 미국 명문대를 나오고 골드만삭스에 들어가 승승장구하는 아들을 위해 간신히 남은 작은 건물을 팔아 금융자산의 초기자금을 마련해 준 게 시작이었다. 한국에 들어와 사업을 시작하고 고요미를 만나 사랑을 불태우면서 결혼을 할 때 친정아버지에게 거의 매달리다시피 하여 받아낸 자금으로 지금의 신규동 회장의 성공 신화가 불붙기 시작했다. 그런데 성공 이후에 자신과 제니를 버리다니…. 지금도 생각하면 피가 거꾸로 솟는다. 당장 이 연놈들에게 복어 독을 먹여도 시원찮을…. 그래!…. 내가 두 연놈 죽어버리라고 와인병에 넣은 그 복어 독 말이다!

"휴우! 두 연놈 다 죽어버리라고 넣었는데 진짜 둘 다 죽어버리다니…"

고요미 여사는 두려웠다. 이제 이 비행기를 타고 라스베이거스로 돌아가면 자신이 유력한 용의자로 조사를 받겠지. 신규동과 장나나는 복어 독으로 죽었을 것이다. 그 방에 아무도 모르게 들어갈 수 있었던 것은 리차드 김이 사전에 도와준 것인데…. 리차드 김에게 피해가 가는 것이 아닌가? 별별 생각이 다 든다.

리차드 김은 사실 남편 신규동 때문에 알게 되었다. 자신도 결혼 이후 라스베이거스에 신규동을 따라 많이 왔다. 도박을 좋아하는 남편의 습관을 말릴 생각은 없었다. 그냥 스트레스나 푸는 정도이겠거니 생각했다. 제니가 커 갈수록 미국의 좋은 보딩 스쿨에 넣기 위해 자신은 미국의 이곳저곳을 돌아다니며 제니에게만 신경을 썼다.

4년 전에 리차드 김이 한국에 들어와 남편을 만나고 난 그 날밤부터 신규동은 심하게 두려워하면서 잠을 못 이루었다. 보다 못한 고요미 여사는 리차드 김을 만나서 자초지종의 이야기를 듣게 되었다. 남편 신규동의 라스베이거스 벨라지오 카지노 도박 빚이 200억을 넘었다고. 이번에 해결하지 못하면 정말 큰일 나는 단계에 이르렀다고···. 보증을 선 리차드 김 자신의 신변까지 위험 해진다고 말이다. 리차드는 신규동 회장이 라스베이거스에서 도박을 한 이후 일어난 모든 일들을 다 이야기를 해줬다.

제니의 아빠로서 자신의 남편으로서 신규동을 그때는 진심으로 사랑했나 보다. 자신이 운영하던 코스메틱 회사가 잘 운영되면서 회사에 쌓아 놓은 이익금과 남동생에게 부탁하여 아버지 몰래 빌려 받은 돈을 모아 모두 200억을 신규동 대신 갚아줬다. 그리고 신규동에게는 한참의 시간이 지난 후에 알려주도록 리차드 김에게 부탁했다. 최소한 남편의 자존심은 세워주고 싶었으니까!

한참이 지난 후에 이 사실을 알게 된 신규동은 감격의 눈물까지 흘리면서 다시는 도박을 안 하겠다고 진정 사랑한나는 흔한 말을 늘어놓았다. 물론 고요미 여사는 믿지 않았다.

신규동의 능력이면 앞으로 200억뿐만 아니라 2천억도 거뜬히 벌어서 갚을 수 있는 남자라는 것을 자신은 너무 잘 알고 있기 때문이었다. 아니나 다를까 신규동은 머리를 어지럽히던 도박 빚이 사라진 덕분일까? 그 뒤로 승승장구하면서 지금의 중견그룹을 이루었다. 그리고 둘의 사랑도 점점 멀어져 갔다.

최종적으로 이혼을 결심한 건 장나나에게 아파트를 사 주고 동거에 들어간 것을 확인한 후였다. 장나나 인스타그램에 올라온 새 아파트에서 치맥을 먹으면서 자랑질하는 사진에 나온 손은 남편 신규동의 손이었다. 이제 부부로서 더 이상의 사랑은 없었다.

  그렇게 남편과 함께하는 공간을 잃은 고요미 여사는 홧김에 친구들과 자신도 즐겼다. 남친도 만들고 강남에 잘나간다는 호스트바도 들락거렸다. 그런데 그게 이렇게 큰 사단을 만들 줄은 몰랐다. 자신의 이러한 모든 행각을 미행하고 기록한 신규동은 고요미의 귀책 사유로 이혼을 요구하고 나선 것이었다. 나 참 더러워서! 그래 이혼한다! 하지만 조건은 하나다. 어차피 계모 밑에서는 제니를 못 키운다. 제니가 성년이 되는 그때까지 아이의 교육과 양육은 내가 시킨다. 나 고요미야! 나도 1등을 달고 산 엘리트라구! 내 자식 하나는 최고로 키울 자신이 있었다.

  그런데 그 인간이 이 부분은 쉽게 동의를 해주었다. 이혼 조건으로 너무 쉽게 동의를 하여서 사실 좀 놀랐지만 제니가 더 중요하니까 우리는 합의 이혼을 했다. 그리고 나는 위자료 아니 내가 대신 내 준 내 돈 200억을 돌려줄 것을 요구를 하였다. 하지만 신규동은 흔쾌히 돌려주겠다고 동의한 200억을 아직도 돌려주지 않고 있었다. 그래서 죽은 날 생일 파티에서 제니가 아빠의 생일을 축하하는 자리에 같이 가서도 귓속말로 이야기한 거다. 내 돈 200억 내놔 새끼야! 그러자 느글거리는 웃음으로 미국 국채 200억을 줄 테니 나중에 자신이랑 따로 이야기하자고 했다. 당신은 제니랑 바로 내 옆 스위트인 팔레스 스위트 2에서 자는데 내가 어디를 도망가겠냐며 곧 보자고 했다. 그래서 나는 보러 간 것이다. 다만 잠겨진 연결통로를 미리 열어달라고 리차드 김에게 부탁을 한 것뿐이었지만.

이런저런 생각으로 머리가 복잡한 고요미 여사는 휴대폰을 들어 리차드 김에게 전화를 한다.

"리차드! 저예요. 고요미!"

"네. 사모님"

"괜히 저 때문에 곤란해지시는 것 아닌가 모르겠어요. 제가 와인병에 복어 독을 넣었거든요. 결국 그걸로 둘 다 뒈졌지만"

"아닙니다. 사모님. 제가 지금 여러 경로를 통해 내용들을 듣고 있는데 신규동 회장님은 조헌아가 질식사를 시킨 것으로 나왔나가 무슨 중국인인가 하는 청부업자도 들어가서 죽였다는 이야기도 들려서 조금 더 정보를 수집해 봐야 할 것 같습니다. 현재 한국에서 온 검사님하고 수사관님을 도와주면서 많은 것들을 듣고 있거든요"

"아니! 신규동이 복어 독에 죽지를 않았다구요?"

"네. 그런 모양입니다. 장나나만 복어 독으로 자신의 방인 벨라지오 스위트로 돌아가서 즉사를 한 것 같습니다. 남은 와인을 마시고요"

"아니 어떻게 그런 일이 생길 수 있죠?"

"그건 저도 아직 모르겠습니다. 그런 데 어떻게 금방 탄로 날 것을 아시면서 와인병에 복어 독을 넣으셨어요, 사모님!"

갑자기 복받쳐 오르는 눈물로 고요미는 흐느끼기 시작한다. 로건 국제공항 대합실에서 지나가는 사람들이 웬 동양 여자가 울면서 전화하는 모습에 흘깃흘깃 쳐다본다.

"흑흑흑. 제가 그날 밤늦게 제니 아빠를 만나서 제 돈 200억 받는 것을 해결하려고 한 것이거든요. 저에게 이번에 미국에서 생일날 제니 데려와서 같이 보자고 했어요. 미국채권인가 뭔가로 200억을 줄 테니 그것으로 퉁 치자고 해서 나는 좋다고 생각했어요. 어차피 한국 귀국이 이틀밖에 안 남았으니 저는 되도록이면 빨리 해결을 하고 싶었어요. 그 인간이 준다는 말을 한두 번 한 것도 아니고. 흑흑. 그래서 이번에는 확실하게 받아야겠다고 생각을 했죠. 제가 그날 밤에 제니 아빠가 있는 팔레스 스위트 1로 건너가서 담판을 지어야겠다! 이렇게 결심을 했죠. 그래서 스위트 1과 2를 연결하는 문을 리차드에게 좀 살짝 열어놓아 달라고 부탁을 한 것이구요"

"네. 그건 저도 알고 있는 사실이니까요. 제가 회수해야 했던 신규동 회장님의 카지노 빚 200억을 한국에서 사모님이 해결해 주시지 않았으면 그 보증을 선 저는 지금쯤 라스베이거스 사막 어디에 묻혀 있을 죽은 목숨입니다. 당연히 어떠한 부탁이라도 들어드리고 싶은 게 지금도 변함없는 제 마음입니다. 사실 스위트 연결문 정도야 살짝 잠금을 풀어놓는 것은 쉬운 일이거든요. 제가 아무도 모르게 룸메이드인 티나에게 부탁해 놓은 거였습니다. 사모님 부탁을 받고 그날 방 청소를 할 때 살짝 연결문의 잠금을 풀어놓고 아침에 다시 청소하러 들어간 다음에 얼른 다시 잠가놓으라고 부탁했으니까요. 다만 그 날밤에 두 사람이나 죽을 줄은 아무도 몰랐으니…. 더구나 사모님이 복어 독을 넣으시다니…. 대체 복어 독은 어디서 나셔서 그렇게…"

"리차드. 우리 집은 3대가 복집 요리사로 대한민국 최고의 복국식당을 운영하는 집안입니다. 어려 서부터 복의 독을 다루는 것이 집안의 비전기술처럼 내려왔죠. 사람 죽이는 정도의 복어 독이야 몇 방울의 액체로 제가 늘 목걸이 안에 넣어가지고 다닌답니다. 저희 집안 내력이죠"

"아니 그럼. 시모님. 치음부디 죽이려고 직징하고 들어가신 건가요?"

"미쳤어요? 사람 죽이고 내가 살인자로 살게! 제니가 저렇게 잘 크고 있는데. 나는 200억만 잘 받고 무슨 미국 국채로 준다고 하니까 얼른 이야기 끝내고 그 인간이 변심하기 전에 해결하고 갈라고 만나러 들어갔는데 그걸 보고 말았죠!"

"무… 무엇을 보았는데요?"

"아니. 나와 제니에게 상처를 준 그년 장나나하고 이곳 라스베이거스에서까지 와서 스위트에 있는 미니영화관에서 영화를 틀어놓고 둘이 그 짓을 하고 있지 않겠어요? 그래서 그 순간 저도 모르게 이성을 잃어서 이런 죽일 연놈들 바로 옆에 딸과 전처가 있는데 이곳에서까지 와서 이 짓을 해? 에라이! 죽일 연놈들! 다 죽어라! 욱하는 마음으로 둘이 먹던 와인병에 제 목걸이 안에 있던 복어 독을 부어 넣었죠!"

"아…. 그래서…. 장나나가…"

"흑흑흑. 이제 저는 돌아가면 살인자가 되겠죠? 우리 제니는 어떡하죠? 딸을 놔두고 도망갈 수도 없고…. 리차드… 저는 어떻게 해요? 흑흑흑"

"사모님. 진정하세요. 일단 장나나는 복어 독으로 죽었지만 신규동 회장님은 복어 독이 사망원인이 아닌 듯합니다. 그리고 제가 옆에서 사건 내용을 들은 바로는 지금 아무도 복어 독을 넣은 사람을 찾지 못했다고 합니다. 어차피 현장에는 CCTV도 없고 해서 아무런 증거가 없습니다. 지금 팔레스 스위트 1에서 같이 잠을 잔 김신범이 유력한 용의자로 조사를 받고 있다고 하니 상황을 좀 보시면서 해결을 하시죠. 지금 비행기 타면 얼마나 걸리시죠?"

"약 6시간 후면 라스베이거스 해리 리드 국제공항에 도착할 겁니다"

"그동안 저도 생각을 좀 해볼 테니 침착하게 행동하시고 돌아오십시오. 제가 라스베이거스 해리 리드 국제공항으로 모시러 가겠습니다"

"고마워요. 리차드!"

"별말씀을요. 사모님. 사모님은 제 생명의 은인이십니다. 저는 은혜는 꼭 갚습니다. 그러니 절대 희망을 잃지 마시고 절대 티 내지 마시고 평소처럼 하시면서 돌아오십시오"

고요미 여사는 리차드의 말에 힘을 얻고 들고 있던 보딩 패스를 들고 델타항공 게이트로 이동한다.

따가운 햇살은 로건 국제공항 창밖을 건너 멀리 보이는 케임브리지 강을 건넌다. 푸르덴셜 로고가 선명한 코플리 플라자 빌딩의 유리창들이 모든 것을 보고 있다는 듯이 햇살을 받아 빛나고 있다.

5

라스베이거스 경찰서 취조실

중국인 용의자에게서 중요한 단서를 입수한 수사팀은 급히 고요미 여사의 위치를 조회를 하고 연락을 한다. 고요미 여사가 보스턴에서 라스베이거스로 돌아오는 중임을 확인한 수사팀은 라스베이거스에 오는 즉시 출두해 줄 것을 요청한다.

여러 가지 복잡한 사항들이 나타나고 있는 이상한 살인사건에 모두가 휩쓸려 가고 있다. 처음에는 단순한 사망사건에서 시작되었지만 지금은 점점 더 관련자들이 늘어나고 있다. 2주일간의 특별출국 동의를 받아 미국으로 온 신규동 회장은 모든 일정을 순조롭게 소화하고 이제 이틀 뒤면 한국으로 돌아가는 일정만 남아 있었다. 더구나 일정의 마지막에 자신의 생일 잔치를 멋지게 하고 모든 일정을 마무리하고 한국에 귀국하는 계획이 순서대로 잘 진행되고 있었다.

그런데 생일날 밤에 숨진 것이다. 그것도 다음 날 오전이 되어서야 사망한 채로 발견된 사건! 사망원인은 처음에는 살인이라고 자수를 한 사건이었으나 부검 결과를 기다려 봐야 한다. 통상적으로 쉬운 부검 결과라면 지금쯤 사망원인이 살인을 자백한 조현아의 증언대로 질식사로 나와야 한다. 그런데 지금 신규동은 2차 정밀 부검에 들어가 있다. 부검팀장인 피터가 매달리면서까지 정밀 부검을 하는 경우는 사망의 원인이 명확하지 않은 사건인 경우가 그러했다. 지금 신규동의 사망사건이 바로 그러한 사건이 되어가고 있다.

무거운 공기가 흐르는 취조실 밖에는 중국인 용의자와 스티븐슨 팀장 그리고 레이몬드 경감이 취조실 안에서의 거짓말 탐지기 조사가 끝나기를 기다리고 있다.

종이에 자신이 목격한 사람들을 그려 나가는 중국인 용의자의 두 번째 그림이 나오자 레이몬드 경감은 그 사람이 지금 취조실 안에서 거짓말 탐지기 조사를 받고 있는 김신범과 인상착의가 비슷한 것을 발견한다.

직감적으로 김신범은 거짓말을 하고 있다. 중국인 용의자는 무엇을 본 것일까?

레이몬드는 두 번째 그림에 있는 남자가 현재 취조실 안에 앉아 있는 남자가 맞는지 중국인 용의자에게 취조실 유리창 가까이 가서 확인해 볼 것을 요청한다.

수갑이 채워진 채로 유리창으로 다가간 중국인 용의자는 자세히 김신범을 살피더니 자리에 돌아와서 종이에 적는다.

> That's him. He has been moved into that room and taken yellow envelope.
> (그 남자입니다. 그 사람이 죽은 사람이 있던 방으로 들어가더니 노란 봉투를 들고나왔습니다)

"무슨 봉투? 노란 봉투를 그 방에서 들고나왔다고. 그 심야에? 그럼 다시 정리를 해봅시다. 당신이 본 이 긴 드레스를 입은 긴 머리 여자는 다른 쪽 복도에서 나와서 방을 엿보고 나서 거실에 먹다 남은 와인병에 무언가를 넣고 급히 다시 복도로 돌아갔다! 맞죠?"

고개를 끄덕거린다.

"그럼 저기 있는 저 남자는 언제 그 방에 들어가서 노란 봉투를 들고 나왔나요?"

중국인 용의자는 답답한 듯이 입에 물린 재갈을 제발 좀 풀어주라고 요청을 한다.

레이몬드가 고개를 끄덕이자 스티븐슨 팀장이 급히 재갈을 풀어준다. 이제야 살 것 같다는 숨을 내쉬면서 중국인 용의자는 취조실 사무실에 있는 구술 녹취기를 앞으로 가져오기를 요청한다.

레이몬드 경감은 웃음이 나왔다. 이놈은 경찰서에 많이 와본 놈이다. 조사를 한두 번 받아본 놈이 아닌 프로다. 지금 무언가 우리에 해줄 말이 있을 것이다. 그리고 자신에게도 수사협조에 대한 대가로 선처를 요구하겠지!

레이몬드가 앞에 올려놓은 구술 녹취기 앞에 앉은 중국인 용의자는 자신이 경험한 그날 밤의 일들을 떠올리며 구술 녹취를 시작한다.

이야기의 전말은 이렇다.
자신은 유리창 청소부인 베트남인 응우우엔으로 위장하여 신규동이 머무는 팔레스 스위트 1에 잠입하여 총으로 신규동을 살해할 목적이었다. 그리고 모든 지문들은 응우우엔이 한 것으로 남겨놓고 현장을 철수하는 것이 계획이었다. 그날 밤에 콘래드 호텔의 정기 유리창 닦는 일정대로 자신은 유리창을 닦았다. 그리고 시간에 맞추어서 현장에 잠입하였다. 밤이 늦은 시간인데도 불이 환하게 켜져 있고 사람들의 움직임이 보여서 수영장 쪽 위에 매달린 채로 상황을 보면서 살해할 틈을 보고 있었다.

자신이 현장에 잠입한 시간은 대략 밤 10시 반 정도 되는 것으로 생각된다.

밤 11시경, 웬 남자가 스위트의 문을 열고 들어오더니 대충 두리번대더니 복도 다른 쪽으로 걸어 들어갔다. 잠시 후에 수영장 옆의 방에 그 남자가 들어왔다. 아마 그 남자는 그 방에서 자는 듯했다. 옷을 갈아입고 샤워를 하고 한참 휴대폰을 보더니 물병을 들고 무슨 약을 입에 털어 넣고 잠을 드는 것 같았다. 방에 불이 꺼졌다. 연하게 켜진 침대의 나이트 등만이 은은히 빛나고 있었다. 다른 사람이 있다는 것은 계산에 놓지 않았다. 잘못하면 저 인간까지 총으로 저세상에 보내야 하는데 머릿속이 좀 복잡해졌다.

상황을 좀 더 지켜보는데 웬 여자가 복도 끝에서 나와 두리번대더니 어느 방을 엿보았다. 황급히 돌아 나온 여자는 거실에 있는 와인병에 자신의 목걸이에서 무언가를 넣고 복도 끝으로 급히 사라졌다. 그림에 그린 바로 그 여자다.

잠시 후에 방에서 나온 남자와 여자는 자신들이 영화관에 있을 때 복도에서 나온 여자가 자신들이 먹던 와인에 무언가를 넣은 것을 모르는 듯했다. 남자는 자신이 받은 청부살해 대상의 사진 대로 덩치가 좀 있고 통통한 아시아계 사람이었다. 한눈에 봐도 돈 있어 보이는 그놈은 자신이 죽여야 하는 남자였다. 이 남자는 같이 방에서 나온 여자랑 키스하고 분위기 좋게 잠깐 이야기를 했다. 그리고 둘은 진한 포옹과 키스를 하며 사이좋게 헤어졌다. 여자는 먹다 남은 와인병을 자신의 가방에 넣고 급히 그곳을 떠났다.

  자신이 죽여야 하는 남자는 사라지더니 샤워 가운을 걸치고 나왔다. 그리고 거실 쪽에 서성거리면서 물병을 들고 무슨 약을 먹는 것 같았다. 그러고는 금세 방으로 들어갔다. 아마 자러 들어간 것으로 판단이 되어서 잠시 더 지켜보기로 했다. 나도 저 인간을 죽이러 들어가야 하니까.

  하지만 이 인간은 도무지 불을 끄지 않고 생활하는 인간 같았다. 모든 방과 거실에 환하게 불을 다 켜놓고 있었다. 환하게 불이 켜진 상황에서 섣불리 움직이면 안 된다. 지금 저 공간에는 두 사람이 있다. 잘못하면 둘을 다 죽여야 한다.

  그런데 돌발 변수가 더 생겼다. 불과 30분이 안 되는 사이에 문이 열리고 하얀 블라우스를 입은 웬 여자가 들어왔다. 갓 뎀 잇! 이 밤에 잠들을 안 자고 왜 이렇게 돌아다니고 지랄이야! 화가 났다. 빨리 청부 받은 대로 저 인간을 처리하고 돌아가야 한다.

  그런데 그 방에 들어간 지 5분도 안 되어서 하얀 블라우스를 입은 여자는 급히 뛰쳐나갔다. 헝클어진 머리, 당황한 기색을 보면 분명히 둘이 싸웠던지 무슨 일이 있는 것 같다. 나는 상황을 유심히 쳐다보고 있었다. 그런데 아무런 후속 반응이 없었다. 인기척도 없었다. 이상했다. 자신은 사람을 죽여본 킬러다. 본능적인 감각이라는 게 있다. 그런데 지금 저 방에서는 아무런 반응이 없다.

설마? 살인? 총소리도 안 났는데? 조바심이 났다. 하지만 난 프로다. 기다리자! 기다리자! 침착하게 10분을 더 기다렸다. 그 방에서 나는 반응이 없다. 불빛의 흔들리는 파장, 그림자의 실루엣, 사람의 움직이는 기색이 없다. 무슨 일이 있는 것이다.

나는 재빠르게 방으로 침투해 들어갔다. 그런 건 전문이니까.
처음에 침대에 누워 베개를 얼굴에 얹고 자는 사람을 봤다. 본능적으로 가슴을 봤다. 움직이지 않는다. 얼른 손을 목에 가져다 댔다. 대동맥이 뛰는 게 느껴지지 않는다. 죽었구나! 어떻게? 본능적으로 베개를 옮겼다. 눈을 뜨고 죽은 남자! 입에 약간의 호흡곤란 이후에 발생하는 거품이 올라와 있다. 이건 급사인데…. 왜?

어떻게 죽었지? 머리가 복잡했지만 난 프로다! 상황을 판단한 나는 모든 것을 손쉽게 처리 하기로 결심한다. 청부를 의뢰한 사람은 지금 이 상황을 모른다. 이놈이 죽기만 하면 되는 것이다. 지금 이놈은 죽었다. 누가 죽이든 죽은 것이다. 중요한 것은 돈이다. 청부의뢰금! 그걸 빨리 챙겨서 떠야 한다. 그 뒷일은 나는 모르는 일이고.

프로답게 즉시 현장을 살펴봤다. 죽은 것을 다시 확인하기 위해 침대 옆에 놓인 화장 티슈를 빼서 작게 말아서 콧구멍을 막아봤다. 역시 숨을 쉬지 않는다. 재빠르게 휴대폰으로 사진을 찍었다. 죽은 것을 확인시켜 주기 위한 증거 사진.

눈 뜨고 콧구멍에 티슈 뭉치를 박은 인간은 죽은 것이다! 의뢰인이 행복해야 할 사진을 보내 죽음에 대한 확신을 줬다. 그래도 죽은 사람인데 눈은 감겨줬다. 코에 막아놓은 티슈도 빼서 내 주머니에 넣었다. 나도 좋은 일은 하나 해야지. 그리고 급히 자리를 떴다. 누가 보면 안 되니까. 나는 내가 할 일을 다 했으니까!

얼른 밖으로 나와서 수영장 위쪽 창가에 있는 밧줄을 타고 올라 가려다가 문득 이런 생각이 들었다. 원래 계획은 응우우엔이 저지른 것으로 위장 하기 위해 지문을 여기저기 묻히는 것인데 상황이 이상하게 돌아가서 아무 흔적도 남기지 않고 나왔다.

그럼 안 되지…. 흔적을 잔뜩 남겨놓아야 죽은 응우우엔이 다 뒤집어쓴다. 나는 다시 돌아가려고 막 수영장 쪽으로 들어갔다. 그런데 갑자기 수영장 옆에서 움직이는 사람의 그림자가 보였다. 하마터면 총으로 쏠 뻔했다.

"어떤 새끼가!… 아휴~ 깜짝이야…"

자세히 보니 밤늦게 들어와 샤워하고 잠자던 수영장 옆방의 그놈이다. 그놈은 방에서 나와 불 켜진 거실 쪽으로 가더니 냉장고에서 물을 빼더니 벌컥벌컥 마시고 자기 방으로 가지 않고 사람이 죽어 있는 그쪽 방으로 들어간다. 뭐라고 하는 것을 봐서는 아마 이름을 부르는 것 같다. 한국 드라마에서 늘 들리던 오빠 오빠는 아니지만 비슷한 라임으로 들리는 소리 형, 형! 자? 이런 소리. 그놈이 방에 들어가자마자 나는 그놈이 소리를 지르고 나오거나 급히 경찰을 부르면 어쩌나 고민이 들어서 급히 현장을 벗어나려고 했다. 그런데 이상하게도 그 방에 들어간 그놈은 조용했다.

이건 또 무슨 황당한 일인가? 보통 사람이 죽은 현장에서는 평소에 들어보지도 못한 괴성이 나온다. 놀라면서 나오는 폐부 깊숙한 속에서 올라오는 인간 본연의 괴성! 나는 그런 괴성을 많이 들었다. 총으로 한 방 쏘면 보통은 그 옆에 있는 인간들이 놀라서 그런 소리를 지른다. 그런데 지금 저 방에서는 아무 소리도 들리지 않는다. 잠시 후에 그놈은 무슨 노란 봉투를 들고 급히 그 방에서 나와서 자신의 방으로 돌아간다. 방 안에서 불을 다시 켠 그놈은 아까 자기 전에 먹은 듯한 약병을 다시 들어 알약들을 입에 털어 넣고 물을 먹고 나서 불을 껐다. 그리고 아무 일 없다는 듯이 잠을 자는 것 같았다. 나는 식삼했다. 무서운 놈이다.

나는 상황을 잠시 지켜보기로 했다. 저놈이 먹은 것은 수면제일 것이다. 아침이면 아주 늦게 일어나 자신은 아무것도 몰랐다고 하겠지. 우리보다 더 무서운 놈들이 많구나. 총보다 무서운 게 머리통이라고 선배들이 그랬다. 그래서 항상 머리통에 한 방을 날려서 처리해야 깔끔하다고…. 응우우엔도 펜타닐 50알로 유인해서 내가 그렇게 머리통에 한 방으로 보냈지. 그런데 오늘 제대로 영리한 놈을 봤다. 무서운 놈! 저놈이 들고나온 봉투는 도대체 무엇일까? 몸속에 숨은 직감이 꿈틀댄다. 저 방에 뭔가 돈이 되는 게 있는 거 같다!

조심스럽게 나는 다시 들어가 거실과 방 안에 여기저기 지문을 묻힌 다음 시체가 있는 방으로 가서 돈 되는 게 있는지 찾았다. 방 안쪽에 보이는 커다란 금고! 나도 잘 안다. 라이언 가드!

'에이 씨~ 저건 열기 힘든 금고다. 아까는 왜 저 금고가 안 보였지? 나도 긴장했나 보구나!'

정신을 얼른 차려 죽은 놈의 손목에 번쩍이는 시계가 있는 것을 보았다. 본능적으로 시계를 풀었다. 이놈은 흔한 다이아몬드 결혼반지도 안 끼고 오직 시계만 차는 놈이구나. 시계를 벗기자마자 나는 즉시 현장을 떠났다. 그리고 내일 청부살인 비용을 조직에서 받아서 멕시코로 도망 가면 내 인생은 탄탄대로일 것이다. 기쁨의 웃음이 나왔다. 돌아가는 길에 그만 시계를 팔다가 걸려서 지금 이렇게 신세를 조진 채로 잡혀 오지만 안 했어도 지금도 그 웃음을 잃지 않고 있을 것이다. 입안이 쓰다! 쩝!

중국 용의자의 구술 녹취를 다 들은 레이몬드 경감은 기가 찼다. 죽은 사람이 있는 공간에서 산 사람들이 활발하게 자신들의 목적을 이루어 가고 있는 밤이었다. 아무도 그 현장을 본 사람이 없는데 오직 죽이기 위해 잠입한 제3자가 모든 걸 본 것이다. 하지만 이놈은 용의자이다. 이놈의 말을 믿어야 하나? 이 말을 입증할 증거는 있는 걸까? 머릿속이 복잡했다. 이놈이 목격했다는 김신범이 죽은 신규동 방에서 들고나온 노란 봉투는 무엇일까? 김신범은 도대체 무엇을 감추고 있는 것일까? 이런 생각을 하는데 레이첼이 조사가 거의 다 끝난 듯이 취조실에서 나온다.

"경감님! 신규동을 죽였냐는 질문을 비롯한 거짓말 탐지기 조사에서 모드 음성이 나왔습니다! 김신범은 신규동을 죽이지 않은 것 같습니다"

"나도 이제 많은 걸 알게 되었어! 이 중국인 녀석 때문에~"

"네? 무슨 말씀이신지…?"

레이첼은 어리둥절한 표정이다.

"레이첼! 다시 들어가서 김신범에게 거짓말 탐지기 다시 채우고 이렇게 질문해 봐! 당신은 그날 밤에 이미 신규동이 죽은 것을 알고 있었죠? 신규동의 방 안 금고에서 당신은 노란 봉투를 들고나왔죠?"

6

라스베이거스 벨라지오 호텔 커피숍

리차드 김과 김영식 부장이 심각한 표정으로 앉아 있다.

"리차드 이사님 저는 앞으로 어떠하죠? 회장님 호텔 금고에서 우리 계획이 적힌 종이가 발견되었다구요?"

"맞아요, 김 부장! 회장님 지시에 의해 우리가 준비한 카게무샤 작전을 경찰이 알게 되면 우리는 조사를 받을 것 같습니다"

"아… 정말… 미치겠네요. 모든 계획이 다 수포로 돌아갔어요. 조현아 아나운서가 왜 그랬죠? 그냥 회장님께 살살 빌어서 미국 집하고 공부 계속할 돈을 좀 주라고 하고 헤어지지. 왜 그런 일을 벌여가지고 이런 사태를 만들었는지 환장하겠어요!"

"진정해요. 김 부장. 지금 경찰이 많은 것을 조사 중인데 조현아가 회장님을 안 죽였을지도 모른다고 합니다. 회장님 시신부검이 다 끝나야 사인규명이 나올 것이라고 합니다. 저는 그것보다도 저희가 회장님 지시에 의해 준비한 방탈출 게임과 카게무샤 작전이 경찰에서 밝혀지면 저희가 곤란해지지 않을까 그게 걱정이에요. 현재 한국검찰청에서도 검사와 수사관이 파견 나와 있는데 잘못하면 김 부장은 한국으로 압송되는 거 아닌가 걱정됩니다"

"리차드 이사님! 우리 작전 몰라요? 저는 회장님을 위해 대신 한국행 비행기를 타고 들어가서 나중에 처벌받을 각오로 이미 카게무샤 작전에 동의를 한 것입니다. 회장님에 대한 저의 충성심은 그까짓 대신 감방 사는 것 정도는 두렵지 않습니다. 그런데 갑자기 회장님이 돌아가시니. 흑흑. 그게 더 지금 가슴이 미어지게 아플 뿐입니다.

"흠. 이제 모든 게 수포로 돌아갔으니 원래 오늘 출발하기로 잡아놓은 팔콘 자가용 제트기도 이미 제가 취소를 다 했습니다. 미리 준 돈만 해도 어마무시한데 아까운 돈만 날렸네요. 원래 계획대로 라면 지금쯤 낫소에서 다시 비행기를 갈아타고 코스타리카로 날아가고 있을 건데요. 죽은 장나나도 말이죠"

"회장님은 여자 없이는 못 사시니까. 장나나는 꼭 데려가야 한다고 그때도 그러시더니 죽을 때도 데리고 가버리셨네요. 저승길이 외롭지는 않으시겠어요. 계획은 기가 막혔는데요. 정말 제가 봐도 아무도 눈치 못 채는 초특급 작전이었는데 이렇게 허무하게 돌아가시다니요. 흑흑. 더구나 장나나는 또 왜 죽었는지 정말 어이가 없어요. 이사님!"

"정말 치밀한 준비였는데 이렇게 되다니 저도 황당합니다. 처음에 회장님이 보내준 방탈출 게임 작전과 공항 내에서 바꿔치기 하는 카게무샤 작전계획을 보고 서는 소름이 돋았습니다. 코스타리카에 은신처랑 다 마련해 놓았는데! 에휴!"

"그럼 회장님 티켓으로 예약하고 공항 안에서 저랑 바꿔치기 해서 제가 대신 타고 들어가는 대한항공 KE012편 라스베이거스-인천 예약도 다 날라갔겠군요"

"네. 퍼스트 항공권이 만 불이니까 취소 수수료만 해도 쩝"

"아! 나중에 감방 가더라도 내 인생에 퍼스트 클래스 한번 타보고 한국 들어갈 생각이었는데 모든 게 물거품 되었네요. 퍼스트 클래스에서 라면도 끓여준다고 해서 그것 하나 시켜 먹을 생각이었는데… 쩝…. 저희는 조사를 받고 나서 처벌받겠죠?"

"글쎄요. 아직 아무런 일도 일어나지 않았으니 조금 기다려 보시죠"

"리차드 이사님. 만약 미국 경찰이 모든 것을 알아낸 다음에 저희에게 자백을 하라고 하면 어떻게 하죠?"

"김 부장. 여기는 미국입니다. 우리는 계획에 동참을 했을 뿐이지 아직 실행을 한 것은 아니잖아요. 미국은 실행되지 않은 범죄계획을 처벌하지 않습니다. 한국은 어떤지 몰라도요! 아직 아무것도 밝혀지지 않았는데 김 부장님을 연행해 가지는 않을 겁니다. 일단 미국 경찰이 다 알아낸 다음에 물으면 그냥 있는 그대로 말하고 수사협조하면 됩니다. 저도 그럴 생각입니다"

"네. 네. 리차드 이사님이 하시는 대로 저도 따라 하겠습니다. 이제는 제 목숨이라도 살아서 한국으로 돌아가야 해요. 회장님은 이미 돌아가셨으니까요"

7

대한민국 서울
명동 금신 자산운용 빌딩 사무실

롤로피아나 브랜드로 감싼 훤칠한 키의 남자가 낡은 빌딩 건물로 들어간다.

사무실에는 초로의 늙은 신사가 그를 기다리는 초조하게 대기하고 있다.

문이 열리면서 일이 잘되었다는 표정으로 작은 봉투를 책상 위에 올려놓는 남자. 금신 자산운용의 황성진 회장이다.

"회장님! 가신 일은 잘되셨군요!"

"네. 하하하. 나행스럽게도 시금 국성삼사 중이라 아무도 일에 신경을 쓸 수 없어서 자료를 손쉽게 회수할 수 있었습니다. 총장님이 한 번에 해결해 주셨어요!"

"휴! 정말 다행입니다. 선대 회장님도 목숨을 걸고 지키신 것인데 이 물건이 유출이 되었다면 아휴! 생각만 해도 끔찍합니다. 회장님"

"부장님이 그 정도 이 신데 저는 마음이 어땠을 거 같으셔요! 매일 밤 꿈에 아버님이 나오셔서 호통치시는 악몽을 꿨습니다. 하하하. 오늘부터는 잠 좀 실컷 자고 싶습니다"

"네. 네. 그러셔야죠. 그런데 회장님! 궁금한 거 하나 여쭤봐도 되나요?"

"네. 하하하. 오늘 기분이 좋은 날이니 무엇이든 물어보세요!"

"네. 조심스럽지만 이번 건을 왜 검찰총장님이 그렇게까지 나서서 도와주시는 건지 조금 알려주시면 이 노인네가 머릿속을 맴도는 궁금증을 좀 해소할 수 있을 것 같습니다"

"하하. 왕 부장님은 오랫동안 아버님을 모셨으니까 가끔 저희 사무실에 놀러 오셨던 개성인삼 양홍삼 회장님 기억하시죠? 5년 전에 돌아가신"

"아이고 당연히 기억하고 말고요! 선대 회장님하고 얼마나 돈독하셨는데요. 도련님 아니 회장님 어려서 드신 모든 인삼이 바로 양 회장님 개성인삼에서 다 선물로 들어온 것 아닙니까? 남대문에서 최고 부자인 회장님이 전혀 사치도 안 하시잖아요. 낡은 운동화에 어디 사시는지도 아무도 모르게 하셨죠. 항상 자신을 낮추고 부자인 걸 감추신다고 선대 회장님도 얼마나 존경하시면서 절친으로 잘 지내셨는데요. 기억하다마다요"

"하하. 세상에는 알려진 부자보다 안 알려진 부자들이 더 많죠. 우리는 그런 부자들의 자산을 관리하는 집사인 셈이구요"

"아이고! 회장님. 무슨 말씀을 그리하셔요. 남들이 들으면 웃습니다. 천하의 황목천 회장님의 외동아들께서 부자들의 집사라고 이야기를 하시면은요. 하하하"

"세상이 그렇게 넓고 깊답니다. 어르신. 하하하. 부장님도 좋은 직함 마다하시고 부장님으로 만 30년째 자신을 숨기고 낮추시잖아요. 그런 분들이 진정한 고수시죠"

"아휴. 별말씀을요, 회장님"

"그렇게 오랫동안 개성인삼 양홍삼 회장님을 뵈었지만 그분 가족들이나 개인적인 부분에 대해서 아시는 것 있으세요?"

"그러고 보니 긴 세월을 그렇게 많이 뵈었지만 아는 게 하나도 없습니다. 선대 회장님에게 듣기로는 이곳 사무실 오실 때도 늘 걸어오시고 해서 제가 '회장님! 남대문에서 제일 부자라는 양 회장님은 운전사 딸린 차가 없으신가요? 늘 저렇게 걸어 다니시는 것 보니 마음이 쓰입니다. 비가 오고 눈이 올 때면 더욱 그렇습니다' 그렇게 말씀드렸더니 껄껄 웃으시면서 '양 회장이 왜 차가 없겠나? 항상 자신을 낮추느라고 약속 장소 백 미터 전에 내려서 항상 걸어온다네. 저 사람 철칙이라 아무도 못 말리지. 집에 들어갈 때도 1킬로미터 전에 내려서 걸어 들어가니까 동네에서도 저 사람이 차가 없는지 안다는구만. 천하에 부자가 말이야 하하하' 하시면서 웃으시던 기억이 아직도 생생합니다"

추억이 생각나는 듯이 황성진 회장은 벽에 걸린 아버지와 개성인삼양 회장이 함께 찍은 사진을 바라본다. 모두 30여 명 남짓한 남자들이 경복궁 경회루 앞에서 찍은 낡은 흑백 사진이다.

"저기 계신 분들이 모두 저희 집안과 관련된 분들이시죠. 개성인삼양 회장님은 고향인 개성에서 피난 내려오셔서 남대문에서 인삼사업을 시작을 하셨죠. 아마 우리나라에서 처음으로 금산의 인삼밭을 전부 계약재배를 한 유일한 개인이었을 거예요. 당시에는 대단했죠. 지금의 6년을 재배해서 출하하는 방식이 양 회장님 때문에 생긴 거니까요. 인삼이 6년일 때 사포닌이 최고조에 다다른다는 것을 당시에 미국의 대학에 연구를 의뢰해서 알아내셨죠. 해외에 수출하는 모든 물량을 독점을 했으니 그때부터 저희 금신 환전소를 이용하시면서 모든 외화 자금의 위탁을 저희에게 맡기셨죠. 그렇게 불린 재산은 지금 저 장부 안에 고스란히 커가고 있구요"

　황성진 회장은 다시 한번 안도의 한숨을 쉬면서 양원석 검찰총장을 만나 받아온 자료를 바라본다.

"아휴! 그때는 정말 대단했죠. 하루에 들어오는 달러와 엔화를 저희가 다 처리하느라고 직원들이 계수기를 10대씩 돌리면서 날 새곤 한 게 바로 개성인삼 때문 아닙니까? 인삼을 수출하고 받은 달러와 엔화를 가지고 당시 일본에 주둔한 미군들의 한국 내 출장 시 경비 및 월급, 워커힐 호텔 등 카지노와 호텔을 이용할 때의 달러와 엔화의 환전 등등을 모두 우리 금신 환전소에서 했죠. 당시에는 그렇게 큰 규모의 외환거래를 할 수 있는 곳이 한국은행 말고는 없었는데 선대 회장님이 주한미군사령관 하고 딱 담판을 지으셨죠. 한국에 주둔한 미군들과 일본에 주둔한 미군의 모든 월급을 저희가 엔화와 한국 돈으로 환전할 수 있는 공급소 역할을 했죠. 또한 미군들의 주둔과 귀국 시 모든 선물을 개성인삼으로 하도록 계약을 해놨으니 노다지를 캔 거죠. 당시에는 우리나라가 외환이 부족한 시기라서 정말 달러 돈이 열리는 황금과수원에 사는 기분이었죠"

"맞습니다. 그 덕에 저기 계신 30여 명의 전주분들이 모두 안전하게 자산을 후대에 물려줄 수 있는 겁니다. 저희 금신 자산운용을 통해서 아무도 모르게 자신들이 불린 재산을 후대에 물려주는 시스템 가지게 된 것이죠. 대한민국 어느 누구도 모르는 재산의 규모, 외환, 외국 채권, 국채, 금, 다이아몬드까지 저희를 통해 후대에 상속되게 아버님이 기가 막힌 시스템을 만드신 거랍니다. 그래서 저희는 부동산은 절대 안 합니다. 국세청 데이너에 바로 포착되니까요"

"네. 저야 뭐 계약서 심부름이나 하는 나부랭이지만 선대 회장님은 정말 대단하신 분 맞습니다. 그걸 지금처럼 저는 처음 듣는 생소한 블록체인인가 뭔가 하는 알… 알…"

"하하. 알고리즘요 부장님!"

"아… 네…. 알고리즘으로 만들어서 그걸 관리하는 프로그램을 만드신 회장님을 선대 회장님은 얼마나 자랑스러워하셨는지 모릅니다. 그

립군요. 선대 회장님이"

"네…. 저도 아버님의 따뜻한 눈길이 아직도 그립습니다"

"그런데 회장님!"

"네. 부장님!"

"저… 아까 제가 한 질문에 답은 안 해주셨는데요?"

"질문요? 아! 양원석 검찰총장님! 하하하. 알아차리실 줄 알았는데…. 그분이 왜 청렴하고 대범하게 특수부 검사로서 명성을 날리면서 지금의 자리에 온 이유가 숨어 있습니다. 단돈 1원의 유혹도 받지 않고 누구에게도 선물이나 접대를 받지 않은 청백리의 표본 같은 분으로 존경받으신 분이죠. 사실 받을 필요가 없는 분이죠. 가진 게 더 많으니. 하하하. 청렴한 명성으로 검찰의 일인자가 되셨지만요. 하하. 절대 발설하시면 안 됩니다. 개성인삼의 가족들은 노출이 된 적이 없어서 세상 사람들은 모르죠. 안 알려져 있으니까요. 양원석 총장님이 개성인삼 양홍삼 회장님의 아들입니다. 모든 재산은 그분이 물려받았죠. 그리고 저기 장부 안에 전주 중의 한 명의 이름으로 존재합니다"

8

라스베이거스 벨라지오 호텔
20층 객실 2024호

"딩동"

벨소리가 들리자 문 앞에 있는 작은 투시거울로 문밖을 살피고 급히 문을 열어주는 여자.

현여진 차장이다.
죽은 신규동 회장을 가장 지근 거리에서 오랫동안 보좌한 여비서!

"오! 리차드"

들어오는 남자에게 안기자마자 눌은 익숙한 듯이 진한 키스를 나눈다.

"여진. 머리 아픈 건 좀 괜찮아? 여기 아스피린 가져왔어"

"낮잠을 좀 잤더니 좀 괜찮아졌어요. 상황은 어떻게 돌아가고 있어요? 자기가 의심받고 그런 것은 아니죠? 저는 너무 불안해요"

"괜찮아. 상황이 조금 복잡하게 돌아가기는 하지만 결국은 우리는 잘 이겨내고 우리가 계획했던 대로 잘 마무리를 하게 될 거야!"

사랑의 시선으로 서로를 바라보는 남녀!

놀랍다.

현여진과 리차드 김은 연인이었다.

둘은 이미 오래전부터 오늘 일어날 일들을 예견이라도 한 듯 돌아가는 상황을 보면서 대응하는 듯하다.

리차드 김은 불안해하는 현여진 차장을 안심시키듯이 끌어안고 방 안의 테이블 의자로 데려간다.

"지금부터 내 말 잘 들어 여진. 앞으로 나는 경찰 조사를 받게 될 거야. 신규동 회장의 탈출 계획을 미리 알고 도주경로를 확보한 것도 나니까. 또한 모든 것을 준비하기 위해 사전에 부탁을 받고 준비한 것도 나니까. 이 사실이 밝혀지면 나를 도피협조 공범으로 처벌할 거야. 물론 거기까지 우리는 모든 것을 알고 준비한 것이니까 준비한 대로 대응할 거야 나는. 원래대로라면 신규동 회장이 낫소를 거쳐서 코스타리카로 도피에 성공한 다음에는 미국 경찰에 한국에서 조사를 의뢰하겠지. 그때 가서는 나는 신규동 회장이 한국에서 피의자로 재판 중인 사실을 인지하지 못한 것으로 주장을 할 거였어. 시나리오대로라면 말이야. 어차피 한국 경찰은 미국 시민권자인 나를 직접 조사는 못 할 것이고 미국 경찰의 협조를 구하겠지. 하지만 이곳 라스베이거스에서는 나도 나름대로 방어막을 칠 정도의 인맥은 가지고 있어 또한 내 뒤에는 막강한 MGM그룹과 벨라지오 카지노가 버티고 있단 말이지. 우리는 단순히 VIP고객의 개인 일정을 지원하는 정도였다고 마무리를 하면 되는 상황이었는데 일이 꼬여버렸네. 쩝"

"맞아요. 그런데 회장님이 저렇게 죽어버렸으니 이제는 어떡해요? 설마 그동안 제가 한국에서 1년 전부터 대추차에 협죽도 액을 조금씩 타서 먹인 게 지금 작용을 해서 급사한 것은 아니겠죠? 만약에 그게 원인이라면 어떡해요? 리차드! 저는 너무 무서워요!"

"걱정 마! 여진. 지금까지 내가 모든 상황들을 모니터하고 있는데 신규동 회장의 사망원인은 아직 경찰이 밝혀내지 못한 듯해. 달링이 1년 이상 조금씩 대추차에 타 넣어 마시게 한 협죽도의 올레안드린 독은 축적되면서 서서히 작용 하도록 우리가 계획했던 것이지만 심장마비가 올 정도의 약효가 아직은 축적이 안 되었을 거야. 올해 연말쯤 자연스럽게 심장마비로 죽게 되게끔 서서히 대추차에 타서 먹이는 것이 우리의 계획이었으니까!"

"맞아요. 자기가 알려준 대로 회장님이 좋아하는 대추차에 매일 한 방울의 협죽도 액을 섞어서 드렸죠. 쉬도 새도 모르게. 회장님은 단 한 번도 안 마신 적이 없으세요. 특히나 대추차를 몸에 좋다고 좋아하셨으니까요"

"그래! 그렇게 마시고 나중에 자연스럽게 협죽도의 올레안드린 독이 몸에서 작용하면 심장마비로 죽게 되는 거였지. 그렇게 되면 이곳 라스베이거스의 우리 카지노의 차명계좌에 누적된 게임예치금을 차명계좌의 주인인 바로 당신 현여진이 찾아가는 거지. 나는 그것을 충분히 도와줄 수 있는 위치에 있고…. 당신이 바로 계좌의 법적인 주인이니까!"

"맞아요. 달링! 그 돈만 있으면 우리가 이곳 미국에서 행복한 미래를 살 수 있을 거예요. 어차피 신 회장이 죽은 지금도 그 계좌의 주인은 저니까 제가 찾으면 제 것 맞지요? 달링?"

"당연하지 달링! 자그마치 5천만 불이야. 한국 돈으로 하면 650억! 신 회장이 잃기도 하지만 따기도 잘하는 갬블러 스타일이라서 그동안 많이도 모아놨지? 자신 명의의 계좌에도 3천만 불 정도 지금 게임머니가 남아 있으니 이제 주인 잃은 그 돈은 누가 찾아가게 될지 참 궁금하구만"

"달링! 신 회장 명의의 그 돈은 누가 찾아가게 되죠? 신 회장은 죽었는데"

"물론 법적 상속인이지"

"법적 상속인? 그럼 사모님인 고요미? 아니지 이혼했지. 흠… 그럼 누가 가져가나요? 아버지?"

"아니지. 법적 상속인은 아마 딸 제니가 될 거야. 그런데 제니의 보호자는 미국에서 고요미 여사로 되어 있으니 결국 고요미 여사가 제니를 앞세워서 찾아갈 듯해. 나도 그걸 바라고 말이야. 형수님이 나를 위해 얼마나 애써준 것은 자기도 잘 알잖아!"

"맞아요. 달링! 그때 한국에서 사모님이 당신이 받으러 온 회장님의

200억 도박 빚을 사모님이 대신 변제해 주지 않았으면 자기는 아마 그 때 죽은 목숨이라고 늘 말했죠. 그래서 거의 매일 그 돈을 받기 위해 회장님 사무실로 찾아왔고 그 덕분에 저랑 지금 사랑하는 사이가 되었지만요"

"사람의 인연은 무서운 것 같아. 내가 그때 한국에 돈을 받으러 갈 때만 해도 거의 내 운도 다 끝나가는가 보다 하면서 절망의 마음으로 간 것인데 그 절망의 땅에서 나를 구해준 구세주 같은 고요미 형수를 만나고 사랑하는 달링도 만나게 되었으니 인생은 참으로 신비한 것 같아. 오! 하나님 감사합니다"

"그럼 고요미 사모님이 이제부터는 모든 재산을 관리하게 되는 것인가요?

"이냐! 신규동 회장 부모들이 있으니 난리가 나셨시. 아마 제니의 친권을 가지고 법적으로 큰 분쟁이 일어날 거야. 그래도 내 생각에는 지금 미국에서 제니의 교육을 고요미 형수가 담당하고 있고, 이혼할 때 조건으로 성인 때까지는 양육에 대한 권리는 고요미 형수가 가지는 것으로 되어 있으니 형수가 상당히 유리한 법적권리를 가지고 있는 셈이지"

"어찌 되었건 저는 리차드 당신을 도와준 고요미 사모님이 잘되었으면 해요"

"나도 그래. 좀 전에 통화했는데 보스턴에서 이곳 라스베이거스로 비행기 타고 돌아온다고 했어. 라스베이거스 경찰도 돌아오는 대로 조사를 받으라고 이미 통보를 했다고 하고"

"경찰서에서 조사를요? 왜요?"

"흠. 그게 아직은 나도 추측이 안 되는 부분이라서 좀 상황을 지켜 보자구. 다만 고요미 형수께서 신규동과 장나나가 먹던 와인병에 복어 독을 넣었다고 말씀하시더라구. 그래서 혹시 회장님과 장나나가 죽은 게 아닌가 하고 걱정을 많이 하고 계셔서…. 그건 절대 아니니까 일단 돌아오셔서 상황 판단을 하시라고 위로해 드렸어"

이 내용을 듣는 현여진은 깜짝 놀란 표정으로 리차드를 바라본다.

"사모님이…. 복어 독을요? 아~ 정말 아이러니네요. 회장님이 맨날 농담 삼아 내 와이프가 날 죽이면 복어 독으로 죽일지 몰라. 강남의 유명한 복집 요리사 딸이잖아 어려서부터 소꿉놀이로 복어를 가지고 놀았대…. 하시면서 농담처럼 이야기를 했는데 정말 복어 독으로 회장님이 죽으신 건가요?"

"아냐. 달링. 신규동 회장은 절대 복어 독으로 죽지 않았어. 내가 볼 때는 형수님은 자신이 죽인 것 같다는 죄책감에 사로잡혀 있을 뿐이 야. 부검 결과는 아직 나오지 않았으니 침착하게 대응해야 해. 어떻게 죽던 그게 무슨 상관이야! 우리는 지금 달링의 이름으로 되어 있는 차명계좌의 돈을 빨리 인출해야 해! 오늘 밤 11시에 벨라지오 카지노 VIP금고에 가서 찾으면 되니까 나랑 같이 가! 인출 후에는 내가 모든 기록을 삭제를 할 테니 달링이 우리 VIP금고에 계좌를 가지고 있었다는 기록은 사라지는 거야. 어차피 신규동 회장의 차명계좌라서 흔적 찾기도 쉽지 않을 것이니 말이야"

"저야 리차드가 시키는 대로 할 거예요. 원래 계획대로라면 회장님이 출국하시기 하루 전에 제 차명계좌의 돈을 인출해서 다음 날 낫소로 떠나는 자가용 비행기에 돈을 실어주는 것이 계획이었죠. 그 차명계좌를 열고 돈을 찾아가기 위해 저를 라스베이거스로 회장님은 데려온 것이고요. 사람들은 무슨 여비서를 라스베이거스까지 데리고 가냐고 의아해했지만 이 사실을 아는 사람은 회장님, 저 그리고 리차드뿐이었으니까요. 이제 그 돈은 우리의 돈이 되는군요. 하나님이 그동안 고생한 우리에게 복을 주시는 것 같아요. 아니지! 회장님이 주시는 복인가요? 호호호호호. 갑자기 돈이 생긴다고 생각하니 머리 아픈 게 사라졌어요. 이런 게 사람들이 말하는 금융 치료인가 봐요. 호호호호호. 그런데 5천만 불이나 되는 큰돈을 어떻게 찾아서 숨겨놓죠?"

"달링! 여기는 라스베이거스야. 칩 하나당 1백만 불짜리까지 있으니 칩 50개면 5천만 불이야. 겨우 50개 칩은 작은 파우치에도 들고 다닐 수 있으니 일단 오늘밤에 인출해서 내일 이곳 체이스은행에 개인금고를 하나 개설하자. 당신하고 내가 같이 열어야 열리는 동반개인금고로 말이야"

"좋아요. 리차드. 그 돈은 우리의 미래를 위한 신혼자금으로 사용하도록 해요. 이번 사건이 다 끝나면 저도 한국에 들어갔다가 주변을 조금씩 정리한 다음에 미국으로 들어올 거예요. 사랑해요. 달링~"

현여진 차장을 바라보는 리차드는 사랑스러운 눈으로 현여진을 끌어안고 이마에 키스를 한 다음에 현여진의 얼굴을 가까이 대고 속삭인다.

"마이 달링! 이제부터 모든 것은 우리가 계획한 대로만 하면 돼!"

리차드 김은 현여진 차장을 힘껏 껴안고 진하게 키스를 한다.

9

라스베이거스 경찰서
증거분석실

증거분석실에 많은 사람들이 모여 있다. 벽면에 화이트보드에 복잡하게 붙은 사진들과 선으로 연결되어진 증거 분석 내용들이 빼곡하게 쓰여져 있다.

화이트보드 앞에 서서 브리핑을 하는 레이몬드 경감.
그 앞으로 앉아 있는 사람들의 모습이 보인다.

> 대한민국 검사 허정호, 검찰수사관 김홍길
> 한국 대사관 김윤조 참사관, 경찰영사인 이영호 총경
> 노트북을 두드리며 상황을 정리하는 레이첼

"여러분이 보시는 사진들은 죽은 신규동 회장이 개설한 콘래드 호텔 1층의 개인금고를 열어서 가져온 것입니다. 코스타리카 여권, 드비어스 다이아몬드 10알인데 금액으로 치면 약 1천만 불 정도입니다. 그리고 내용이 빼곡히 적힌 종이가 발견되었는데 제목이 방탈출 게임입니다. 바로 밑에 소제목은 카게무샤 작전이고요"

"죽은 사람이 무언가 복잡하게 많은 생각을 했군요"

이영호 총경이 흥미롭다는 듯이 화이트보드에 붙여진 사진들을 바라본다.

레이몬드 경감은 USB칩을 들어 보이며 앞에 앉은 허정호 검사에게 간단히 인사를 한다.

"오늘 허정호 검사님이 가져다주신 죽은 신규동 회장이 사용한 2대의 휴대폰 통화기록이 담긴 USB입니다. 다시 한번 한국 검찰청의 도움에 감사드립니다"

"별말씀을요! 경감님. 저희도 이번에 통화기록 조회를 하는 데 어려

움을 겪었습니다. 이유는 신규동 회장이 사용한 2대의 휴대전화가 신규동 회장의 명의가 아니었습니다"

"네? 그럼 누구?" 이영호 영사가 또 끼어든다.

"바로 수행비서인 김영식 부장 명의로 1대, 비서인 현여진 차장 명의로 1대를 개설하여 2대를 마치 자신의 폰처럼 사용하였습니다. 검찰의 추적과 추후의 법적인 책임 등을 회피하기 위해 제3자 폰을 사용한 것입니다"

"늘 범죄자들이 사용하는 수법이니 놀라운 일은 아닙니다. 이곳 미국에서도 그런 일은 흔합니다. 이제 저희는 모든 증거분석자료를 토대로 신규동 회장이 미국에서 낫소를 거쳐서 코스타리카로 어떤 플랜을 가지고 도피를 하려고 계획한 것인지를 밝혀낸 탈출 계획도를 상세하게 그려보았습니다. 앞에 그려진 차트를 봐주시겠습니까?"

레이몬드가 펼친 방탈출 게임과 카게무샤 작전의 전말이라는 제목이 크게 눈에 들어온다. 신규동 회장이 죽기 전에 어떻게 해서 2주간의 특별출국허가를 받아 미국에 있으면서 해외로 도망가는 계획을 다 파헤쳐 놓은 것이다.

1. 신규동 회장은 현재 한국 검찰에서 자본시장법, 증권거래법, 주가조작, 시세조종, 내부정보 이용 등 여러 범죄의 피의자로 기소

되었다.
2. 기소 후 1년의 구속 기간 만기로 출소하여 불구속으로 현재 재판을 받고 있다.
3. 신규동 회장의 재판은 서울 남부지방법원에서 1심 재판 중이며 긴 재판 시간이 경과하여 곧 1심 선고가 내려질 전망이다.
4. 검찰은 선고에 앞서 중대범죄수익금 환수 절차에 의해 신규동 회장의 주식 및 재산 대부분에 가압류를 설정해 놓고 있다.
5. 신규동 회장은 무죄를 주장하면서 호화변호인단으로 방어하고 있지만 전문가들은 대부분 10년 이상의 중형이 선고될 것으로 예상하고 있다.
6. 검찰은 최대한 재판을 지연시키며 1심 선고 기간을 늦추고 숨겨 놓은 재산을 해외로 이전하고 다양한 방법으로 도피를 모색하고 있는 것으로 추정하고 모니터링을 하고 있다.
7. 신규동 회장은 1심에서 만약 중형이 선고되면 최대한 법정구속을 피하고 즉각 2심으로 항소를 한 다음 2심 진행을 개시하면서 해외로 도피할 것이라는 추측이 난무하고 있다.
8. 그러나 신규동은 자신은 성실히 재판을 받는다는 이미지를 각인시키면서 법정출석을 한 번도 어기지 않고 재판에 참석하였다. 이번에 미국 라스베이거스에서 열리는 글로벌 AI 국제표준협력 의정서에 자신이 소유한 AI회사인 챗보스를 대표하여 의정서에 싸인 하는 중요한 행사로 법무부에 출국허가를 요청하여 2주간의 출국허가를 받아 라스베이거스에 도착하였다.
9. 라스베이거스 출장 시 회사 관련하여 김신범, 김영식, 현여진을

동반하였고 죽은 장나나는 미리 미국에 와서 신규동을 기다린 것으로 파악된다.

10. 신규동이 이혼 후에 1년 넘게 사실혼 관계를 유지한 아나운서 조현아는 신규동이 미국에 집을 사 주고 공부하도록 하면서 자연스럽게 정리하는 수순으로 처리를 하는 과정이었던 것으로 파악된다. 조현아는 이러한 내막을 모른 채 신규동을 미국에서 기다리다가 자신이 팽당하고 미국에 있는 자신의 집과 차를 돌려주라는 통보를 받았다. 또한 미국에서의 공부를 중단해야 하는 절박한 사항에 직면하면서 이 부분에 대해서 신규동과 담판 지으려고 신규동이 라스베이거스에 있는 동안 몇 번 만나서 사정을 하였다. 하지만 신규동은 조현아의 미국 생활 중에 바람피운 증빙을 들이대며 조현아와의 관계를 정리하자고 하였다. 신규동과 사실혼 관계에 있다가 신규동이 구속되고 감방에 있는 동안 옥바라지도 한 조현아는 심한 배신감을 느꼈다. 더구나 출소 후에 자신과 나중에 미국에 가서 살자고 해서 자신을 미국으로 보내놓고 뒷조사를 시켜서 자신을 버리는 행위에 살인을 결심했다. 조현아는 신규동이 자낙스를 먹고 자는 날은 거의 의식불명 수준까지 수면 상태에 든다는 것을 잘 알고 있었으므로 출입이 자유로운 자신의 지위를 이용하여 사건 당일 신규동을 찾아가 자고 있는 신규동을 살해했다고 자백하였다. 하지만 이 부분은 부검 결과 후에 다시 사실관계 파악이 중요하여 현재 용의선상에만 조현아는 올라가 있고 피의자 구속은 하지 않았다.

11. 신규동은 2주 동안 라스베이거스에 있는 동안 겉으로는 회사의

공식적인 업무를 하는 척하면서 미국령인 바하마제도의 수도인 낫소로 자가용 제트기인 팔콘을 대여하여 도피하는 플랜을 준비했다.

12. 미국 공항 시스템을 이용한 도피 계획은 다음과 같다.

라스베이거스 해리 리드 국제공항에서 신규동 회장은 KE012편 대한항공으로 인천공항행 퍼스트 클래스 비행기를 예약하여 출국수속을 받고 공항 내로 들어간다. 바하마제도 낫소로 향하는 팔콘 제트기도 같은 공항 내에서 탑승객을 기다린다. 벨라지오 카지노가 운영하는 자가용 제트기회사를 통해 VIP의 바하마제도 휴가로 위장하여 라스베이거스를 떠나는 준비를 마친 것이다. 비행기에는 누군가 동승해서 있을 것이며 도피에 필요한 자금이나 기타 지원을 해주는 부분이 있을 것인데 이 부분은 추가로 수사가 필요하다. 신규동 회장을 지원한 용의자는 벨라지오 카지노의 리차드 김이 유력하여 곧 조사를 할 예정이다. 미국은 국제공항 내의 공간에서 자유롭게 이동이 가능한 시스템을 가지고 있다. 카게무샤 작전을 그린 그림에는 김영식이 처음에는 팔콘 제트기에 타는 승객으로 위장하여 VIP게이트를 리차드 김의 안내로 손쉽게 통과하고 이미 인천행 대한항공 항공권을 받아 출국심사까지 마친 신규동 회장과 공항 내에서 만난다. 김영식은 신규동의 여권과 항공권 티켓을 받아서 대한항공에 탑승한다. 통상적으로 퍼스트 클래스 승객은 형식적인 여권과 항공권 확인만 하기 때문에 손쉽게 대한항공에 탑승한다. 이 시간에 이미 신규동은 팔콘 제트기에 탑승하여 샴페인을 터트리며 로

드리고 차베스 규동 신으로 버뮤다 제도 낫소로 날아가고 있을 것이다.

13. 김영식은 한국 인천공항에 도착하여 입국심사에서 지문 불일치로 체포되어 조사를 받는다. 이때서야 대한민국 법무부는 신규동의 해외도피를 인식한다. 김영식은 도피방조 및 도피지원 공범으로 처벌받는다.

14. 신규동은 도피자금으로 사용하기 위해 드비어스 다이아몬드를 마련한 것으로 보인다. 신규동 방의 라이언 가드에서 다이아몬드 10알 약 1천만 불 규모와 호텔 1층의 개인금고에서도 10알의 드비어스 다이아몬드가 나와서 총 20알의 다이아몬드 시가로 약 2천만 불의 도피자금용 다이아몬드를 가지고 있는 것으로 파악된다.

15. 의심스러운 점은 도피하는 사람이 가장 중요시하는 현금 도피자금이 발견되지 않은 점이다. 팔콘 기내를 압수 수색했는데도 아무것도 나오지 않았다. 분명히 현금을 가지고 도피를 할 것인데 이 부분이 미스터리이다.

16. 또한 응우우엔 살해 용의자인 중국인이 사건 현장을 목격한 것을 진술했는데 김신범이 죽은 신규동 방에서 무언가 노란 봉투를 들고나오는 것을 목격했다고 하였다. 김신범에 대한 거짓말 탐지기 조사에서 신규동이 죽은 것을 알고 있었느냐는 질문에 아니오라고 답하였으나 거짓말 판정이 나왔다. 두 번째 질문인 죽은 신규동 금고에서 무엇인가를 들고나왔는지? 질문에도 아니오 하고 대답하였으나 또 거짓말 판정이 나왔다. 그 이후부터는 묵비권을

> 행사하고 있어서 이 부분에 대한 추가 수사가 필요하다.
> 17. 죽은 신규동에 대한 전처 고요미 여사가 와인병에 무언가를 넣는 것을 보았다는 진술도 있어서 이 부분의 신빙성을 확보하기 위해 추가로 조사가 필요한데 현재 고요미 여사는 보스턴에서 이곳 라스베이거스로 돌아오는 항공편에 탑승해 있다. 추후 조사를 할 예정이다.

내용을 다 들은 김홍길 수사관은 격분을 하면서 욕을 해대기 시작한다.

"아니! 염병할! 신규동을 출국정지를 풀어주면 반드시 해외에서 도피할 것이라고 우리 수사팀이 그렇게 반대를 했는데도 검사장님 하고 법무부에서는 왜 그걸 허가를 해줘가지고 이런 사태를 만드는지 도무지 이해를 못 하겠어요! 윗사람들 일하는 방식은 우리랑 달라도 한참 달라요"

그렇지 않냐는 표정으로 허정호 검사를 바라본다.

허정호 검사는 의외로 냉정한 표정으로 사건차트를 보면서 레이몬드 경감에게 말한다.

"경감님. 미국의 수사 방식에 저희가 끼어들 수는 없지만 이런 상황이면 모든 상황을 연결하는 키맨이 있군요. 예를 들면 이곳 사정을 아주 잘 아는 리차드 김 같은 사람이 모든 것을 알고 있을 수 있겠군요. 저라면 리차드 김을 잡아서 일단 취조를 하면서 실타래를 풀어가 보겠습니다. 이 사건은 외부적 접근과 내부적 접근으로 나뉘는 것 같습니다. 외부적 접근은 전혀 연관성이 없을 것 같은 베트남인 응우우엔의 죽음과 그 뒤의 중국인 용의자의 등장인데 중국인 용의자는 왜 신규동의 스위트에 침입을 했을까요? 돈을 훔치기 위해? 아마 살인을 목적으로 왔을 것 같습니다. 그런데 총기살인사건이 아니고 지금 신규동은 부검을 통해서만 죽음의 진실이 밝혀져야 하는 상황입니다. 내부적으로는 같은 공간에 있으면서 신규동이 죽은 것을 알고도 금고에서 무언가를 가지고 간 것으로 추정되는 김신범, 며칠 동안 자유롭게 드나들면서 신규동을 만나고 나중에는 베개로 눌러 살해했다고 자백하는 조현아, 확실하지는 않지만 스위트 내에서 와인에 무언가를 넣었다는 것이 목격되었다는 고요미 그리고 신규동과 찐한 사랑을 나누고 자기 방에 가서 죽은 장나나. 이 네 사람이 내부적인 접근이죠. 그 외에는 룸메이드와 외부 조력자 리차드 김 정도. 흠 이 정도가 모두 용의선상에 있군요. 그런데 김영식은 그러면 카게무샤 작전으로 사용하기 위해 신규동과 바꿔치기하기 위한 조력자로 데리고 온 것은 이해가 가는데 비서인 현여진은 왜 이곳 라스베이거스까지 데리고 왔을까요?"

"훌륭한 추리입니다. 저희도 여기에 온 사람들은 모두 목적이 있다고 보고 있는데 아직 그 부분이 조금 미스터리합니다. 김신범은 항상 신규동이 어디를 가든지 똘마니처럼 데리고 다녔다고 하여서 이해가 가지만 현여진은 비서인데 비서를 미국에까지 데리고 온다라는 것은 조금…. 혹시 내연 관계인가요?"

"저희가 압수수색을 수십 번 한 사람들입니다. 현여진은 신규동에게 충성을 다하는 비서 맞습니다. 내연 관계는 아니구요. 어떻게 충성을 이끌어 냈는지 모르지만 김영식과 현여진은 죽은 신규동 회장에 대한 충성심만큼은 주변 인물들 중에서 1, 2등을 다투었다고 하더군요"

"검사님 김신범 이놈에 대해서도 레이몬드 경감님에게 말씀해 드리시죠. 이참에"

대화에 김홍길 수사관이 끼어들면서 김신범에 대한 욕을 해댄다.

"그놈이 말입니다. 경감님. 엄청 큰 투자회사를 가지고 있는데 지분이 100프로가 김신범과 김신범 가족들 것입니다. 그런데 그 지분들이 모두 신규동의 차명 지분 같다는 의심은 나는데 도무지 증거를 찾을 수가 없거든요. 신규동이 김신범을 항상 챙기고 어디를 가든지 끼고 다니는 것은 자신의 차명재산을 가진 놈이 딴 생각을 못 하도록 감시도 할 겸 관리도 하는 것이라는 제보를 받기는 했는데 그 지분들이 신규동 것이다라는 결정적 증거를 잡지 못했습니다. 결국 저희가 김신범은 잡았다가 풀어준 적이 있습니다"

"하하. 김 수사관님. 저에게 이야기를 하라고 하시면서 혼자 다 말해 버리시네요. 하하하"

"아이고, 아이고 내 입! 죄송합니다. 검사님"

"괜찮습니다. 사실인 것을요!"

두 사람의 이야기를 듣고 있던 레이몬드 경감은 갑자기 이런 생각이 든다.

"그러면 말이죠! 신규동 회장이 죽으면 당연히 차명재산을 보유한 김신범은 그 모든 재산이 자신의 것이 되는군요"

"네! 법적으로 완벽하게 자신이 재산이 되는 것입니다! 그럼 그 노란 봉투 안에는 그러한 차명재산에 대한 신규동과 김신범의 어떤 서류 같은 것이 있었을까요?"

허정호 검사는 이 노란 봉투가 갑자기 중요하게 생각이 들었다.

"김 수사관님! 우리가 김신범 수사할 때 김신범이 대부분의 중요 서류를 어디에 숨겨놨다가 우리에게 들켰죠?"

"네. 여의도 아이파크 아파트에 사는 여동생 집이었습니다. CCTV 등의 흔적을 남기지 않기 위해 항상 소포로 자신의 중요 서류를 여동생 집에 보내서 보관을 했었습니다"

"후훗! 제 버릇 개 못 주는 것입니다. 레이몬드 수사관님, 김신범이 라스베이거스에 있으면서 이용한 페덱스나 DHL을 이용한 흔적을 찾아 보시면 아마 국제 특송으로 한국 여의도로 무언가를 보냈을 것입니다!"

"빙고! 멋진 추리입니다. 당장 김신범의 동선과 라스베이거스에서 한국으로 나간 모든 항공운송장을 검색하고 페덱스와 DHL을 찾아서 목록 안에서 김신범과 수신자를 찾아내겠습니다"

허정호 검사는 즉시 맞장구를 친다.

"저희도 협조를 하겠습니다. 김 수사관님! 여의도에 있는 김신범 여동생 아파트를 압수 수색 요청하세요! 신규동 차명재산 확보 목적으로 신청하면 법원에서도 즉시 영장 발부를 해줄 것입니다. 영장 나오자마자 남부지검에서 바로 출동하도록 요청 부탁드립니다"

"넵! 검사님. 걱정 마십시오"

"하하하. 한국에서 검사님과 수사관님이 오시니까 이렇게 국제 공조가 멋지게 되는군요! 브라보! 정말 대단한 팀이 오셨습니다. 환영합니다"

"별말씀을요! 그런데 사건 이야기를 듣다 보니 객실에서 꽂힌 꽃병에서 독초인 자이언트 호그위드(Giant Hogweed)가 발견되었다고 하더군요. 그건 누가 인위적으로 놓지 않고서는 안 되는 것인데 그 부분은 조사를 좀 해보셨는지요?"

"역시 예리하시군요. 스치기만 해도 아나필락시스 쇼크를 유발하는 그 꽃은 퓨로쿠마린(Furocoumarins)이라는 독 성분을 함유하고 있습니다. 사실 저희 미국에서는 흔히 볼 수 있는 꽃이기는 하답니다. 사람들이 이 꽃이 독을 품고 있다는 사실을 잘 몰라서 문제죠. 그러잖아도 룸메이드 티나가 그 꽃을 동네에서 잘라 와서 여기에 꽂았다고 하여서 저희 수사과 직원이 가보겠다고 현장에 나갔습니다. 티나가 사는 동네에서 현재 조사 중입니다. 어? 저기 들어오는군요! 레이첼 갔던 일은 잘되었어?"

복도 창문 밖으로 레이첼이 들어오는 모습이 보이면서 문이 열린다. 레이첼이 더위에 숨을 꼴딱거리면서 땀을 흠뻑 쏟으며 들어온다.

"경감님. 다녀왔습니다. 먼저 물 한 잔 마시고 말씀드리겠습니다. 아휴! 지구가 더워지고는 있는 것 같아요. 이곳 네바다사막이 불바다같이 뜨겁습니다. 밖은 지금…"

레이첼은 들어오자마자 정수기 물을 연거푸 두 잔이나 마신 다음에 자료 사진을 화이트보드 위에 올리고 자석으로 고정한다.

사진에 보이는 동네.
라스베이거스에서 남미인들과 현지인들이 같이 모여 사는 클라크 카운티 안쪽 마을이 사진에 선명하게 보인다. 전형적인 미국 목조 주택에 하얗고 파란색으로 색을 입힌 집들이 길가에 가지런히 위치하고 있다. 그리고 길 주변 화단 등에 보이는 그 꽃 자이언트 호그위드다! 동네 이곳저곳에 눈에 띄는 이 꽃을 야생화를 좋아하는 신규동 회장을 위해 방의 꽃병에 꽂아두었다는 룸메이드 티나의 설명이 하나도 거짓이 없어 보였다.

"흠! 이 동네는 그렇게 위험하다는 저 꽃이 이곳저곳에 즐비하군!"

"네. 경감님. 제가 탐방 조사를 했습니다. 동네에는 자이언트 호그위드라는 꽃 이름도 모르고 그냥 아메리칸 엉겅퀴 정도로 알고 있더군요. 약간 스치면 올라오는 수포 등은 그냥 풀독으로 알고 대수롭지 않게 넘겼다고 합니다. 사실 이 꽃은 자주 접한 사람들은 내성면역이 생겨서 처음 스쳐서 아낙필락시스 쇼크가 오는 사람처럼 그런 사태는 동네에서는 없었다고 했습니다. 더구나 룸메이드 티나는 이 동네에서 거의 테레사 수녀님급의 존경을 받고 계시던데요!"

"테레사 수녀님? 그게 무슨 말이야?"

"티나 아주머니는 이곳 지역에서 어려운 가정 환경의 아이들을 자신의 집으로 데려와서 돌봐주거나 후원해 주고 있었습니다. 매주 쉬는 날이면 꼭 가족처럼 같이 모여서 식사를 하는 공동체 생활을 하고 있다고 합니다. 지금도 나이가 많이 드셔서 콘래드 호텔에서 룸메이드 생활을 하시기 힘들 텐데 벌어온 돈을 전부 불쌍한 어린이들을 위한 공동체 경비로 사용한다고 하더군요. 저도 방문해 보고 나서 너무 놀라고 사실 감동받았습니다. 우리 주변에 저렇게 따뜻한 분이 계시구나! 하고 말입니다"

"흠! 그래. 사람은 자신이 살아온 흔적이 다 남는 거야. 그런 분이 독초를 가지고 신규동을 살해하는 데 동참했다고 판단하기 힘들지. 살인의 동기에는 말이야 반드시 얻는 이익이 있지. 무형의 이익으로는 복수에 대한 희열, 유형의 이익으로는 금전적인 이득! 그런데 티나 아주머니에게는 그런 이익이 보이지 않으니 당연히 연관성이 없구나 싶어. 고생했어. 레이첼! 시키지 않아도 알아서 현장을 발로 뛰고 말이야!"

칭찬에 얼굴이 빨개진 레이첼이 급히 돌아서서 자신이 책상이 있는 수사과가 있는 방 쪽으로 건너간다.

"자 이제 저희도 일을 좀 해볼까요? 저는 리차드 김을 조사를 해보겠습니다. 아직 고요미 여사가 도착하려면 시간이 좀 더 있어야 하니까 그 전에 조사를 마칠 생각입니다. 검사님과 수사관님은 한국에서 김신범에 대한 조사를 부탁드립니다. 그리고 아직 말씀드리기는 조금 이른 감이 있지만 중국인 용의자를 잡아서 조사하는 과정에서 한국에서 중국의 흑룡강성 조직에 청부살인 의뢰를 한 정황을 발견했습니다. 그 의뢰를 수행하기 위해 중국인 용의자가 신규동이 잠든 사건 현장에 침투한 것이라는 진술이 나와서 지금 확인 중입니다. 나중에 이 부분이 좀 더 확실해지면 한국에서의 수사를 조금 공조수사로 도와주시면 감사하겠습니다. 저희도 용의자 기소를 하려면 의뢰자에 대한 정보와 내용을 충분히 수사보고서에 담아야 하니까요"

허정호 검사와 김홍길 수사관이 놀라서 동시에 "청부살인요?" 하고 외친다.

레이몬드 경감이 그 내용을 좀 더 자세하게 설명하려는데 갑자기 증거분석실 문이 열린다.

마약반 스티븐슨 팀장이 얼굴이 사색이 되어서 레이몬드 경감을 보자마자 짜증 섞인 울먹인 목소리로 소리친다.

"경… 경감님! 그놈이 죽었어요. 그놈이 살해당했다는 말입니다! 으흐흐흐흐. 다 잡았는데 우이쒸…. 흑흑흑흑흑"

"아니. 스티븐슨 팀장님! 무… 무슨 일입니까? 죽기는 누가 죽어요?"

"그… 놈… 아니 그 중국인 용의자가 구치소 내에서 조직원들에게 의해 피살당했다고 방금 연락을 받았습니다. 에이 씨! 그러니까 독방에 처넣어야지! 왜 살해 용의자를 구치소 내의 단체방에 수용하냐구요. 에잇! 갓 뎀 잇!"

"아니! 그 중요한 중국인 용의자가 죽었다구요?"

레이몬드 경감의 격한 감정을 실은 음성이 증거분석실 안의 공기를 흔들어 댄다.

10

라스베이거스 한복판을 가로지르는 스트립

화려한 호텔들과 카지노 그리고 다양한 볼거리를 제공하는 시설들과 쇼핑몰이 즐비한 이 거리의 한복판에 위치한 쇼핑몰의 2층.

영화 「포레스트 검프」의 분위기를 담은 테마레스토랑 버바 검프 쉬림프에 앉아서 식사를 즐기고 있는 건장한 남자 둘이 보인다. 두 사람과 조금 떨어진 테이블에는 같이 온 남자들로 보이는 사람들이 함께 모여서 화기애애하게 식사를 하고 있다.

미국인 특유의 호탕한 분위기를 풍기는 보스형의 남자와 한눈에 봐도 중국인으로 보이는 건장한 남자는 큰 소리로 웃으면서 새우요리와 어니언링에 차가운 버드와이저를 들이킨다.

"우리가 이번 일로 이렇게 친구가 되다니 인생은 놀라움의 연속 같습니다. 브라더!"

"나야. 멋진 중국 동생이 생겼으니 좋지. 동생~ 하하하. 자 한잔하자구"

마시던 버드와이저 병을 들을 단숨에 들이키는 사람. 패트릭 창. 이곳 라스베이거스를 주름잡는 아메리칸 이글의 보스인 패트릭이 늘 다니던 고급 레스토랑이 아닌 관광객들이 좋아하는 버바 검프 쉬림프 레스토랑에서 업무상 식사를 하다니 특이한 일이다.

"비싼 데서 맛있는 스테이크 사 준다고 하니까 왜 굳이 이런 패밀리 레스토랑에서 회식을 하자고 하는 거야 브라더!"

"형님. 저희가 추운 흑룡강성에서 오랫동안 활동하다가 이제는 조금씩 이곳 라스베이거스에 기반을 마련해서 조직원들이 들어온 지가 얼마 안 되었습니다. 아직도 미국 음식은 하하. 조금 적응하기 힘듭니다. 제가 어려서 영화 「포레스트 검프」를 보고 완전히 반했거든요. 그때는 해적판 CD로 영화를 보던 때인데 새우를 엄청 잡아 오는 그 장면을 잊을 수가 없습니다. 어려서 제일 먹고 싶었던 것이 새우였거든요. 저희 흑룡강성은 말고기, 양고기, 돼지고기는 많은데 바다에서 나는 음식은 먹기가 힘든 지역이라서 새우가 그렇게 신기해 보였어요. 뭐 중국에는 마라롱샤라고 하는 민물가재가 있긴 한데 저는 배에서 잡아 오는 그 새우를 보고 어린 마음에 새우 잡는 선원이 되는 꿈을 가진 적도 있습니다. 제가 2년 전에 미국에 처음으로 와서 활동하다가 버바 검프 쉬림프라는 레스토랑을 알게 되면서부터 제 인생 최고의 맛집이 되었습니다. 하하하하하. 좀 촌스럽지요? 그래도 이 동생이 좋아하는 음식이니 이해해 주십시오, 형님!"

"하하하. 나의 중국 동생 왕등비가 그런 배경이 있었군. 우린 늘 이곳에서 보도록 하세! 나도 여기 음식 좋아해. 하하하"

"하하하. 감사합니다. 형님. 그리고 이것 받으십시오"

나이키스포츠 가방을 의자 옆으로 올려놓는 중국 남자 왕등비.

"이건 뭔가?"

"제가 말씀드린 2백만 불입니다. 이번 저희 조직원이 저지른 형님 조직의 베트남직원 응우우엔을 위한 보상금입니다. 다시 한번 깊이 이해를 해주시고 저희의 사과를 받아주셔서 감사합니다"

"허허! 그래! 고맙네. 어차피 두 조직이 앞으로 화해하고 구역에서 충돌이 없도록 사업 내용을 교통 정리를 하였으니 이번 사건의 마무리 약속으로 받겠네. 이 돈은 베트남에 있는 응우우엔의 가족들에게 전달될 거야. 그게 우리 아메리칸 이글이 조직을 관리하는 룰이니까"

"네, 형님. 저희도 본국의 가족까지 챙기는 형님 조직의 의리를 배우도록 하겠습니다"

"협의한 지 하루 만에 돈을 바로 주다니 좀 놀랐네. 돈 마련하느라고 힘들지는 않았나?"

"어차피 조직을 위해 처리한 그 녀석에게 줄 살인 청부금이었습니다. 미련하게 죽인 놈의 시계를 들고나와 팔려다 경찰에 잡혀 들어간 순간부터 우리 조직에게 큰 피해를 끼친 놈입니다. 형님과 이렇게 깔끔하게 처리를 하지 않았으면 이번 청부살인을 빌미로 라스베이거스 경찰이 이제 막 뿌리를 내린 저희 흑룡강성 조직을 공격할 빌미를 제공했을 것입니다. 중국말에 살인멸구라는 말이 있습니다. 죽여서 입을 봉한다! 조직을 위해서는 저희는 반드시 그놈을 구치소 안에서 제거를 해야 했습니다. 그놈이 수사를 계속 받으면 우리 조직이 나오고 우리 조직이 나오면 살인청부의뢰자까지 피해를 입히는 일이 발생하면 안 되니까요. 꼬리를 잘라야지요. 형님이 그놈이 발설한 내용을 알려주시지 않았다면 저희는 정말 한순간에 소탕될 뻔했습니다"

"하하하하하. 이거 봐! 동생! 여기는 라스베이거스야. 사막 한가운데서 세계 최고의 관광도시가 된 데에는 다 나름대로의 질서유지 방식이라는 게 존재했기 때문이지. 우리 아메리칸 이글은 함께 판을 키우는 스펀지 전략을 가지고 있다네"

"스펀지 전략요?"

"그래! 스펀지처럼 모든 것을 흡수하는 거지. 아주 부드럽게 말이야. 사람도 조직도 포용하면은 다 친구가 되게 되어 있는 거야. 자네 조직은 앞으로 중국 동북삼성 지역에서 들어오는 모든 것들을 관할하게. 내 친구인 삼합회에도 내가 이야기를 해놨네. 어차피 삼합회도 동북삼성 지역은 별 관심이 없더군! 아주 터프한 지역이라고 하던데. 하하하"

"넵. 감사합니다. 하하. 저희가 좀 쎈 척합니다. 중국 역사에 있어서도 저희 지역이 전투력은 항상 1등이었습니다. 중국인민해방군의 핵심전투부대도 저희 동북삼성부대입니다. 남들이 칼을 가지고 싸울 때 저희는 도끼를 들었죠. 그 지역이 좀 강한 지역입니다. 여진족, 말갈족, 만주족, 거란족, 돌궐족 등 중국 역사에서 가장 쎈 부족들이 모여 산 지역이었으니까요. 넷플릭스에서 영화 「범죄도시」 보셨나요? 조선족이 나오는데요. 니 마라롱샤 무그봤니? 하하하"

"이거 봐 나는 미국 사람이야! 그런데 자네들은 한국말도 하고 중국말도 하더구만. 중국에 살고 있는 한국 사람이라고 하기도 하던데"

"조선족입니다. 중국이 된 지역에 살고 있는 옛날 조선 사람들입니다. 그래서 중국말과 한국말을 다 합니다. 요즘 젊은 애들은 거의 중국말만 주로 사용하고 자신을 중국인이라고 생각하지 조선족이라고 생각 안 합니다"

"세상이 다 같구만. 이곳 미국도 이민 3세쯤 되면 아버지 할아버지 고향은 잊어버리고 자신이 아메리칸이라고 생각하지"

"그런데 형님. 진짜로 형님 조직의 룰은 자신의 조직원을 해친 외부의 사람은 무조건 처치한다! 이런 규칙이 있는 것입니까? 만약 이번에 우리가 처리한 그놈을 죽이지 않았다면 대신 다른 저희 조직원이라도 희생양으로 줘야 조직 간의 전쟁이 안 벌어진다는 규칙이 미국 같은 나라에서 있는 것을 보고 놀랐습니다"

"이거 봐. 동생. 우리 아메리칸 이글의 역사는 이곳 라스베이거스가 처음 개발될 때 같이 들어온 건설 노동자에서부터 시작된 거라네. 1940년대부터 노동자들의 자체 질서를 유지하기 위한 조직에서 시작이 된 거지. 철도를 만들면서 미국에 중국인 노동자들이 많았지. 중국 광동성에서 온 쿨리(Cooley)라는 철도노동자들이 미국 전역에 많이 있을 때 이야기야"

"아! 정말 까마득한 때군요"

"그래서 우리가 자부심을 가진 다네. 우린 다른 시시한 갱단들과는 역사부터가 틀려. 사업의 관리나 규모도 이제는 이곳 라스베이거스에서 우리를 무시 못 할 정도니까"

"아휴. 그래서 저희가 바로 납작 엎드려서 사과드리고 죽은 친구에 대해서도 보상금 지급하고 즉시 행동한 것 아니겠습니까? 형님!"

"그래. 아주 빠른 판단에 사실 나도 좀 놀랐지. 어차피 구치소 안에 있는 놈은 구치소 내에 수감 중인 우리 조직원들이 알아서 처리를 하면 돼. 우리의 규칙이 작동한 것이니 조직 내에서 모두 알 것이야. 우리가 복수를 했다고 말이야. 문제는 그다음이었지. 자네의 흑룡강성 조직에서 자신의 조직원이 우리 조직원에게 죽었다고 전쟁을 걸어오면 우리는 다시 선생을 시삭해야 하는 문세가 발생하는 거지. 나는 최대한 이것을 피하기 위해 자네에게 죽은 그 중국인 친구가 경찰에 모든 것을 불었다. 청부살해를 지시한 흑룡강성 조직을 곧 수사할 거다. 빨리 그놈을 처리해야 한다고 알려준 거고"

"저는 사실 형님의 그런 정보력에 먼저 놀랐습니다. 그리고 양 조직의 명분을 만들기 위해 구치소 내의 우리 조직원과 형님 조직원이 협력해서 그놈을 처리함으로써 양 조직은 모두 명분을 얻게 되었으니 저는 탁월한 형님 전략에 감탄만 나올 뿐입니다. 저희는 일단 조직도 보호하고 한국에서 의뢰한 의뢰자도 보호를 하는 게 급선무였으니까요"

"하하. 자네는 앞으로 크게 될 사람이야. 왕등비! 말귀를 빨리 알아듣고 판단이 정확해. 행동이 빠르고 일 처리가 깔끔한 것을 보니 나도 신뢰가 쌓이네. 이렇게 하루 만에 응우우엔의 가족에게 전달하게끔 보상금 2백만 불을 바로 준 점은 아주 고맙네"

"아휴! 아닙니다. 앞으로도 잘 부탁드리겠습니다. 형님"

분위기 좋은 덕담들이 오고 가는 두 사람을 발견한 남자가 테이블로 다가온다. 의자에 앉자마자 왕등비를 엉덩이로 밀치고 패트릭 창을 마주 보고 앉는다.

너무 갑작스러운 이 사람의 행동을 보고 즐겁게 밥을 먹고 있던 양조직원들이 험악스러운 표정으로 이쪽으로 달려오려고 한다. 패트릭 창은 괜찮다는 표정으로 손으로 괜찮다는 제스처를 보인다.

"아이고. 이게 누구신가? 우리의 친구이자 마약반의 영웅 스티븐슨 팀장 아니신가?"

"아니! 패트릭! 아니 아니. 브라더! 지금 이 상황이 어떻게 된 것입니까? 우리가 체포해서 수사과에 넘긴 그 중국인 녀석이 죽었단 말입니다. 그것도 구치소 안에서 수감자들과 다툼에 의해서 사망했다고 합니다. 갓 뎀 잇!"

"자자. 브라더! 스티븐슨 동생. 진정해! 보는 눈들이 많아"

씩씩대며 눈앞의 버드와이저를 본 스티븐슨 팀장은 병째로 벌컥벌컥 마신다.

"그러잖아도 잘 왔네. 여기는 왕등비라고 내 중국인 동생이야. 이번에 구치소에서 죽은 녀석의 보스지!"

"네?"

스티븐슨은 먹던 맥주가 목에 넘어가다가 목이 경직되어 사레가 들릴 뻔했다.

"반갑습니다. 왕등비입니다"

"흑룡강성 조직이군요. 요즘 저희도 예의 주시하고 있는 신생 조직!"

갑자기 소개팅처럼 패트릭 창은 두 사람을 인사를 시키면서 분위기를 전환을 시킨다.

"이거 봐! 진정해 스티븐슨! 냉정하게 생각해 보자고. 마약반은 수사과에서 찾고 있던 응우우엔 살해 용의자를 체포하여 수사과에 넘겼어. 그 녀석은 수사과에서 청부살해 어쩌고저쩌고 하면서 다 불었지. 그래서 수사과는 그 내용의 진위를 확인한 다음에 수사를 확대했을 거야"

"아니. 어떻게 우리 경찰서 내에서 일어난 일들을 다 알고 계세요?"

"스티븐슨 팀장! 여기는 라스베이거스야. 잠들지 않는 도시! 낮과 밤의 경계가 모호하지. 하하하. 문제는 그 중국인이 죽은 신규동인가 하는 한국인을 죽였는지 안 죽였는지가 관건인데 구치소 내에서 그 녀석은 자신이 신규동을 죽이지 않았다고 떠들어 댔다는군. 자신은 응우우엔만 죽였다고"

"모든 걸 다 알고 계시는군요"

스티븐슨은 맥주병을 잡고 있던 손의 힘이 풀렸다.

"내가 말했지 않나! 자네의 대선배인 죽은 조셉이 왜 아메리칸 이글을 라스베이거스의 밤의 경찰이라고 했는지! 우리는 우리 나름대로 질서를 유지하는 방법이 있다네. 우리 조직원 응우우엔을 죽인 녀석은 반드시 아메리칸 이글이 처치한다! 그래서 우리는 조직의 규칙을 구치소 내에서 이행했을 뿐이야"

"아니! 그런데 그 중국인이 속한 흑룡강성 조직의 보스와 지금 밥을 먹고 있다구요? 이렇게 분위기 좋게?"

"하하하. 스티븐슨. 사람은 말이야 총보다는 돈, 돈보다는 권력, 권력 다음에는 뭔지 아나?"

"사랑요?"

"자넨. 로맨티스트군. 권력을 가진 다음에는 용서야! 용서가 진정한 힘이지! 우리는 응우우엔의 복수를 할 때도 흑룡강성 조직에 사전에 통보를 했지. 우리 조직의 규칙대로 처리하겠다! 그랬더니 흥미롭게도 여기 있는 나의 새로운 동생 왕등비가 연락을 해왔어. 만나자고. 그래서 내가 흥미로운 이야기를 하나 더 해줬지. 너희 조직원이 지금 경찰서에서 흑룡강성 조직이 한국에서 창부살인을 의뢰받아서 자신이 그 임무를 수행한 거다라는 진술을 했다. 너희 조직이 위험하다라고 말이야"

왕등비가 갑자기 열이 받은 듯이 끼어든다.

"나는 그 이야기를 듣고 그놈을 내 손으로라도 처리를 해야겠다고 생각을 했습니다. 조직이 우선이니까요. 살인청부자도 보호를 해야 하는 것이 가장 중요하고요. 패트릭 형님은 조직원 살해자에 대한 복수를 저는 조직을 배신한 자에 대한 복수를 동시에 하자고 약속을 했죠. 그리고 우리 두 조직은 서로 화해를 한 것입니다"

힘이 빠진다. 이번 건으로 승진도 하고 수사과와 공조수사를 통해 멋지게 한 건 했다고 생각했는데 일장춘몽이 되었다. 스티븐슨 팀장은 난감한 표정으로 앞에 앉은 패트릭 창을 바라본다.

"이거 봐! 스티븐슨. 마이 브라더! 고민할 필요 없어! 자네는 이미 할 것을 다 했네! 마약반은 그 중국인을 검거한 것으로 이미 평가를 받은 거야. 우수한 검거 실적을 만들어 놓은 거지. 그 녀석이 구치소에서 수감 중에 죽은 것은 자네와 자네 팀과 아무런 연관이 없는 거지. 관리

소홀이 구치소가 문제지 자네가 무슨 문제가 있나? 하하하하. 새로운 검거 실적을 줄 테니 또 한 건 하면 되지 않겠나? 스티븐슨! 하하하. 자 오늘 서로 소개를 했으니 앞으로 잘해보시게. 이 동생 이름은 왕등비야. 앞으로 중국 동북삼성 지역 관련한 부분은 이 동생이 다 관할할 거야. 아, 참 그리고 펜타닐이 너무 많이 라스베이거스에 퍼지게 하면 안 돼! 필라델피아 켄싱턴 뉴스에서 봤지? 온통 좀비처럼 돌아다니는 인간들. 이곳은 라스베이거스야! 라스베이거스가 안전하고 발전해야 우리가 먹을 밥이 더 많이 생기는 거야. 이것 봐 왕등비!"

"넵. 형님!"

"펜타닐 유통을 막 하면 안 돼! 그 유통량과 관리할 내용을 스티븐슨 팀장과 사전에 협의하고 조율하도록 하게!"

"네? 저랑 지금 범죄조직과 마약 유통과 관리를 사전에 협의하라는 말씀이세요? 저는 경찰입니다. 라스베이거스 경찰!"

"이거 봐! 스티븐슨 팀장! 참 순진해. 세상은 천사만이 관리하는 게 아냐, 천사와 악마가 같이 관리하는 거지! 이봐! 왕등비 앞으로 스티븐슨 팀장과 형제처럼 지내라구!"

"하하하핫. 넵. 형님. 认识您 我很高兴(알게 되어 반갑습니다). 아메리칸 브라더!"

11

라스베이거스 클라크 카운티 안쪽 마을

마을 안으로 벨라지오 카지노 로고가 선명한 캐딜락이 들어온다.
차에서 내리는 남자. 급하게 티나의 집으로 뛰어 들어간다.

"오! 리차드! 어서 와라"

"엄마! 경찰이 다녀갔다고 해서 놀라서 급히 왔습니다. 괜찮으셔요?
놀라셨죠?"

품에 안긴 리차드를 따뜻하게 감사는 티나.
세월의 흔적을 담은 낡은 스웨터를 입은 엄마의 등은 한없이 크고
따뜻해 보인다.

"리차드. 너무 걱정 말거라. 이 엄마도 산전수전 다 겪은 몸이란다"

리차드는 다시금 티나의 주름진 얼굴을 바라본다. 흰머리가 많이 올
라온 60대의 남미 아줌마. 한국인인 나에게 이 세상에서 하나뿐인 엄
마 티나.

리차드는 아버지가 돌아가시고 어머니가 이곳 라스베이거스의 호텔
린넨실에 세탁직원으로 취직한 이후에 이곳 클라크 카운티의 월세방

에서 어머니와 함께 살았다 이민 1세대인 어머니는 L.A흑인 폭동으로 이민 후에 꿈을 가지고 시작한 비디오 대여점을 잃었다. 설상가상으로 아버지마저 교통사고로 돌아가시자 삶의 낙을 잃고 쓸쓸한 크리스마스에 4살인 리차드를 데리고 이곳 라스베이거스로 들어왔다.

    같은 호텔에 룸메이드로 근무하는 티나 엄마는 같은 동네로 이사 온 동양인인 어머니와 나를 가장 따뜻하게 반겨주었다. 겨우 4살인 나는 어머니가 일 나가고 없을 때는 이곳 티나 엄마 집에서 티나 엄마의 형제들과 같이 자랐다. 라스베이거스에 온 지 10년째 되던 해 어머니는 췌장암으로 돌아가셨다. 그리고 나 리차드는 완벽하게 미국 땅에서 고아가 되었다. 그런데 어머니의 장례를 마친 바로 그날! 티나 엄마와 형제들이 나에게 찾아와서 가족이 되자고 제안을 했다. 같이 살자고! 오갈 데 없는 나는 그날부터 티나 엄마의 아들로 그리고 형제들의 동생으로 한 가족이 되었다.

    "엄마! 경찰은 지금 죽은 신규동 회장의 사인을 밝혀내지 못해서 저렇게 들쑤시고 다니는 거예요. 너무 걱정 마세요. 경찰이 와서 뭐 특별하게 물어본 것들이 있나요?"

    "아냐! 네가 작년에 나에게 주면서 이곳 클라크 카운티에 이곳저곳에 뿌려놓으라는 그 꽃 있잖니? 번식력이 좋아서 두세 달이면 다 퍼진다는 무슨 엉겅퀴 같은 꽃! 그 꽃이 스치면 알레르기 같은 게 일어나서 집을 지키는 데 좋다고. 도둑 잡는 풀이라고 하면서 준 그 꽃 말이야"

"네. 엄마. 원래 이름은 자이언트 호그위드라고 해요"

"그래! 그 꽃들이 우리 동네 이곳저곳에 많이 피어 있어서 놀라더라. 그래서 원래 우리 동네에 많은 꽃이라고 알려줬지. 가시가 많아 꽃을 꺾을 때는 고무장갑을 껴야 하지만 꽃향기는 하나는 정말 최고라고 자랑했지. 그리고 사건 당일에 죽은 신규동 회장이 야생화를 좋아해서 내가 몇 송이 가지고 가서 꽂아놓았다고 말이야"

"그것 말고는 다른 질문은 없었고요?"

"응! 그것만 물어보고는 동네 이곳저곳을 좀 돌아다니더니 동네 사람들 붙잡고 몇 마디씩 물어보고 그냥 돌아간 것 같아! 너에겐 무슨 일이 있는 것은 아니지? 리차드!"

"저는 별일 없어요, 엄마"

"리차드! 난 네가 하는 어떤 사정이 있는지는 모르지만 엄마는 항상 네 편이란다. 네가 이렇게 성공해서 엄마는 자랑스러워! 네가 우리 가족을 잊지 않고 형들을 잘 챙기고 형들과 우애 있게 지내는 모습에 엄마는 늘 고맙단다. 나이가 들수록 죽은 네 엄마가 많이 생각나는구나. 내 친 자매 같았던 네 엄마 전혜윤! 병상에 누워 내 손을 꼭 잡고 말했지. 언니! 우리 리차드를 꼭 좀 언니 아들처럼 보살펴 주세요! 하고 부탁하던 네 엄마의 눈빛을 평생 잊지 못한다. 무슨 일이 있으면 안 돼! 리차드. 너를 지키는 것이 곧 네 엄마와의 약속이란다. 어려운 일이 있으면 엄마에게 말하거라. 내가 너를 대신해서 어떤 일도 할 수 있으니까!"

리차드는 다시 한번 낡은 스웨터를 입은 티나를 꼬옥 껴안아 준다.

"엄마. 저는 아무 일도 없을 거예요. 신규동 회장이 죽기 전날 팔레스 스위트 1과 2를 연결하는 문을 살짝 열어놓으라고 제가 부탁한 것은 죽은 신규동 회장의 부인이 요청한 거랍니다. 그분이 저에게 어떤 도움을 준 것은 엄마도 잘 아시죠?"

"알다마다! 네가 보증 선 그 한국 사람 빚 200억을 대신 갚아준 그 사람 부인이지!"

"전 부인이죠. 이혼했으니까요. 엄마가 살짝 열어준 문으로 그날 밤 그분은 팔레스 스위트 1에 다녀가신 것 같아요. 물론 다음 날 아침 엄마가 출근해서 다시 연결통로의 문을 살짝 잠궈놓은 덕분에 아무도 그분이 다녀가신 것은 모르게 되었습니다. 저는 그분에게 은혜를 조금은 갚았고요"

"오! 리차드! 이 엄마는 뭐든 네가 하는 일이 옳다고 생각한다. 그러니 엄마 걱정은 말거라. 엄마는 아무것도 모른다. 아무 기억도 없고. 오직 너만 안전하고 잘되면 되는 거야!"

"모든 게 잘될 거예요, 엄마. 사건이 다 정리되면 엄마도 은퇴하세요. 제가 돈이 좀 생길 것 같아요. 이곳 클라크 카운티의 불쌍한 어린이들을 돌보는 일을 좀 더 체계적으로 하실 수 있도록 제가 큰 커뮤니티 센터를 하나 해드릴 생각이에요, 엄마"

리차드는 자신에게 생기는 돈들은 앞으로 보람 있는 일에 사용할 것이다라는 각오를 다지며 걱정스러운 얼굴로 자신을 바라보는 엄마 티나를 힘껏 한 번 더 껴안는다.

12

라스베이거스 경찰서 내 회의실

L.A경찰청 내 법의학연구소를 책임지고 있는 20년 경력의 베테랑 법의학 박사이자 감식반장인 피터 오글리가 프리젠테이션을 하고 있고 그 옆에서는 법의의학 부검팀장인 에레미야 박사가 각종 부검 자료들을 책상 위에 올려놓고 있다.

빔 프로젝터를 통해 열심히 설명하는 사람.

피터 오글리 감식반장.
20여 년을 감식반장으로 일한 베테랑이지만 이번 사건만큼 복합적이고 다발적인 사망원인을 가진 사망자 부검은 처음이었다.

마치 약물 중독을 위해 약물통에 푸욱 담기었다가 빼낸 중국 영화에 나오던 강시 또는 엑스맨의 울버린처럼 마치 약물을 통해 사람을 유지시키는 사람같이 온갖 종류의 독성 약물들이 시체에서 검출되었다.

처음에는 질식사로 기록되어 법의학연구소에 들어온 사망자의 부검을 준비하던 피터 오글리 박사는 1차적인 독극물 화학 반응에서 양성이 나오자 놀랐다. 이를 집중적으로 분석하기 위해 훨씬 분석 능력이 뛰어난 장비가 즐비한 L.A본청으로 시신을 이동시켰다. 그리고 본청 부검팀에 협조를 요청하여 정밀 부검을 실시하였다.

그는 마음속에 있는 궁금증은 스스로 풀어야 하는 직설적인 성격이다. 사망자의 죽음을 밝혀주는 게 죽은 사람에 대한 경찰의 의무라는 사명감이 작용한 탓일까? 모든 사망사건 부검을 성실하고 세밀하게 보고 있는 자신에 대한 자부심이 있다.

"제가 20여 년을 넘게 부검했지만 이번 사망자처럼 어려운 부검은 처음입니다. L.A본청 부검팀에서도 이번 부검 기록을 정밀 기록으로 만들어서 부검 매뉴얼로 만들려고 할 정도로 복잡하고 어려운 부검이었습니다"

회의실 테이블에 중앙에 앉아 있는 레이몬드 경감과 부검 결과를 노트북에 정리하고 있는 레이첼이 보인다. 그 옆으로 사망사건 결과에 대해 본국 보고를 해야 하는 대사관의 김윤조 참사관, 이영호 총경과 허정호 검사와 김홍길 수사관까지 모두 초집중의 모드로 화면에 올라온 신규동 사망원인 부검보고서를 바라보고 있다.

■ 부검보고서

1. 직접 사망원인: 뇌동정맥 기형으로 인한 잠재적 뇌출혈 위험을 보유한 것으로 보임. 사건 당일에 부종을 동반한 뇌동맥 미세혈관의 출혈이 시작됨. 고혈압성 뇌출혈의 원인은 선천적 원인에 기반 하나 사건 당일 복용한 다양한 약물로 인한 영향이 미친 것으로 판단되나 의학적 소견은 뇌동정맥 파열로 인한 사망임.
2. 사망에 영향을 미칠 수 있는 소견으로 판명되는 혈액 및 장기에서 검출된 여러 화학적 요인들은 다음과 같음.

- 펜타닐의 주원료인 오피오이드 및 페닐피레리딘이 검출된 것은 사망 당일 밤에 먹은 것으로 추정됨.
- 혈압약의 원료인 암로디핀 베실산염이 추출된 것은 직접적 사망원인을 추정할 수 있는 근거가 되는 중요한 포인트임. 사망자는 오전부터 뇌동정맥의 미세출혈로 인한 두통이 동반된 것으로 판단됨. 사망 당일 암로디핀 베실산염을 원료로 한 혈압약 노바스크를 복용한 것으로 추정됨. 노바스크 복용 당시는 이미 미세출혈이 진행된 상황이었다고 추정됨.
- 자이언트 호그위드(Giant Hogweed) 독초 성분 퓨로쿠마린(Furocoumarins) 추출 - DNA 파괴독초로 스치기만 해도 아낙필락시스 쇼크를 유발하는데 사망자의 오른쪽 손등부터 팔꿈치까지 수포가 올라와 있는 것으로 봐서 사망 당일 스친 것으로 판명됨.

- 혈액과 손톱, 발톱, 머리카락에서 올리앤더(Oleander)의 독성물질이 발견. 미국에서는 Rosebay라는 이름으로 불림. 동양에서는 협죽도, 사망자의 국적인 Korera에서는 유도화라는 이름으로 불림. 나뭇잎과 줄기에 포함된 자연성분으로 심장에 치명적인 올레안드린(Oleandrin)에 장기간 노출된 것으로 추정되나 현재 어떻게 사망자가 올레안드린에 장기간 노출되었는지는 원인 불명임.
- 혈중알코올농도가 상당 수준 존재한 것으로 봐서 사망 당일 다량의 음주가 있었으며 이 또한 혈압상승의 요인으로 작용된 것으로 보임.
- 흥미로운 점은 혈액과 요도에서 실데나필시트르산염이 검출됨. 일명 비아그라로 통칭되는 약물로 통상적으로 섹스에 사용되며 사건 당일 사용된 것으로 판명. 흥미로운 점은 또 다른 사망자 장나나의 부검 결과 실데나필시트르산염이 죽은 장나나의 질 내에서 죽은 신규동의 정액과 함께 검출됨. DNA분석 결과 신규동의 정액으로 판명되어 사망 당일 밤의 섹스가 미세 출혈 중인 뇌동정맥의 출혈을 확대시킨 것으로 판단됨.
- 사망자는 뇌출혈이 진행되면서 구토, 호흡곤란 등의 증상을 느꼈을 것으로 판단되나 이미 복용한 자낙스의 약효가 강력하여 무기력하게 신체를 스스로 움직일 수 없는 상태로 호흡곤란에 이르러 사망한 것으로 추정됨.
- 질식사로 신규동을 사망케 했다는 조현아의 주장 시간 이전에 이미 신규동은 사망했으므로 조현아의 용의점은 없음.
- 기타 약물 등이 작용을 했으면 약물로 인한 심정지가 오면서 호

> 흡곤란이 발생하는 순서가 나타났을 것임. 하지만 심장을 부검한 결과 호흡곤란으로 인한 폐의 산소포화도 부족으로 인한 심장 수축력이 임계점 이하로 떨어지면서 심실세동이 발생함. 이미 호흡이 정지된 상태에서 서서히 심장이 멈춘 것으로 나타남.
>
> 결론은 뇌동정맥 기형을 가진 사망자가 당일의 미세출혈과 사망 시간 전의 과도한 혈압상승으로 인한 뇌동정맥 출혈 과다로 사망함.

보고를 들은 레이몬드 경감이 실망스럽다는 듯이 말한다.

"흠! 의외군요. 피터! 그럼 신규동은 그냥 자연사한 거네요. 누가 죽인 게 아니고 스스로 자다가 죽었다! 라니…. 믿어지지가 않는군요"

"부검은 진실만을 말합니다. 경감님! 산 사람의 거짓말보다는 죽은 사람의 진실이 더 나을 때도 있습니다. 물론 그 결과가 우리가 기대했던 것이 아니더라도 말입니다!"

"알죠. 알지요. 신규동은 그렇다 치고 그럼 죽은 장나나는 어떻게 되는 건가요? 그 사건이 이제는 오리무중 미제 사건이 될 것 같은데요. 유일한 목격자인 중국인 용의자도 사망했고 사망자의 진술만으로는 조사를 통해 기소한다는 것은 불가능합니다. 누군가는 장나나를 사망에 이르게 한 테트로도톡신을 병에 주입한 게 맞는데 지금은 범인을 찾을 길이 없군요. 그런데 피터! 테르로도톡신이 복어 독이라고 확신하는 이유가 뭡니까? 이곳 네바다사막에 널린 게 전갈인데 전갈에도 테르로도톡신이 있는 게 아닌가요?"

"네. 경감님. 저도 그 점은 검시 초기에 생각을 했습니다. 그래서 검출된 테르로도톡신을 가지고 L.A본청 법의학연구소에 가져간 것입니다. 유전자 분석인 NGS는 DNA분석기인 노바섹 500이 필요합니다. 우리 미국이 자랑하는 유전자 분석기계회사 일루미나의 최신버전 노바섹 500으로는 모든 동식물의 유전적 형질까지 정확하게 분석됩니다. 48시간이 소요되는 게 단점입니다만 장나나 몸에서 검출된 테르로도톡신이 전갈 독이 아닌 복어 독이라는 것이 분명하게 나왔습니다.

"흠. 미제 사건이 하나 생겼군요. 찜찜하지만 우리로서는 더 이상 수사를 밀고 나가는 것은 무리입니다. 살인사건도 아니고 돌발적 병사인데다가 신규동이나 장나나나 둘 다 한국인 신분이라서 더 이상의 수사는 무리가 있을 듯한데요. 어떻습니까? 한국에서 오신 분들의 의견은?"

부검 결과를 브리핑을 듣고 있는 한국 측 사람들을 바라보는 레이몬드 경감에게 김윤조 참사관이 나선다.

"그래도 우리 대한민국 국민이 미국 땅에서 사망했는데 수사를 계속하지 않는다는 것은 조금 문제가 있을 것 같습니다. 죽은 장나나만 억울하지 않겠습니까?"

"그건 아무도 모릅니다. 자기가 스스로 죽었는지 누가 와인병에 복어 독을 넣었는지를 밝혀내야 하는데 지금 저희 라스베이거스 경찰이 한가하게 이곳에서 죽은 한국인 방문자를 위해 전 수사팀을 배치할 수는 없는 일입니다"

갑자기 냉정해지는 레이몬드 경감을 향해 허정호 검사가 나선다.

"일단 미국법을 따르는 것이 맞습니다. 이곳에서의 수사 절차는 모두 라스베이거스 경찰 관할이니까요. 하지만 저희도 한국에 돌아가면 재판을 받는 주요 피의자가 미국 출장 중에 사망한 사건이 하나 생기는 것입니다. 더구나 법무부 출국허가를 받고 출국금지를 풀고 나간 출장이라서 저희도 사건 사망 보고서는 작성을 해서 법무부에 보고를 해야 할 것 같습니다. 괜찮으시면 그동안 수사한 내용을 공유해 주시면 안 될까요? 정중히 부탁드립니다"

자리에서 일어나 정중하게 부탁을 하는 허정호 검사를 바라보는 한국 사람들의 자세가 같이 정중해진다. 저렇게 예의를 갖추어서 부탁을 하다니 저런 자세는 배워야 되겠구나 하는 마음이 든다.

"물론입니다. 검사님. 이 사건은 라스베이거스에서 사망한 한국인 방문자 사망 건이지만 내부적으로는 미제로 남을 사망사건 하나를 달고 가는 사건입니다. 아니죠. 어떻게 보면 신규동 회장의 입국 이후에 모두 네 사람이 죽었군요. 베트남 사람인 유리창 청소부 응우우엔, 응우우엔을 죽인 중국인 용의자, 골프선수 장나나 그리고 신규동 회장 자신까지 모두 네 명이 죽었습니다. 보통 사건은 아닌 데 보통 사건이 되어버렸군요. 가장 핵심적인 피해자가 뇌출혈 사망이라고 하니까요. 하지만 지금부터 이 사건의 전모를 들으시면 철저히 준비된 탈출 계획 이었음을 알게 되실 것입니다. 레이첼~ 파워포인트로 방탈출 계획의 전모를 띄워주세요!"

"방탈출 계획요? 아니 이게 무슨~"

"그러게 말이야. 누가 탈출한다는 말이야?"

서로를 쳐다보는 한국인 들이 더 이상 말을 이어가지 못할 정도로 밝은 화면이 회의실 앞 스크린에 크게 펼쳐진다.

스크린을 보면서 레이몬드 경감은 차분히 말을 이어간다.

"신규동은 한국을 출발하면서부터 미국에서 코스타리카로 탈출하기 위해서 충분한 준비를 마치고 라스베이거스에 들어왔습니다. 처음 일주일 동안은 공식적인 업무를 수행하면서 사람들이 보기에 진짜 출장을 온 것으로 철저하게 위장을 하였습니다. 미국에 동반 입국한 사람들은 김신범, 김영식, 현여진입니다. 애인인 장나나는 미리 미국에 입국해 있다가 신규동 회장을 만났으며, 또 다른 애인인 조현아 아나운서는 L.A에 있다가 라스베이거스로 와서 수차례 신규동 회장을 만나다가 뜻을 이루지 못하자 마지막 날에 살해 시도를 한 것으로 보입니다"

"그럼 처음부터 전부 다 한패라는 이야기인가요?"

이영호 경찰영사가 의외라는 듯이 스크린을 응시하면서 질문한다.

"맞습니다. 모두 목적을 가지고 입국한 것입니다. 신규동 회장은 철저하게 모두를 속이고 탈출하기 위해서 김영식은 입국할 때 신규동 회장이 자가용 비행기로 코스타리카로 타는 순간에 귀국하는 대한항공편으로 신규동 회장 행세를 하면서 입국하는 시나리오입니다. 그런데 왜 비서인 현여진까지 데려왔을까요? 목적이 없이 데려오지는 않았을 것인데 그 부분이 꺼림직합니다"

"그렇게 치면 김신범도 마찬가지죠!"

김신범을 수사해 봐서 김신범 스타일을 잘 아는 김홍길 수사관이 김신범에 대한 적개심을 드러낸다.

"현재 가장 미스터리한 사람이 김신범입니다. 분명히 살해 현장에서 신규동 회장이 사망한 것을 확인하고도 노란 봉투를 신규동 회장 금고에서 빼 간 정황은 있으나 증거가 현재 없습니다. 이 부분이 미스터리입니다. 앞으로 밝혀야 할 숙제이고요"

"그 부분은 한국에서 저희가 수사할 수 있도록 자료를 이첩해 주십시오. 무슨 건수라도 엮어서 김신범을 파보도록 하겠습니다"

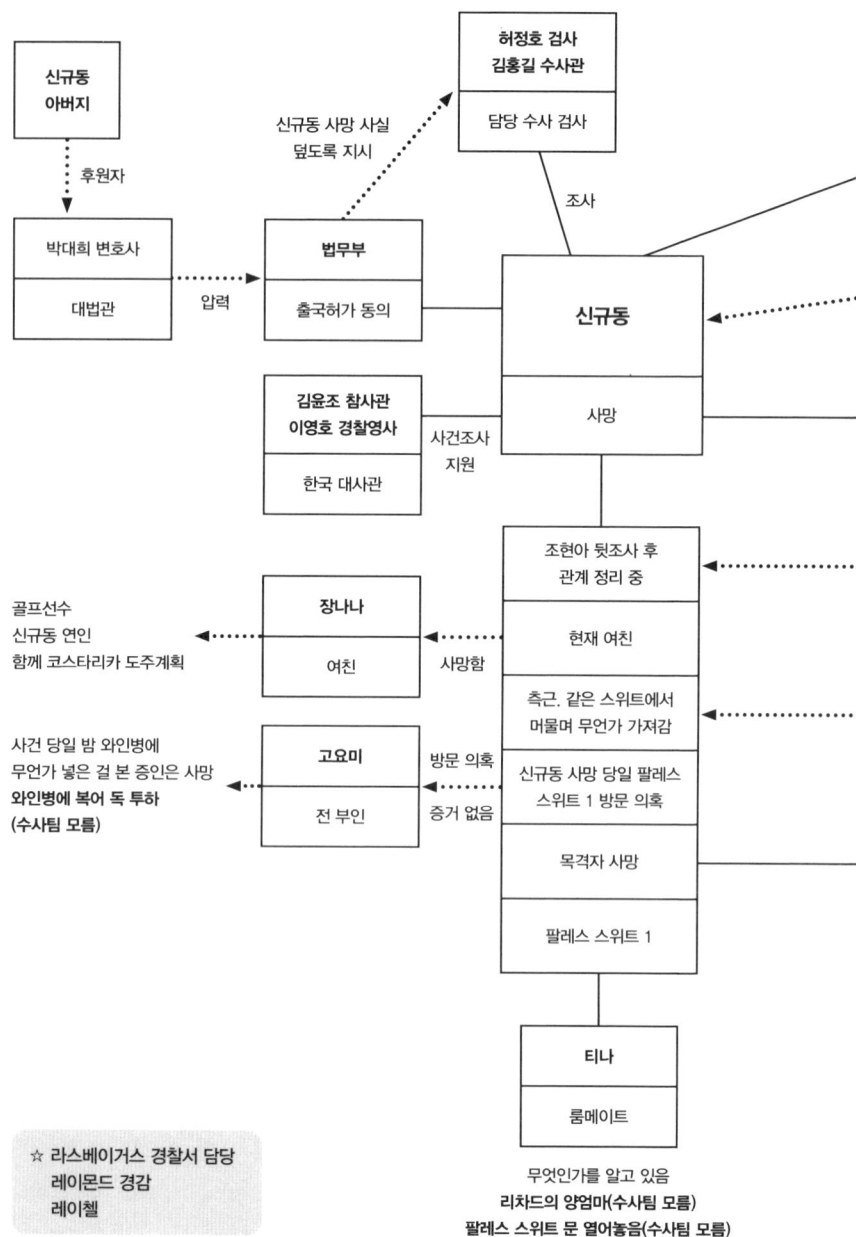

제4부 꿈꾸게 하는 도시 라스베이거스!

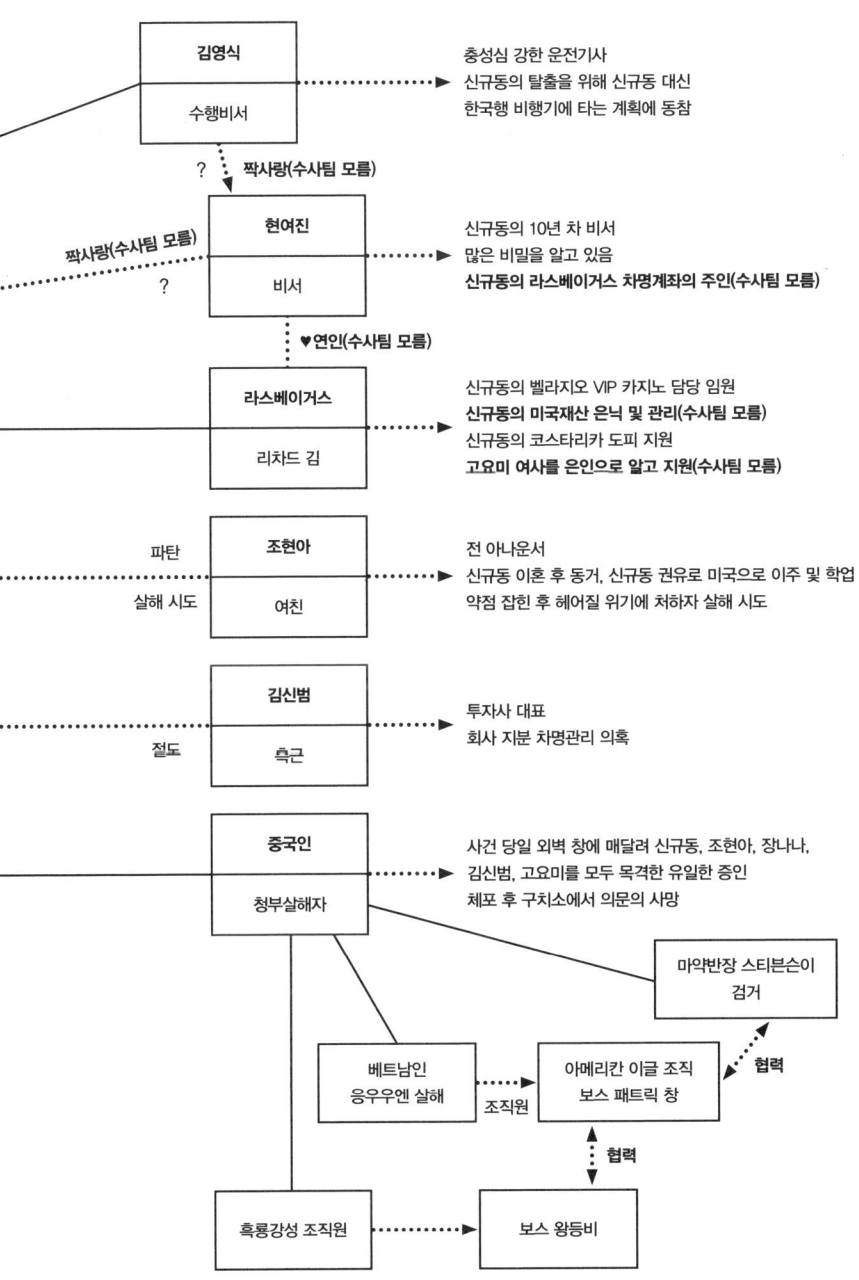

허정호 검사는 현재 피의자인 신규동이 사망함으로써 추후에 일어날 한국 내에서의 재판 등에 미치는 영향이 머릿속에서 맴돌면서 앞으로 이 골치 아픈 사항을 어떻게 풀어갈 것인가에 대한 고민이 앞선다.

"일단 한국으로 김신범이 보낸 무엇인가를 찾아내는 것이 급선무입니다. 그걸 찾는 즉시 저희 라스베이거스 경찰에 알려주시면 저희가 김신범을 피의자 전환을 해서 범죄인인도조약에 의거하여 허 검사님이 귀국하실 때 같이 연행귀국 할 수 있도록 편의를 봐드리겠습니다. 어차피 여권과 신병은 저희가 지금 확보하고 있으니까요!"

"그렇게 해주신다면 너무 감사한 일입니다. 저희가 한국에 돌아가서도 즉시 수사를 개시할 수 있는 상황을 만들어서 가는 것이니까요"

레이첼은 미팅 내용을 노트북에 기록하다가 스스로 화가 났다. 돌아가는 모든 상황이 이상하게 꼬여버렸다. 사망자가 스스로 죽은 꼴이라니 그렇다면 이렇게 거창하게 수사과가 나서서 사건을 지휘하고 파헤쳐 나가야 하는 중대한 명분이 사라져 버린 것이다. 조금은 허탈하기도 하고 조금은 자존심 상하기도 하지만 현실은 현실이다.

"경감님! 그러면 보스턴에서 도착하면 조사를 하려던 고요미 여사에 대한 조사와 도피 방조를 도운 리차드 김에 대한 조사는 어떻게 할까요?"

레이첼이 앞으로의 수사가 궁금하다는 듯이 레이몬드 경감에게 질문을 한다.

"조사? 후훗! 무슨 조사? 고요미 여사는 자신이 팔레스 스위트 1에 들어가지 않았다고 하면 그만인데. 증거가 없잖아! 리차드 김은 도와주려고 한 것이지 도와준 것은 아니잖아? 경찰 아카데미에서 안 배웠어? '범죄를 계획하는 것만으로는 범죄로 처벌할 수 없다'는 미국 형사법에 대해서 말이야. 레이첼. 여기는 자유의 나라야. 자유를 위해 독립전쟁을 한 United State of America! 사람들은 잘 모르지 U.S.A 앞에 These가 있다는 것을 말이야. 자유를 위해 싸운 모두의 나라! 그래서 상상도 자유로운 거야. 누구를 죽이는 상상을 하는 것! 누구를 도피시키기 위해 준비를 하는 것! 그것을 가지고는 처벌할 수 없으니 당연히 리차드 김을 만나보면 뭐 하겠나? 나중에 커피나 한잔하면서 이런저런 숨겨진 이야기나 듣고 말아야지"

"정말 우연치고는 치밀하군요. 모든 용의자가 한 행동의 결과가 화산폭발 하듯 터졌는데 자연사라니"

두 사람의 이야기를 듣고 우연치고는 절묘하다는 표정으로 서 있는 김윤조 참사관에게 레이몬드 경감은 부탁을 하나 한다.

"저희도 보고서는 완결해야 하니까 한국에 요청하셔서 신규동 회장의 최근 3년 이내의 건강 검진 기록이 있으면 좀 찾아주시면 고맙겠습니다. 두통 등 약을 처방한 처방전도 찾아주시면 더 좋고요"

"그건 어렵지 않을 것 같습니다. 건강보험심사평가원에 요청하면 모든 의료기록을 열람할 수 있으니 즉시 찾아 드리겠습니다. 한국은 의료보험시스템이 정기검진을 받도록 의무화되어 있어서 아마 자료가 있을 것입니다"

"좋습니다! 저희도 사건을 빠르게 정리할 생각입니다. 시간 끌어 봤자 실익도 없고요. 증거로 압수한 드비어스 다이아몬드는 신규동의 사망으로 인해 상속자가 결정되는 대로 저희가 내어 드릴 수 있습니다. 대사관에서 유가족분들에게 설명 부탁드립니다. 아, 참! 그리고 사망자 시신은 국가 간 방역지침에 의해서 반드시 화장 처리 해서 출국하셔야 합니다. 가족분들이 오시면 시신인도증을 발급해 드리니 대사관에서 참고하십시오"

레이몬드가 앞으로의 상황을 설명을 하는데 김홍길 수사관의 휴대전화로 문자가 온다. 사진이 첨부되어 있다.

"검사님! 지금 한국에서 페덱스 운송장에 미국에서 보낸 김신범의 소포가 검색이 되어서 인천공항 수탁사무실에서 바로 압수를 하였답니다. 5권의 해리포터 시리즈에 한 장씩 교묘하게 넣었다고 합니다. 여기 사진이 같이 왔습니다"

사진에 선명 한 미국 국채 5장.
한 장당 1천만 불짜리 즉 한국 돈 135억이면 다섯 장에 675억이다.

"우와! 5천만 불! 어마어마하군요. 저도 평생 1천만 불짜리 미국 국채는 처음 봅니다"

레이첼이 입이 쩌억 벌어진 채로 그 사진과 자료를 빨리 자신의 노트북으로 주라고 김홍길 수사관에게 눈짓을 한다.

"강력한 증거군요. 이거면 됩니다. 레이몬드 경감님. 김신범은 저희가 피의자 전환해서 한국으로 귀국 시 압송하겠습니다!"

"아니! 검사님. 무슨 죄명으로 데리고 들어가실려구요?"

걱정하는 김홍길 수사관을 향해 노련한 허정호 검사가 씨익 웃는다.

"일단은 외환관리법 위반입니다. 650억이면 즉시 구속 사유입니다. 일단 한국에 들어가기 전에 우리 수사팀에 언탁하세요. 지금 재판 중인 사건 들은 신규동은 사망으로 인해 공소권 없음으로 사건재판 자체가 무산될 수 있습니다. 현재 수사대상으로 되어 있는 사람 중에 김신범을 일단 피의자 및 공범으로 전환하고 이 사건을 두 공범이 저지른 범죄인데 그중 한 명만 사망한 것으로 공소장 변경을 해서 다시 재판을 이끌어 갈 생각입니다. 증권범죄는 뿌리를 뽑아야 합니다. 김신범에게 자신이 가진 투자회사가 신규동의 차명법인 인지를 자백하든지 외환거래법 650억 위반으로 몇백억 과징금에 실형을 살 것인지 양자택일하도록 압박하면서 추가 범죄들을 찾아내면 될 것 같습니다"

갑자기 신이 난 김홍길 수사관은 갑자기 경례를 허정호 검사에게 하더니 흥이 나서 레이첼에게 이번에는 레이첼 자료를 자신에게 좀 보내달라고 이메일 주소를 레이첼 노트북에 쳐준다.

숨 가쁘게 돌아간 며칠간이 이렇게 지나가고 있다.

13

대한민국 서초동

법무법인 대평 사무실

검찰 출신으로 대법관까지 지낸 박대희 변호사가 화색이 도는 얼굴로 전화를 받고 있다.

"그래. 그래, 하하하하하. 그냥 스스로 죽은 거란 말이지. 뇌출혈? 하하하하하. 젊은 친구가 건강관리를 좀 하지. 쯔쯔쯔쯔. 하하하하. 아무튼 살해사건이 아니잖은가? 이제 법무부에서 출국허가를 해준 부분이나 내가 그 보증을 선 것은 면죄부가 생기는 것이니까. 그럼. 그럼. 하하하하하. 우리야 무슨 상관이 있는가? 제 명이 다해서 죽은 것을 하하하. 알았네. 얼른 이 사건을 덮게. 조용히 지나가게끔 말이야. 에휴! 이제 한시름 놓고 잠자겠구만. 이번 주말에 골프 어떤가? 부킹? 자네도 참! 김 검사장 장인이 최고 명문 이터너티 골프클럽 오너 아닌가! 내가 부탁할 테니 자네는 가볍게 나와! 내가 멋지게 한 턱 쏨세. 하하하하"

전화를 끊은 박대희 변호사는 서초동 창밖 멀리 보이는 대검찰청을 바라보며 가볍게 미소 짓는다.

"내가 저곳에 30년을 쏟아부었어. 후배들 챙기면서 말이야. 그게 이 박대희의 큰 재산이지. 암. 난. 박대희야!"

14

라스베이거스 경찰서
시신 보관소 내 대기실

복도의 의자에서 앉아서 울고 있는 죽은 신규동 회장의 아버지 신금원 회장은 맥이 빠진 듯이 보인다. 이제 아들을 화장터로 데려가야 한다. 어떻게 내 아들에게 이런 일이 일어난나는 말인가.

이때 김영식 부장이 다가온다.

"명예회장님. 지금 들어가서 돌아가신 신 회장님의 손톱과 머리카락을 조금 담아서 가지고 나오겠습니다"

"아니? 왜? 죽은 내 아들놈 머리카락 하고 손톱이 왜 필요해?"

"한국에 돌아가시면 유골함으로 돌아가실 텐데 어머님께서 불공이라도 들이시려면 아무래도 돌아가신 회장님의 머리카락이라도 있으면 극락왕생하시는 데 도움이 될까 하고요. 보통 절에서 보면 돌아가신 분의 머리카락 하고 손톱을 종이에 싸서 극락왕생을 빌더라고요"

"그래. 그래. 얼른 그렇게 하게. 내가 정신이 없어서 그런 것까지는 생각을 못 했구만. 규동이 엄마가 알면 고마워할 것이야. 독실한 불교 신자니까 말이야. 아미타불"

잠시 후에 김영식 부장은 죽은 신규동의 몸에서 가져온 머리카락과 손톱을 하얀 종이에 쌓아서 울고 있는 아버지 신금원 회장에게 건네 준다.

15

라스베이거스 공공 화장터

사망자인 신규동과 장나나의 시신이 화장되고 있다.

화장터 굴뚝으로 나오는 연기는 모든 것이 무상함을 나타내고 있다. 변변한 장례식조차 없이 참석한 사람은 오직 몇몇 사람뿐이다. 화장터까지의 모든 절차를 안내한 리차드 김은 저녁 비행기로 떠나는 모든 분들에게 인사를 건넨 다음 화장터를 떠난다.

리차드 김은 화장터를 떠나면서 화장터 한쪽에 세워진 검은 크라이

슬러 세단을 바라보고 가볍게 목례를 한다.

뒷좌석 창문이 스르르 열린다.
화장터 하늘 위로 연기가 되어 날아가고 있는 전남편의 흔적을 담담한 표정으로 바라보고 있던 고요미 여사가 고마운 표정으로 답례를 한다.

이 모든 장면을 지켜보는 두 사람.
레이몬드 경감과 레이첼이다.

"이상한 살인사건이네요. 경감님!"

"뭐가 이상해?"

"회장이라는 사람이 죽었는데 그와 친한 용의자들은 모두 행복한 표정이니까요"

"그러게 말이야. 해피엔드 살인사건이라니…. 나에게도 신의 선물 같은 흥미로운 수사였어!"

레이몬드 경감은 알 듯 말 듯 한 독백을 남기며 연기가 올라가는 하늘을 미소 띤 표정으로 올려다본다.

16

대한민국
미국 라스베이거스에서 신규동 사망 6개월 후

  세상을 떠들썩하게 한 대한민국 중견그룹의 오너이자 주식시장의 최대 M&A천재라고 불리운 신규동 회장의 사망 소식이 사람들에게 잊혀지고 있다. 김신범은 공범으로 전환되면서 같이 주가조작을 한 모든 협조자들을 다 불어대는 바람에 대한민국의 자본시장이 청소가 되었다고 할 만큼 주식시장은 깨끗해지고 활발하게 생기를 찾아가고 있었다.

  사건을 담당한 허정호 검사는 부부장에서 부장 검사로 승진하였고 수사팀의 김홍길 수사관도 최연소 과장으로 승진하여 여전히 남부지검에서 증권 범죄를 수사하고 있다.

  유산을 상속받은 딸 제니의 양육 권리를 두고 제니의 할아버지 신금원 회장과 제니의 엄마 고요미 여사는 법정 다툼을 벌이고 있다. 1심에서는 고요미 여사가 이겼다. 그 많은 신규동의 재산들은 이제 고요미 여사가 관리하는 형국이 되었다.

서울 대치동
타워팰리스 23층 2301호

  두 사람이 손을 동시에 대자마자 문이 열린다.

타워팰리스 100평 스위트

이 주상복합의 공동 소유주인 두 사람
김영식과 현여진이다.

놀랍다. 이렇게 비싼 타워팰리스 100평의 소유자가 두 사람이라니.

"에휴! 6개월 동안 문을 열지 않았더니 이 비싼 아파트도 퀴퀴한 냄새가 나는군요"

"현 차장님 말대로 절대로 내색을 안 하고 조심조심하면서 6개월을 이 동네 근처에는 얼씬도 하지 않았으니까 당연히 이렇게 환기가 안 되었죠. 회장님 살아 계실 때는 매주 오셔서 저 큰 방 안에 있는 금고에 무언가를 넣고 이곳 거실에 앉으셔서 양재천을 바라보면서 음악을 듣고 가곤 하셨는데…. 이제는 돌아가시고 안 계시니! 흑흑"

현여진이 갑자기 화를 확 낸다.

"아니! 부장님! 지금 제정신이에요? 회장님이 타워팰리스를 우리 명의로 만들어 준 이유를 아직도 모르겠어요? 우리에게 무슨 버스 플랫폼인가 하는 비상장 회사의 주식을 싸게 사게 한 다음 1년 후에 그 주식을 아주 비싸게 회사에 매입시켜서 타워팰리스 매입자금 70억을 만들어 주었죠. 그것 때문에 국세청 조사받고 세금 내느라고 아파트 팔고 그 돈 다시 돈세탁해서 돌려받느라고 거의 2년을 고생했어요. 저랑 부장님 명의로 35억씩 자금출처 다 만들어서 우리를 주인인 것처럼 위장해서 타워팰리스를 공동명의로 사게 했어요. 그리고 정작 자신이 이 공간을 비밀 금고로 사용한 것을 알면서도 그런 이야기가 나와요?"

"아니… 아니…. 현 차장님…. 아니 여진아…. 그런 게 아니고 나는 말이야"

"이게 뭐야! 내가 오빠한테 뭐라고 그랬어! 정신 똑바로 차리라고 했지? 안 그러면 우리는 다 거지 된다고. 잘 생각해 봐. 회장님 아니 죽은 신규동은 장나나랑 해외로 튀면서 이 재산을 처분하라고 할 것이고 저 금고 안에 들어 있는 것도 다 가져가서 해외로 빼돌릴 것인데…. 그러면 이 아파트 팔면 양도세 나오는 것 등등 그거 다 해결해 주고 튈 것 같아? 우리가 독박이야. 오빠! 내가 몇 달 동안 정신 교육 그렇게 시켰는데 하여간 오빠는 사람이 물러 터져서 그게 문제야! 그러니 신규동 대신해서 감방이나 갈라고 생각했지!"

"아니… 아니…. 여진아 그게 아니고!"

현여진은 앙칼지게 소리를 꽤액 지른다.

"여진이고 나발이고 정신 똑바로 차려! 어차피 오빠도 지금 백수고 나도 지금 짤려서 백수잖아! 우리에게는 이 아파트가 전 재산이라고! 잘 처리해서 오빠랑 나랑 미래를 대비해야지 안 그래? 오빠는 날 좋아한다고 그동안 짝사랑했다고 고백한 게 두 달 전인데 벌써 마음이 바꿘 거야?"

"아야. 아야. 여진아. 난 너를 진짜 오랫동안 짝사랑해 왔어. 그러니 무조건 네 말만 들을 거야. 앞으로도 조심할게"

"좋아 오빠. 얼른 신규동이 머리카락 하고 손톱 이리 가져와 봐!"

"응. 여기 있어 불공 때 필요하다고 명분으로 시체에서 가져왔지. 물론 우리 금고 열쇠 키를 만들기 위해 가지고 나온 것이 진짜 목적이었지만. 그래도 조금은 불공드릴 때 사용하시라고 사모님께 드렸어"

"잘했어! 여기에 있는 DNA생체인식칩 키 만드는 기계에 넣어봐. 지난번에 신규동이 자랑하면서 키를 만들 때 우리가 보았잖아. 나한테 손톱을 깎으라고 해서 그때 내가 무릎을 꿇고 손톱을 깎은 기억 나지?"

"말을 마. 나는 머리카락 뽑다가 아프다고 싸대기 맞았잖아"

"하여간 가끔 성질은 지랄 맞아. 그러니까 맨날 혈압 올라서 머리 아프다고 아스피린 주라고 그렇게 노래를 불렀지. 무슨 뇌동정맥인가 하는 뇌출혈로 죽을 줄 어떻게 알았어?"

"나도 실은 놀랐어! 그렇게 돌아가시다니!"

"오빠 생각나? 우리 바이오 계열사 장우영 사장님 그때 말씀하신 거? 회장실에서 차 마시면서 자꾸 신규동이 머리 아프다고 하니까 서울대 강남센터 검진 한번 받아보라고 그러셨거든. 그 말이 꺼림직했는지 검진을 받았는데 글쎄 그때 나온 거야. 뇌동정맥 기형이라고! 그래서 아침 임원 미팅 때 자꾸 화내게 하면 혈압 올라간다고 자기 혈압 올리지 말라고 짜증 냈잖아. 자낙스를 먹기 시작하니까 사람이 무기력해져서 화도 안 내고 머리도 안 아프다고 그렇게 좋아하더니만"

"하긴! 장우영 사장님이 나에게도 웃으시면서 이야기하셨어. 회장님 잘 모시라고 건강관리 안 하면 오래 못 사실 수 있다고…. 난 그때 무슨 농담을 그렇게 하나 하고 생각하였었는데"

"하여간 신규동이는 건강관리 하라는 장우영 사장님 말을 안 들어서 뒤지는 거야! 그렇게 뇌혈관 안 터지도록 조심 하라고 말씀하셨는데"

김영식이 조심스럽게 신규동의 머리카락과 손톱을 DNA생체인식칩 생성기계에 넣자 이상한 알고리즘 표시가 나타나면서 USB가 하나 올라온다.

재빠르게 그 USB를 뺀 현여진은 급하게 큰 방으로 들어간다.

그 안에는 대한민국에 단 하나밖에 없다고 하는 라이언 가드 금고가 사자가 동굴 앞을 지키는 큰 문양을 번쩍인 채 놓여 있었다.

DNA생체인식칩 키를 꽂자마자 열리는 금고.
그 안에는 금빛 찬란한 금괴가 100여 개가 놓여 있었다.

"우와! 이게 다 금이야?"

"그 말이 사실이었구나!"

"무슨 말?"

"회장님이 압수수색 당하고 재산을 숨기기 위해 금으로 재산을 바꾸어서 어디엔 가 숨겨놓았다는 이야기가 돌았거든"

"이야! 이 안에 있을 줄은 나도 상상을 못 했네. 오빠! 이제 우리는 진짜 부자가 되는 거 맞지?"

"와! 이게 대체 하나에 얼마야"

김영식은 금괴 하나를 들어보고 제법 묵직한 무게에 놀란다.

"잠깐 기다려봐 오빠! 검색 좀 해보게! 아니다. 아니다. 내 휴대폰으로 금괴 가격 검색하면 흔적이 남는다. 오빠도 하지 마! 알았지?"

"알았어. 알았어. 내가 운전 하면서 회장님 통화 할 때 들은 기억으로는 무슨 골드바 큰 거 하나에 1백만 불 어쩌고저쩌고한 것 같아!"

"우와! 그러면 이거 하나에 13억 5천만 원? 우와! 그럼 이게 다 얼마야! 금값은 계속 올랐으니 그때 신규동이 산 것보다 더 올랐을 거 아냐? 하여간 투자는 귀신같이 해 그 인간이. 이제는 뒤졌지만!"

김영식 부장은 금고 앞에서 우물쭈물대다가 갑자기 현여진을 바라보면서 무릎을 꿇는다.

"여진아! 내가 몇 달 동안 계속 너에게 고백했듯이 나는 너를 오랫동안 짝사랑해 왔어! 이제 우리에게 이런 재산도 있고 하니 나랑 결혼해줄래? 너만 좋다면 나는 이 모든 금괴를 다 너에게 줘도 여한이 없어!"

현여진은 부드럽게 표정을 바꾸면 김영식을 일으켜 세운다.

"오빠! 내가 오빠 마음을 왜 모르겠어? 다만 모든 것을 조심조심해야 우리가 이 재산을 지킬 수 있기 때문에 오빠에게 냉정하게 한 거야! 오빠는 이제 나를 믿지?"

"믿고말고! 난 이제 네가 시키면 시키는 대로 할 거야. 우리 결혼도 하고 애들도 낳고 알콩달콩하게 조용히 숨어서 살자! 여기 이렇게 많은 금이 있잖아"

현여진은 금고 안에서 골드바 네 개를 빼낸다. 제법 묵직하다.

"오빠 일단 두 개면 약 28억 정도야. 어디 가서 바꾸면 들통나니까 명동 금신 환전소로 가세요. 거기는 우리가 오랫동안 거래를 했으니까 명예회장님 심부름이라고 하고 이 금괴를 현금으로 바꾸세요. 그리고 오빠를 위해 고생한 홀어머니에게 집도 사 드리고 잘 사시도록 준비해 드리세요"

김영식은 눈물이 글썽거리면서 현여진을 바라본다. 내가 사랑한 여자! 그동안 말을 안 했지만 마음속으로 오랫동안 흠모했던 회장님의 비서! 이제 이 여자가 내 여자가 된다. 행복이 물밀듯이 밀려왔다.

"고… 고마워. 여진아 이렇게까지 생각을 해주다니!"

"별말을 다 한다 오빠. 나도 두 개를 가지고 우리 엄마에게 드려야겠어. 괜찮지?"

"괜찮고말고!"

"그리고 오빠 앞으로는 더 조심해야 되니까 돈 쓰는 것 조심하고. 당분간 여기는 오지 마세요. 그리고 제가 청소도 하고 환기도 시킬 거니까. 오늘 온 김에 우리 둘이 지문을 인식해야 열리는 현관문을 일단 나 혼자 와도 열릴 수 있도록 하나 더 추가하도록 하자. 오빠!"

"그래 여진아. 난 뭐든 네가 시키는 대로 할게!"

여진은 들고 있던 두 개의 골드바를 옆의 탁자에 내려놓고 양팔을 벌려 김영식을 껴안고 진하게 키스를 한다. 두 손에 골드바를 들고 있는 김영식은 두 손은 무거워서 어쩔 줄 모르고 쩔쩔매지만 얼굴 가득한 황홀감에 스르르 눈을 감아버린다. 두 사람의 뜨거운 키스를 금고 안에서 빛나는 100여 개의 골드바가 쳐다보고 있다.

에필로그 1

미국 캘리포니아 오렌지 카운티 공동묘지

　미국식으로 정리된 공원 느낌의 깔끔한 카운티 가족 묘지들 사이로 두 사람이 서 있다.

　이번 사건을 담당한 레이몬드 경감과 옆에 서 있는 금발의 아름다운 여인. 레이몬드 경감의 초등학교 동창 이자 오랜 친구이자 연인인 미쉘이다. 현재는 미국 연방 법원 판사로서 장래가 유망한 엘리트.

　가족 묘지에 새겨진 이름.
　최형석 그리고 그리운 어머니 나혜영.

레이몬드는 천천히 손으로 두 사람의 이름이 새겨진 작은 묘비판을 손으로 쓰다듬는다. 그 앞으로 미셸이 가져온 예쁜 꽃다발이 놓인다.

"어머니! 아버지! 오늘 저는 두 분께 제 마음속의 모든 숙제를 다 끝냈다고 말씀드리러 왔습니다. 칭찬해 주세요! 저는 오늘 두 분께 칭찬받고 싶어요!"

레이몬드는 눈물을 글썽이며 비석 너머의 커다란 나무를 바라본다. 아버지가 사망하자 어머니는 모든 재산을 미련 없이 처분하고 정떨어지는 한국을 떠났다.

아버지의 유골함을 들고 와서 이곳 오렌지 카운티의 공원묘지에 안장시켜 드렸다. 심리적 압박으로 심근경색으로 돌아가신 아버지. 장례식장에서 직원들이 울부짖던 소리를 아직도 잊지 못한다. 사장님은 그놈들이 죽인 거나 마찬가지라고요! 사장님은 M&A꾼들의 입박으로 대주주의 지위를 빼앗기고 적대적 기업인수 합병의 타깃이 되어서 회사를 빼앗기게 되었다. 더구나 온갖 법적인 압박을 통해 배임소송이 접수되고 사장의 지위를 잃은 바로 그날 밤 책상 위에 엎드린 채로 사망하였다. 사인은 과도한 스트레스로 인한 심근경색! 중학생이었던 레이몬드는 한국이라는 나라에서 아버지가 죽으면 상속되는 재산의 50프로가 세금이라는 것에 대해서 그때 처음 알았다. 대주주 지위도 빼앗기고 회사의 경영권도 빼앗기고 사망으로 인해 상속세를 내야 하는 압박으로 어머니는 모든 주식과 재산을 처분하고 상속세를 납부한 후에 미국에 투자 이민으로 이주를 했다.

적지 않은 재산 덕에 미국 부자 동네에 들어와서 좋은 학교를 다녔다. 그리고 지금의 미쉘을 만나 지금까지 사랑하고 있다. 어머니는 하나뿐인 아들에게 지극정성이셨다. 아들이 하버드대학을 가고 미국 경찰이 되겠다고 할 때도 반대하지 않으셨다. 그만큼 나를 믿으셨으니까! 내가 크는 동안 단 한 번도 한국에 대한 이야기를 하신 적이 없으셨다. 더구나 아버지를 그렇게 만든 기업사냥꾼들이 지금도 활개 치는 한국에 대한 뉴스조차 보기를 싫어하셨다. 하지만 나는 잊지 않았다. 내 아버지를 죽음에 몰고 간 자들, 우리 가족을 이렇게 만든 자들, 그놈 중에 한 놈은 미국에서 한국에 들어오자마자 첫 번째 대상으로 아버지 회사를 택하고 공격했다. 그 이름을 어찌 잊을 수가 있겠는가? 알렉스 신. 한국 이름 신규동! 넌 이곳 미국에서 잘 죽었어. 내가 아니더라도 누군가 죽여준다면 그것이 설사 하나님이라도 나는 모른 체할 거야! 잘 죽었다. 알렉스 신! 아니 신규동! 지옥에나 가라!

"레이몬드! 뭘 그렇게 생각해?"

"미쉘! 이 세상에는 정의란 것이 있다고 생각해?"

"당연하지. 난 연방법원 판사야. 법의 정의를 믿어!"

"미쉘! 테미스상을 보면 눈을 가리고 저울을 들었잖아. 모든 법칙과 질서를 공정하게 지키는 여신으로 로마신화에서는 유스티티아(Justitia)라고 하지. 그게 지금의 정의인 Justice가 되었지만"

"호호! 레이몬드! 나 법대 나왔거든! 내 앞에서 테미스 상을 이야기 하다니!"

"그냥 갑자기 그 생각이 들어. 테미스 상이 눈을 가리고 있잖아. 난 때로는 법이 지켜주지 못하는 정의를 위해 눈을 감아주는 것도 좋다고 암시를 하는 것 같아. 그래서 내가 이번 사건을 처리하면서도 눈을 감아버린 것들이 있어. 난 그게 정의라고 믿거든!"

"고민되는 사건이 있었던 모양이네. 힘내 레이몬드! 레이몬드가 눈을 감고 무언가 모른 체했다면 그것 또한 신의 뜻이 있겠지. 난 항상 레이몬드 편이야~"

미쉘이 생각에 잠긴 레이몬드에게 기대면서 사랑스러운 눈길로 바라본다.

"어머니 돌아가신 지 벌써 3년이 되어가지?"

"그래 미쉘! 어머니 살아 계셨을 때 우리 둘이 결혼하기를 바라셨는데 내가 아직 준비가 안 되었다고 미루면서 결국 우리 결혼을 못 보고 돌아가셨으니 내 잘못이야!"

"아냐. 레이몬드. 어머니는 우리 둘이 깊이 사랑하는 줄 아셨으니까 결혼도 행복하게 할 거라는 것을 알고 계셨을 거야"

사랑스러운 여자다.

미국 사람이 어찌 보면 한국 여자보다 더 한국 사람 같다. 미쉘은 전생에 한국 사람이었을까?

레이몬드는 주머니에서 작은 반지 함을 꺼내서 미쉘 앞에 무릎을 꿇는다.

갑작스러운 상황이 뭔지를 직감한 미쉘은 기쁘면서도 흘러내리는 눈물을 주체할 수가 없다.

"미쉘! 이 반지는 어머니가 할머니에게 받으신 거야. 어머니는 며느리에게 다시 물려주고 싶어 하신 고귀한 반지야. 한국말로는 쌍가락지라고 해. 금으로 만든 두 개의 반지인데 그 의미는 나는 이제 결혼한 여자입니다를 의미하지. 오늘 저 레이몬드 최는 사랑하는 부모님 묘 앞에서 제가 평생 사랑하는 미쉘 하인즈에게 청혼합니다. 저와 결혼해 주시겠습니까?"

"오! 마이 러브! 레이몬드! 당연히 난 자기랑 결혼해서 행복하게 살 거야. 어머니, 아버지 지켜봐 주세요. 저희를 축복해 주세요"

두 사람이 작은 묘비 앞에서 마음 따뜻한 키스를 한다.

에필로그 2

제주도 서귀포시 남원면 공천포 포구

두 모녀가 바닷가를 걷고 있다.

"너는 무사 이번에도 내려와서 협죽도 가지를 꺾어서 그 액을 그렇게 받아가냐게? 그 액 잘못 먹으면 죽엄신게!"

"엄마 걱정 마! 다 쓸데가 있어서 가져가는 거니까. 내가 알아서 할 거예요"

"그런데 이번에 사 준 밀감밭은 하영 비싼땅인디 어디서 그리 돈이 하영 생겨서 밀감밭을 어명을 사 줌시냐?"

"엄마도 참. 10년 일했어, 엄마! 퇴직금하고 위로금하고 해서 엄청 받았어"

"죽은 그 회장이 줄 리는 없고 죽은 회장 아부지가 준 것이냐게? 하긴 10년 동안 너도 고생 많이 했지게. 회장 짝사랑해서 어디 가지도 않고 그 회장만 바라보고 일한 것을 난 아는데…. 이렇게 예쁜 내 딸이… 부모를 잘못 만나서 너무 잘난 회장을 짝사랑하는 바람에 어디 내놓고 좋아한다고 말도 못 하고 이 세월이 몇 년이냐게?"

"에휴 엄마. 그런 소리는 이제 그만해. 나도 이제 나 좋다는 사람 찾아서 미국도 가고 연애도 실컷 하고 그렇게 살 거야!"

현여진은 제주도 사투리로 불쌍한 딸 바라보는 엄마를 달랜다. 어린 시절부터 살아온 이곳 공천포! 눈앞에 다가오는 파도들이 지난 세월들을 다 묻어버리는 것 같다.

그래. 나 현여진은 신규동 회장님을 사랑했었다. 그것도 짝사랑! 너무나 멋진 엘리트, 만나는 사람들도 모두 유명한 사람들이고 회사 미팅을 할 때면 임원들이 쩔쩔매는 모습을 보면 이 남자만이 가진 멋진 매력이 느껴졌다. 온갖 잡일 같은 일들이 많았지만 오직 하나! 한 남자에 대한 애정으로 버틴 일이었다. 사람들도 놀랐다. 매번 바뀌던 비서가 내가 온 이후로 10년째 바뀌지 않고 일하는 부분에 대해서…. 그래 난 한 남자를 너무 사랑했었다. 사실 남들이 모르는 이야기가 있다. 회장님이 이혼하고 혼자 외롭게 와인을 마시던 날! 그래! 그날은 정말 엄청나게 폭설이 쏟아졌었다. 도로가 마비될 정도로. 그 날밤 혼자 회장실 옆 와인룸에서 와인을 마시는 신규동 회장님에게 인사를 하고 퇴근하려는데 현 차장! 오늘 시간 있으면 나랑 이 와인 한잔 마실래? 눈도 많이 오고 집에 가도 이제는 아무도 없으니까 내 마음이 좀 그렇네…. 하면서 나를 붙잡았다. 그리고 그날 밤 우리는 그 비싼 샤토 로쉴드를 나누어 마시다가 사랑을 나누었다. 창밖으로는 20년 만에 최대 폭설이라는 눈이 펑펑 내리던 날. 나는 내가 짝사랑하던 남자와 드디어 사랑을 함께 나누었다.

다음 날 아침

아무 일도 없는 듯이 신규동 회장님은 나에게 인사를 건냈다.
그리고 이렇게 말했었지.

"현 차장! 이세는 나랑 식구가 된 거라고 생각해! 앞으로 현 차장이 나가겠다고 하기 전에는 내 입으로 그만두라는 말은 없을 거야. 내가 급여도 올려줄 테니 잘 지내보자구"

그리고는 끝이었다. 그 후로는 우리는 사랑이라는 단어는 없었다. 내가 언제나 그랬듯이 혼자만 좋아했을 뿐. 조선왕조 사극을 보다 보니까 무수리가 임금과 하룻밤을 자는 승은을 입으면 상궁이 되는 장면을 보니 딱 나였다. 임금과의 단 하룻밤으로 평생 상궁으로 사는 여자!

하지만 난 불평하지 않았다. 내가 한 결정이니까.

그 이후로 나를 신뢰했는지 김영식 부장과 공동명의로 타워팰리스를 사게 하고 그곳을 자신의 비밀 금고로 이용하였다. 미국 라스베이거스에 도박을 하러 다닐 때도 나를 데리고 다녔다. 그리고 나중에 라스베이거스 벨라지오 카지노에 내 이름으로 계좌를 개설하게 했다. 리차드는 그때 처음 보았다.

신규동이 사망하기 전에 리차드에게 들었다. 신규동이 라스베이거스에 있는 내 명의의 계좌 돈을 모두 인출하여 장나나와 코스타리카로 도주할 것이라고. 그렇게 그 남자는 결국 나를 버리고 떠나는 것이었다. 언젠가는 죽이고 싶었지만 아직은 때가 아니라고 생각했는데 죽어버렸다. 내가 죽이고 싶어 하는 사람을 누군가가 대신 죽여준다면 그것도 나에게는 축복이었다. 너무 사랑 하니까 가지지 못할 바에는 죽이는 수밖에! 그렇게 내가 사랑한 남자 신규동은 죽었다.

"또 뭘 그렇게 생각하냐게! 죽은 그 회장 생각함시냐? 이제는 고만 잊으라! 사랑도 시간이 지나면 잊혀지는 뱁여! 어떠냐? 오늘밤에 아영이 이모네가 하는 아는 맛 식당에 가서 고사리에 흑돼지 냉삼 구워서 한라산 소주 한잔!"

엄마의 잔소리는 시간이 지나도 줄어들지를 않는구나.

집 앞 바닷가를 걷다 보니 낯익은 카페가 눈에 들어온다.

카페 숑!

공천포 물회로 유명한 집이 새로 건물을 지으면서 옛날 집을 카페로 세를 내줬다. 벌써 10년은 되었을 텐데 아직도 그 자리에서 커피숍을 하다니.

"엄마! 저 카페 아직도 있네. 반갑다. 우리 동네에 처음 생긴 카페였는데!"

"말 마라게. 저 총각이 우리 공천포에 온 이후로 동네가 다 훤해졈써~ 훤칠하고 미남 서울 총각이 벌써 10년째 저 자리에서 커피숍을 하니까 이제는 우리 동네 명물이 되엄쪄! 엄마가 30년만 젊었어도 바로 대시를 햄쪄! 너도 저런 멋진 총각이랑 좀 연애도 하고 결혼도 좀 하라게!"

엄마의 잔소리를 달고 카페 송 앞을 지나는데 창 안으로 보이는 잘생기고 훤칠한 시장님이 창밖으로 보이는 우리 모녀를 보며 인사를 건넨다.

바닷바람을 따라 불어오는 제주의 해풍이 가볍게 눈인사를 하는 현여진의 머리카락을 쓸어 올린다.

모두 라스베이거스로 떠났다.
누군가는 살기 위해,
누군가는 그를 죽이기 위해.

인생을 살다 보면 때로는 누군가를 죽이고 싶을 때가 있다.
내가 죽이고 싶었지만

만약 다른 사람이 죽여준다면
그 또한 나의 기도에 대한 신의 응답이라 생각한다.

죽을 놈은 죽어야 한다.
신이 대신 죽여주더라도.

끝

초판 1쇄 발행 2025. 1. 15.
    2쇄 발행 2025. 7. 23.

지은이 이장우
펴낸이 김병호
펴낸곳 주식회사 바른북스

편집진행 박하연
디자인 최다빈

등록 2019년 4월 3일 제2019-000040호
주소 서울시 성동구 연무장5길 9-16, 301호 (성수동2가, 블루스톤타워)
대표전화 070-7857-9719 | **경영지원** 02-3409-9719 | **팩스** 070-7610-9820

•바른북스는 여러분의 다양한 아이디어와 원고 투고를 설레는 마음으로 기다리고 있습니다.
이메일 barunbooks21@naver.com | **원고투고** barunbooks21@naver.com
홈페이지 www.barunbooks.com | **공식 블로그** blog.naver.com/barunbooks7
공식 포스트 post.naver.com/barunbooks7 | **페이스북** facebook.com/barunbooks7

ⓒ 이장우, 2025
ISBN 979-11-7263-879-5 03810

•파본이나 잘못된 책은 구입하신 곳에서 교환해드립니다.
•이 책은 저작권법에 따라 보호를 받는 저작물이므로 무단전재 및 복제를 금지하며,
이 책 내용의 전부 및 일부를 이용하려면 반드시 저작권자와 도서출판 바른북스의 서면동의를 받아야 합니다.